O HOSPITAL

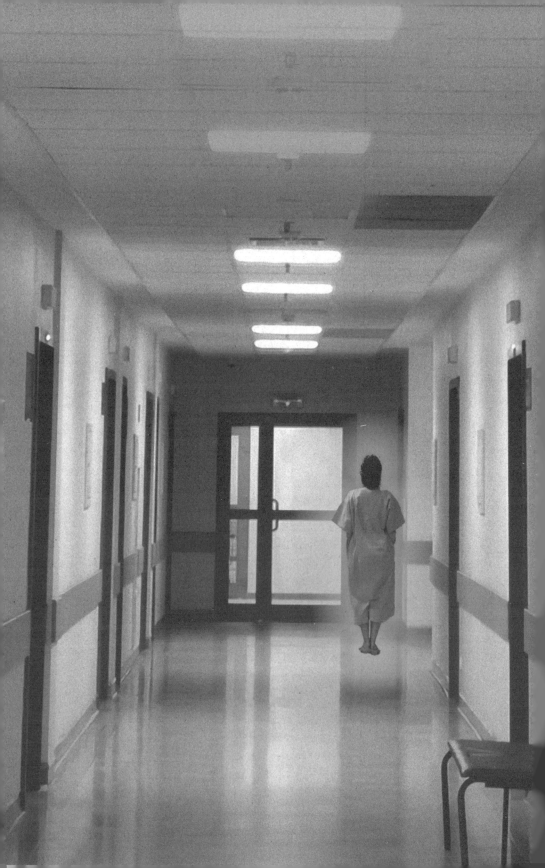

LESLIE WOLFE

Tradução de Carlos Szlak

O HOSPITAL

**FIRST PUBLISHED IN THE ENGLISH LANGUAGE IN 2024 BY STORYFIRE LTD,
TRADING AS BOOKOUTURE.
COPYRIGHT © LESLIE WOLFE, 2024
COPYRIGHT © FARO EDITORIAL, 2025**

Todos os direitos reservados.
Nenhuma parte deste livro pode ser reproduzida sob quaisquer meios existentes sem autorização por escrito do editor.

Diretor editorial **PEDRO ALMEIDA**
Coordenação editorial **CARLA SACRATO**
Assistente editorial **LETÍCIA CANEVER**
Tradutor **CARLOS SZLAK**
Preparação **DANIELA TOLEDO**
Revisão **BÁRBARA PARENTE**
Diagramação e capa **VANESSA S. MARINE**
Imagens de capa e miolo **DEPOSITPHOTO | @spacedrone808 e @Trsakaoe**

Dados Internacionais de Catalogação na Publicação (CIP)
Jéssica de Oliveira Molinari CRB-8/9852

Wolfe, Leslie
　　O hospital / Leslie Wolfe ; tradução de Carlos Szlak. — São Paulo : Faro Editorial, 2025.
　　256 p : il.

ISBN 978-65-5957-787-3
Título original: The hospital

1. Ficção norte-americana 2. Suspense I. Título II. Szlak, Carlos

25-0368   CDD 813

Índices para catálogo sistemático:
1. Ficção norte-americana

1ª edição brasileira: 2025
Direitos de edição em língua portuguesa, para o Brasil, adquiridos por FARO EDITORIAL
Avenida Andrômeda, 885 – Sala 310
Alphaville — Barueri — SP — Brasil
CEP: 06473-000
www.faroeditorial.com.br

Um agradecimento especial a meu amigo e advogado, Mark Freyberg, que me orientou com maestria pelas complexidades do sistema judiciário.

Um agradecimento caloroso à doutora Deborah (Debbi) Joulc, pela sua amizade e pelos conselhos ponderados. Ela conseguiu tornar a minha investigação sobre o tratamento de lesões cerebrais traumáticas e a farmacoterapia uma tarefa muito menos intimidante. O seu conhecimento especializado e a sua paixão pela precisão e pelos detalhes fizeram com que escrever este romance fosse uma experiência fantástica.

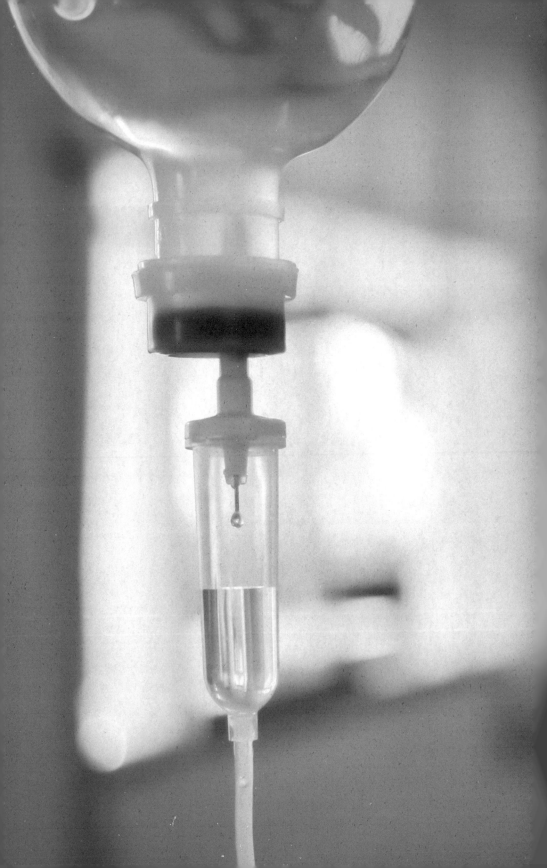

CAPÍTULO 1

Onde estou?

A pergunta chega a minha mente assim que a consciência se restabelece, hesitante e fragmentada, de uma profunda escuridão. Pouco a pouco, acompanhada de uma dor de cabeça latejante que me provoca náuseas no fundo do estômago, a percepção vai tentando — e falhando — restaurar o entendimento de onde estou. Do que está acontecendo comigo.

Abrir os olhos parece uma tarefa quase impossível. Luto contra a fraqueza dos músculos, louca por alguma luz que me ajude a me orientar. Porém, as pálpebras permanecem teimosamente fechadas. Desafiando a fragilidade do corpo, me esforço para levantar a mão e tocar o rosto, mas ela não se move, como se fosse pesada demais para realizar até o menor gesto.

Até o rosto parece o de outra pessoa. Distante. Amputado de alguma forma. Os estímulos sensoriais estão fracos e remotos, quase como algo que eu perceberia indiretamente, como assistir a um filme intenso e compartilhar as emoções, as sensações e os medos dos personagens. Aparentemente real, mas distante e desconectado.

Por mais que eu lute para abrir os olhos, nem a luz mais tênue rompe o negrume profundo e absoluto. O meu mundo foi engolido pela escuridão.

O pânico me envolve como uma onda avassaladora, cada batida do coração retumba nos meus ouvidos. Em tremenda confusão, faço a mente se agarrar desesperadamente às bordas desgastadas da memória, procurando lembrar o motivo do meu aprisionamento num mundo paralisado. Cada afã de me mover encontra uma quietude apavorante onde deveria haver movimento.

O que está acontecendo comigo?

Um grito se forma no peito e escapa dos lábios como um leve gemido, quase inaudível para mim.

Uma memória atravessa rapidamente a mente aflita, atiçando ainda mais o medo.

Não é clara. Não apresenta imagens, ações e pessoas reconhecíveis. Não passa de uma vaga recordação de emoções que senti e coisas que fiz. Mais um sonho do que uma memória, na verdade, um pesadelo, e igualmente assustador.

Na minha imaginação, estou correndo desenfreada para salvar a própria pele, com passos que vacilam quando olho por cima do ombro. Ofego entre gritos de desespero. Em vez de ver quem está me perseguindo, o espaço atrás de mim é um vazio, tomado pela mesma escuridão que agora dominou cada canto do meu mundo. Lembro de ter gritado, implorado, pedido ajuda. Ainda posso sentir isso no corpo: o desespero, o medo, os gritos arranhando a garganta. E correndo, cada vez mais rápido, com a sensação de que o meu perseguidor está ganhando terreno.

Ao reviver isso na mente, o mesmo medo provoca um nó na garganta e a sufoca. A escuridão aumenta e se torna mais claustrofóbica, um opressor implacável, me arrancando do chão e me fazendo girar cada vez mais alto, com os meus pensamentos mergulhando no caos.

Desse tormento, um único pensamento claro vem à luz.

Seja lá de quem eu estivesse tentando fugir, acabou me alcançando. E agora estou aqui, vulnerável e indefesa, incapaz de me mover, incapaz de ver onde estou.

Respiro devagar, o esforço para encher os pulmões de ar é quase impossível, e eu imploro para que a agitação da minha mente se acalme. Isso não vem rápido nem fácil. A mesma recordação, que fica se repetindo várias vezes na minha mente, nada faz para acalmar os meus medos. Mas eu persisto, respiração após respiração dolorosamente lenta, ouvindo o ar ser inspirado e expirado sem conexão evidente com o ritmo acelerado dos meus batimentos cardíacos.

Sinto a boca seca e a língua pegajosa e inchada.

Essa pequena informação sensorial é como um tesouro desenterrado da profundeza escura da mente. Eu a pego e sigo como um fio que vai se desenrolando, em busca de uma saída do labirinto. Em breve, mais dessas migalhas começam a se acumular e formar uma imagem que dá para decifrar.

Estou com sede. Os lábios estão rachados, e a ponta da língua não faz nada para hidratá-los e aliviá-los. Tento mexer os dedos mais uma vez, vagarosa e conscientemente, em vão. Da mesma maneira obstinada, os olhos se mantêm bem fechados, protegendo a escuridão interior à custa da minha sanidade.

Assim que o medo irracional está começando a voltar, ouço a sirene estridente, mas abafada, de uma ambulância ao longe; um som fraco, mas se aproximando. Presto muita atenção a isso e aos outros sons quase indistintos que estou passando a captar, e as imagens começam a tomar forma em minha cabeça.

Poucos instantes após a sirene silenciar, me dou conta de pessoas conversando ao passarem por mim, também distantes de alguma forma, mas perto o suficiente. Se eu gritasse, provavelmente me ouviriam. Respiro com toda a força possível e tento gritar.

Deixo escapar apenas um sussurro, e as pessoas continuam indiferentes, se afastando com passos rápidos.

Ainda assim, não estou a sós.

O zumbido do meu próprio sangue nos ouvidos diminui um pouco à medida que o pânico se dissipa com essa percepção.

Outros sons começam a preencher o meu mundo, não mais abafados pelo medo. Um sistema de som distante chama um médico para comparecer a um lugar, e eu não consigo entender direito. Mais perto e um pouco mais alto, ouço os bipes discretos e regulares de uma máquina, que soam em perfeita sincronia com os batimentos do meu coração.

Estou no hospital.

É a única conclusão lógica à qual posso chegar. E isso significa que não consegui fugir de quem estava me perseguindo. Sucumbi ao ataque, e isso me trouxe até aqui, impotente, e vulnerável, e sem rumo. Com esse pensamento, o medo retorna, mas agora impregnado de uma raiva intensa, inundando a mente com perguntas que não consigo responder, ao mesmo tempo que o rosto de quem me agrediu permanece envolto em mistério.

Volto a reproduzir aquele pedacinho de memória, na esperança de conseguir vislumbrar a pessoa de quem tentei fugir. Não sou capaz de visualizar um rosto nem me lembrar de um nome. Não me lembro de quase nada; apenas que não estou segura e que, na próxima vez, não haverá salvação. Tenho certeza absoluta disso, assim como sei com certeza qual é o meu nome.

Eu me chamo Emma Duncan, e sobrevivi. Estou viva.

É reconfortante dizer isso, mesmo que seja apenas um pensamento silencioso.

Por um tempo, o meu mundo tem estado em silêncio. Então, o som de passos se aproximando me faz prender a respiração, e o meu coração dispara, batendo cada vez mais rápido, ecoado pelo aumento dos bipes do monitor.

Os passos passam a meu lado, rápidos e determinados, e depois voltam. Sinto o ar se movendo, acariciando o meu rosto, nunca tinha me dado conta desta sensação antes. Entre o som suave das solas de borracha no chão e o ar se movendo dentro do ambiente, consigo imaginar alguém caminhando de um lado para o outro, perto de mim. Perto o suficiente para tocar.

Talvez perto o suficiente para matar.

O meu primeiro instinto é permanecer quieta e esperar que a pessoa se afaste. É algo sem sentido, irracional, apenas um pouco depois de eu ter me esforçado ao máximo para chamar a atenção aos gritos. Pode ser que essa pessoa tenha respostas para mim. Ou pode ser que esteja aqui para terminar o trabalho que começaram quando eu estava correndo, tentando escapar.

Deixo escapar um soluço baixinho antes de conseguir impedi-lo. Lágrimas brotam nos cantos dos olhos, mas não rolam pelo rosto. Ou não as sinto rolar.

O som das solas de borracha cessa por um instante vertiginoso, e depois se aproxima depressa. Uma mão quente segura a minha e a aperta com delicadeza.

— Você acordou — uma voz feminina diz com alegria. — Que ótimo. Vou chamar o médico.

CAPÍTULO 2

Ver Emma assim, deitada, imóvel, numa poça do próprio sangue, parte o meu coração.

Por um tempo, só consegui ficar olhando. O seu rosto lindo, em parte coberto por mechas soltas do longo cabelo castanho, agitadas de leve pelo vento frio, estava empalidecendo sob o luar. Os seus lábios, ligeiramente entreabertos, pareciam estar chamado o meu nome, mas só eu sabia que não estavam. A sua mão, se contraía apoiada sobre o chão congelado, nunca se estenderia em busca da minha.

Não depois do que tinha acontecido naquela noite.

Diante de mim, a casa se encontrava envolta em escuridão, imponente sobre Emma, como se fosse a sua guardiã inanimada. Ao lado, um bosque de álamos sussurrava ao vento, com as folhas farfalhando ao caírem no chão, derrotadas para sempre.

Cheguei mais perto, tomando cuidado para não deixar ninguém me ver ao sair devagar das sombras, em total silêncio.

Não tive coragem de sentir o pulso, como se a sua pele pudesse queimar os meus dedos trêmulos. A vulnerabilidade daquele corpo perfeito, a fragilidade da própria vida, me lembraram da minha juventude conturbada. Comecei a ofegar, lembrando como eu costumava ser impotente, sempre à mercê dos outros. Da minha mãe.

Mas isso foi há muitos anos. Deixemos o passado para trás.

A noite do fim de novembro havia trazido uma camada de ar gélido dos picos das montanhas, e eu logo passei a tremer, batendo os dentes quando enfiei as mãos fundo nos bolsos. O vento uivava e os álamos altos se curvavam sob o seu poder, abarrotando o asfalto de folhas caídas. Algumas folhas maltratadas, ainda verdes em lugares onde a geada precoce até então não as havia atingido, pousaram junto à cabeça de Emma e flutuavam em seu sangue, como barcos amarelos e âmbar em águas vermelho-escuras.

Toquei a tela do celular, pensando na ligação que precisava fazer. Os dedos de Emma continuavam se contraindo de vez em quando; ela ainda estava viva. Eu não sabia ao certo quanto tempo restava para ela. A poça de sangue que se expandia ao redor da sua cabeça como um halo escuro me dizia que estava se esgotando rápido.

Digitei o número da polícia, mas não completei a ligação. Se eu completasse, a polícia saberia quem ligou, poderia acessar o histórico de localização do celular e saber que estive lá, observando-a durante horas. Viria atrás de mim com tudo, satisfeita por resolver um caso tão depressa.

A alternativa era ficar vendo Emma morrer, bem a meus pés. Não podia deixar isso acontecer. Não com ela. Seria insuportável para mim. Com qualquer outra pessoa, a decisão teria sido fácil. Eu simplesmente teria ido embora, sem pestanejar, sem olhar para trás. Sem fazer nenhuma ligação, me safando de qualquer problema.

Mas Emma? A minha Emma? Eu não podia simplesmente permanecer ali e ficar vendo ela morrer. Não. Nunca. Não importava o custo.

Por um tempo, circulei em torno dela, fazendo todo o possível para ignorar os gemidos que escapavam dos seus lábios pálidos, querendo pegá-la no colo e confortá-la, segurá-la firme nos braços, levá-la para dentro, em busca de um abrigo quente e seguro. Em vez disso, andava pela entrada da garagem como um animal enjaulado, levando em conta as minhas opções limitadas. O que aconteceria se eu ligasse para pedir ajuda e, em seguida, destruísse o meu celular antes que pudessem rastreá-lo? Não sabia se uma coisa assim funcionaria. E aí, o que mais eu faria? Que mentira poderia contar para explicar a minha presença?

Enquanto andava de um lado para o outro cada vez mais rápido, dilacerado pela indecisão, comecei a atinar o que sentia lá no fundo. Como o cheiro metálico do sangue dela me invadia com um anseio incerto. Quão angustiado eu estava pelo corpo vulnerável estendido a meus pés. O poder que eu tinha sobre ela.

Naquele momento, no limite entre a vida e a morte, ela era minha de modo total e absoluto.

Ao olhar para Emma mais uma vez, ainda dilacerada, notei que os seus dedos estavam ficando imóveis. A contração havia cessado; ela estava morrendo, ou já estava morta.

O tempo para indecisão, para considerar alternativas, já tinha passado. Sem mais titubear, escolhi a melhor entre todas as opções e fiz a ligação.

Agora, enquanto estou sob a sombra das árvores, olhando para onde o corpo dela esteve, sei que tomei a decisão correta. A neve fresca e reluzente cobre tudo com uma camada branca de inocência. E Emma continua viva.

A minha doce Emma.

CAPÍTULO 3

As solas de borracha macia se afastam da cama e silenciam após a porta ser fechada com cuidado. Prendo a respiração e presto atenção, enquanto a minha mente se enche de perguntas que quero fazer. Alguns sons distantes, quase imperceptíveis, me dizem que há gente passando do lado de fora da minha porta, movendo-se depressa e sussurrando de vez em quando. Um instrumento metálico faz barulho numa bandeja, e um alerta sonoro, muito parecido com o de um micro-ondas, me leva a pensar em equipamentos médicos que vi em filmes, mas que não consigo identificar.

Com as narinas se dilatando um pouco, reconheço alguns cheiros: gaze, materiais esterilizados, desinfetantes. São sutis, mas frescos, como se um pacote tivesse acabado de ser aberto. Porém, não me lembro de ter ouvido o barulho de plástico sendo rasgado, não desde que acordei.

A porta se abre devagar, e eu solto o ar; apenas os bipes do monitor cardíaco indicam o meu estado de ansiedade. Passos se aproximam, mais pesados do que os de solas de borracha, mas igualmente apressados. Sinto um cheiro fraco de algo cítrico ou quem sabe um traço de ervas como sálvia ou manjericão. É um perfume elegante e masculino; uma água de colônia que alguém usou com moderação. Então, o farfalhar do tecido de um jaleco hospitalar que se aproxima cessa quando os passos param a meu lado na cama.

— Olá, senhora Duncan. Sou o doutor Sokolowski, o seu médico. Você se lembra de já ter falado comigo antes?

A voz dele soa abafada, mas é grave, reconfortante e com um leve sotaque eslavo — talvez polonês. E totalmente desconhecida para mim. Jamais ouvi essa voz antes. Por que ele está me perguntando se eu a reconhecia?

— Acho que não — respondo, com dificuldade. A mesma fraqueza que paralisou os meus membros está afetando o meu rosto, as minhas bochechas, a minha língua, mas o pânico que estava me sufocando vem diminuindo rápido. — Acho que não nos falamos antes.

Um breve momento de silêncio surge entre nós. Então, ouço o som de algo sobre rodas deslizando pelo chão, assim como mais ruídos do farfalhar do tecido do jaleco quando o médico deve ter se colocado ao lado da cama.

— Você não reconhece a minha voz? — Seu tom tingido de preocupação me deixa apreensiva. A voz ainda soa abafada, como se ele estivesse segurando um lenço sobre a boca. Como se ele estivesse usando uma máscara cirúrgica.

Solto o ar, aliviada. Claro, faz sentido.

— Não, não reconheço. O que está acontecendo comigo?

Ele aperta a minha mão com cuidado. Vagamente, através do que parece ser uma luva nitrílica, sinto os seus dedos procurando o meu pulso.

— Pode ficar tranquila, senhora Duncan. Vou responder a qualquer pergunta que você quiser fazer. Você...

— Emma — digo, com a garganta seca e constrita. — Por favor.

— Tudo bem, então, Emma. — Um leve sorriso suaviza a sua voz por um instante, mas logo volta se tornar sombria e preocupada. — Você foi trazida aqui após um acidente. Você está no Baldwin Memorial...

Expresso o meu protesto, desejando poder colocar mais ênfase nas minhas palavras. Ele para de falar e me escuta.

— Eu fui atacada. Não foi um acidente. — Sussurro rápido demais, agitada, até assustada com a ignorância do médico, desesperada para esclarecer a situação. Me esforço para levantar a cabeça do travesseiro, mas ela não se move. A imobilidade do meu corpo instila pânico em minhas veias. — Eu estava correndo e acabei...

Sem conseguir encontrar palavras que expliquem o que aconteceu, paro no meio da frase, ofegante. Não sou capaz de contar ao médico o que aconteceu. Não me lembro de nada.

Por um breve momento, ouço rodas deslizarem pelo chão e me dou conta de que o médico deve estar se movendo numa cadeira de escritório com rodinhas, apesar de eu ter ouvido seus passos antes. Em seguida, vem o barulho de plástico batendo de leve em algo, e o farfalhar de papéis me faz imaginar o médico revisando anotações em meu prontuário, talvez numa prancheta ou algo assim.

— Está escrito aqui que foi um acidente, para ser mais exato, um escorregão e uma queda. Vou corrigir. — Os papéis farfalhando mais um pouco. — Pode ficar tranquila, você está segura aqui.

O desespero toma conta de mim.

— Você não entende — digo, fracamente. — Acho que não acabou. Sei que não acabou. Dá para sentir isso. E eu não consigo ver, não consigo me mover...

Ele volta a apertar a minha mão, de modo tranquilizador desta vez. Ainda parece tão distante quanto antes.

— Vamos cuidar muito bem de você. Temos uma excelente equipe especializada em traumatologia e ninguém vai deixar que algo de ruim aconteça com você — o médico diz, com a voz séria e resoluta.

Eu acredito nele e me permito relaxar um pouco.

— O que aconteceu comigo? Por que eu deveria reconhecer a sua voz?

— Porque já nos falamos duas vezes antes. Vou explicar o que está acontecendo. Depois, talvez eu também tenha algumas perguntas. Se você precisar que eu esclareça qualquer coisa ou fale mais devagar, me avise.

— Basta me dizer o que aconteceu — imploro, apavorada pelo vazio na memória. Não é como se eu tivesse esquecido algumas das coisas que o médico disse; é como se eu nunca o tivesse conhecido antes, como se nada existisse desde aquele momento que eu estava correndo para salvar a própria pele.

— Sim, vamos fazer isso — ele disse com a voz baixa. — Você sofreu uma concussão grave, uma lesão cerebral traumática provocada por um golpe na cabeça ou um abalo violento da cabeça e do corpo, que afetou o córtex visual no seu cérebro. Acredito que houve um golpe, do tipo que vemos quando alguém cai escada abaixo, em vez de um abalo, mas não podemos excluir completamente a hipótese de abalo. Houve uma laceração na região posterior da sua cabeça e contusões, todas indicativas de um impacto significativo com um objeto contundente.

Sinto um calafrio percorrer o meu corpo ao escutar essas palavras. Lesão cerebral? Isso explica por que não lembro o que aconteceu. Significa que talvez eu nunca fique sabendo quem me atacou. Talvez eu nunca volte a ver ou andar.

O doutor Sokolowski faz uma pausa breve.

— Devido à natureza da lesão, você está tendo sintomas significativos. O mais desafiador agora é o fato de você não conseguir ver e ter dificuldade para se mover. Tem um inchaço significativo no cérebro, comprimindo os nervos e prejudicando as suas funções.

Não parece real, mas é. O pensamento me provoca arrepios.

— O que vai acontecer comigo? Eu vou voltar a enxergar?

— Estamos esperando que isso seja o que está provocando a sua cegueira e a sua paralisia, e que isso se resolva com a redução do edema. A propósito, esse é o termo médico para o inchaço no seu cérebro. Fizemos exames clínicos, uma tomografia computadorizada e uma ressonância magnética, e não vimos nada irreversível neles.

— Quanto tempo? — pergunto, contendo as lágrimas que estão queimando os meus olhos. Não posso viver assim... nem por mais um minuto. O pavor invade o meu corpo como um frio invernal. — Quanto tempo vou ficar desse jeito? Estou com medo.

O médico respira fundo e prende a respiração por um momento. O simples som de sua hesitação me enerva. Ele já deve estar acostumado a dar notícias ruins aos pacientes. Quão grave é, de verdade? O que ele não está querendo dizer?

— Serei franco com você, Emma. Trata-se de uma lesão grave, mas é importante observar que a situação pode mudar. O cérebro humano possui uma capacidade enorme de se recuperar. Embora não possamos prever o resultado com certeza, estamos esperançosos por melhorias conforme avançamos com o tratamento.

— Esperançosos? — digo, me esforçando para respirar, para encher os pulmões de ar, como se as palavras dele tivessem consumido todo o oxigênio do quarto.

— Emma... entendo que isso deve ser apavorante, mas você não pode desistir. Não agora. Jamais. — Ele aperta a minha mão novamente. Esse gesto singelo me dá um pouco de coragem. — Começamos a medicar você para reduzir o inchaço e aliviar a dor. A equipe de neurologia, liderada pelo doutor Winslow, ainda está investigando. Pode haver danos na medula espinhal não detectados nos exames de imagem. Às vezes, o inchaço dificulta a visualização. Mas não estou muito preocupado com isso. A única lesão visível que você tinha era na parte posterior do crânio, e não na sua espinha dorsal.

— Está me dizendo que os meus nervos estão intactos, mas não estão funcionando?

— Exato. Acreditamos que essa seja a razão por trás da redução do seu tônus muscular. O tônus muscular equivale à quantidade de tensão nos músculos, a capacidade deles de desempenhar as funções com a força esperada. O fato de você conseguir comandar os braços e pernas, mesmo que minimamente, é o motivo pelo qual acredito firmemente que você vai sair dessa. Mas pode levar um tempo. — Há uma pausa, tensa e pesada, enquanto prendo a respiração. Ele assume agora um tom algo sombrio, contradizendo as suas palavras otimistas. — Vai exigir muito esforço e não vai ser fácil. Exames, tratamento e reabilitação. Você vai ter que reaprender a andar, um passo de cada vez. Mas, primeiro, você vai precisar repousar até a redução do inchaço no cérebro.

Por um breve momento, as palavras parecem distantes, enquanto a descrença se converte em negação e intercede entre mim e a nova realidade, recusando-se a aceitá-la.

Então, a ficha cai.

Não vou a lugar nenhum.

Não é um sonho do qual estou prestes a acordar, agradecer a todos os envolvidos e, em seguida, dirigir o carro tranquilamente para casa e retomar a minha vida. Não... A escuridão, a paralisia, o medo. É isso.

— Ai, não. — Não consigo mais conter as lágrimas. Soluços escapam dos meus lábios trêmulos. Não me mexo, não me agito, simplesmente fico deitada, imóvel, de costas, como se a única coisa viva em mim fosse a minha dor, desesperada para sair.

— Sei que é difícil de aceitar. Estamos aqui e vamos enfrentar isso um dia de cada vez. — Ele faz uma pausa rápida, com a sua voz serena ainda ressoando em meus ouvidos. — Vamos falar sobre a sua memória. Estou um pouco preocupado que você tenha esquecido as nossas interações anteriores. Já perguntei isso, mas receio que preciso perguntar outra vez: qual é a sua última lembrança?

Ainda agarrada à esperança surreal de que tudo isso é um pesadelo do qual vou acordar em breve, me esforço para organizar os pensamentos.

— Bem, eu estava correndo. Eu estava assustada… eu estava gritando, correndo na direção da porta, acho. Não tenho certeza.

— Quem foi que atacou você, Emma?

Tento balançar a cabeça, mas não sinto que ela esteja se movendo muito sobre o travesseiro.

— Eu não sei. Eu… simplesmente não consigo me lembrar. Parece uma página em branco. — Faço uma pausa, com a mesma recordação passando pela minha mente. — Será que vou conseguir lembrar? Eu tenho que lembrar.

— Acredito que você vai conseguir. Só dê um tempo para si mesma.

Tempo. Algo que não tenho. Algo que já perdi de vista, desperdiçado nas profundezas da escuridão da minha mente em frangalhos.

— Faz quanto tempo que estou aqui? Por que não consigo me lembrar disso?

— Dois dias. Mas não estou muito preocupado com a sua aparente amnésia anterógrada. Ou seja, a incapacidade de criar e acessar novas memórias. Isso pode acontecer porque você está sob medicação intensa.

— Certo — sussurro, querendo que tudo sumisse. Tudo. O que aconteceu. A escuridão que se apoderou do meu mundo. O meu medo onipresente de que isso pode acabar sendo para o resto da minha vida.

— Estou mais preocupado com a amnésia retrógrada pós-traumática que você parece estar enfrentando. Ou seja, a perda de informações adquiridas antes do início da amnésia, que, em seu caso, deve ter sido o momento do ataque. Em geral, é temporária e parcial. Não é uma perda completa de memória. Mais como partes faltando, ou pedaços inteiros, ou talvez lembrados fora de ordem. — Outro momento de silêncio, como se ele estivesse se esforçando para escolher as palavras. — Com exceção do que você descreveu antes, correndo e tentando escapar do agressor, o que mais você consegue lembrar?

Entreabro os lábios, mas não consigo falar nada. É como se houvesse apenas um borrão distorcido onde costumava haver uma vida. A minha vida.

O monitor cardíaco emite bipes cada vez mais rápidos.

— Pode ficar tranquila — o doutor Sokolowski diz. — Sei que você se lembra do seu nome. Então isso já é alguma coisa, não é?

Aperto os lábios. Não consigo encontrar forças para compartilhar o otimismo dele.

— Você consegue lembrar em que ano estamos? — Outro momento de silêncio, enquanto eu grito por dentro. — Quem é o presidente? — Outro instante de silêncio, então a sua voz volta, rápida e animada. — Vamos tentar de novo em um dia ou dois, depois que o inchaço tiver diminuído um pouco mais. Daí, vamos reduzir a sua medicação e tenho certeza de que você começará a se lembrar das coisas. A sua memória pode voltar em lampejos esporádicos e incompletos, ou em pedaços maiores e mais coesos, incluindo todos os detalhes. — Ele volta a apertar a minha mão. — Você tem outras perguntas no momento?

Por onde começo?

— Eu não consigo abrir os olhos — sussurro, me sentindo completamente exausta. — Eles estão estranhos.

— Tem uma bandagem ao redor da sua cabeça, cobrindo os seus olhos. Talvez seja isso o que você está sentindo. Você não deve tentar abri-los ou forçá-los até sabermos o que está causando a sua cegueira.

Parece que estou desmaiando, e luto contra isso com todas as minhas forças.

— Obrigada — consigo dizer.

— Quer que eu ligue para a polícia para informar sobre a agressão?

— Sim, por favor. — A minha mente exausta se agarra a essa ideia, na esperança de me fazer sentir mais segura depois que o meu agressor for encontrado e preso.

— Está certo, farei isso agora mesmo. — Então, ouço o som das rodinhas deslizando pelo chão e, em seguida, dos sapatos do médico se movendo após ele se levantar. Uma das solas range de leve.

— Não — digo, mudando de ideia e me sentindo derrotada. — Só faríamos a polícia perder tempo. Eu não me lembro de nada. Desculpa. É que... eu estou com muito medo.

— Não precisa se desculpar, mas temos que relatar a ocorrência. — O leve cheiro de algo cítrico ou de ervas parece se aproximar. — Aqui para você beber. Use o canudo — ele diz, fazendo um objeto tocar os meus lábios.

Agradecida, puxo o líquido frio e tomo alguns golinhos. Água. Então, ouço o som de um copo plástico sendo colocado numa superfície a meu lado.

— Obrigada.

— Você está segura aqui, dou a minha palavra. Não importa o tempo que você leve para se sentir pronta. Quando isso acontecer, chamarei a polícia para você prestar um depoimento. Por enquanto, vou preencher os formulários necessários junto às autoridades locais. Tudo bem?

— Certo — sussurro, caindo no sono enquanto falo.

— Agora, a sua única opção é descansar. Nós cuidaremos de todo o resto. Tudo vai dar certo, prometo. — Ele volta a tocar a minha mão, mas mal sinto.

Quem sabe amanhã eu me lembre de quem era.

Por um breve momento, a ideia gira na minha mente. Então, a escuridão e o silêncio voltam para me buscar.

CAPÍTULO 4

— É o George, não é? É por isso que...

As vozes distantes e zombeteiras, cheias de insinuações, me despertam de repente. Sem fôlego, escuto com atenção até que a conversa descontraída das duas jovens que passam vai sumindo ao longe. As vozes se distanciando deixam para trás um silêncio pesado e sombrio, pontuado apenas pelo bipe do monitor cardíaco.

Estou sozinha? A incerteza me deixa louca. É algo tão básico que sempre considerei como coisa natural a vida toda: saber quem mais está no local, se é que há alguém. E muitas outras coisas também. Tomar um gole d'água quando estou com sede. Me alimentar. Ir a diferentes lugares.

— Oi? — chamo com a voz fraca. Por um momento, o esforço de falar piora a minha dor de cabeça, mas logo ela se transforma numa dor mais tênue.

Ninguém responde.

Não há o menor som para me dizer se alguém está me observando sob o manto da minha cegueira. Às vezes, acho que ouço alguém respirando, mas deve ser coisa da minha cabeça. Ou dos meus pesadelos.

O médico me disse que eu estava em segurança agora. Qual era mesmo o nome dele?

Droga. Esqueci. Alguma coisa... quem sabe...

A frustração com a minha memória falha provoca um gemido indesejado em meus lábios. Pelo menos eu me lembro da visita dele e de algumas coisas que ele me disse. Desta vez. Quanto às visitas anteriores que ele mencionou, um apagão completo.

Forço a mente a retroceder e procurar por algo que me ajude a lembrar quem me agrediu. De quem eu estava fugindo quando fui atacada?

Nada. Apenas uma tela escura atrás das minhas pálpebras, onde pedacinhos de imagens costumavam aparecer como emanações de um sonho, me ajudando a imaginar ou recordar coisas; como cenas de um filme exibidas no cinema da minha mente.

Isso aconteceu antes do ataque. Ao menos eu me lembro disso sobre mim; como a minha mente costumava funcionar.

— Por favor, me ajude — sussurro, com as palavras dirigidas a ninguém em particular. Porém, me sinto bem ao dizê-las, como se em voz alta fossem mais poderosas do que os pensamentos.

A princípio de forma sutil, depois com mais clareza, uma memória começa a se formar. Novamente, é mais um sentimento do que uma lembrança. O meu rosto encostado numa cortina de cor vermelho-escura estampada com listras onduladas de um tom claro. Tem um cheiro delicado e fresco de linho limpo. De sabão líquido lava-roupas e amaciante de lavanda.

E medo. Tem cheiro de medo.

O meu medo.

O meu suspiro contido ameaça romper o fino filamento da memória, mas eu me agarro a ele, indisposta a deixá-lo escapar, desesperada para segui-lo aonde quer que leve. Me vejo olhando pela janela de trás daquela cortina, com a face tocando o tecido fino enquanto espio lá fora, onde um estranho se apoia num tronco de árvore, com as mãos enfiadas nos bolsos do moletom preto, olhando para mim. A luz está diminuindo depressa; o sol já se pôs. O quintal está deserto, com o pico da montanha distante coberto de neve se erguendo sobre ele como um gigante taciturno.

E aquele homem está lá, imóvel, sem tirar os olhos da minha janela. Esperando.

Pelo quê?

O fio da minha memória se desenrola numa direção diferente com um sobressalto. Me vejo olhando pela mesma janela, mas é mais cedo, quando o sol está quase tocando o pico da montanha coberto de neve, e as sombras dos álamos são longas e ameaçadoras. Foi mais cedo no mesmo dia? Não sei dizer. Em vez disso, lembro do meu coração batendo forte no peito quando vi aquele estranho espiando o meu quintal tranquilo. Também lembro de pegar o celular, pronta para ligar para a polícia, com os dedos trêmulos, hesitando enquanto duvidava de mim mesma, da minha própria sanidade mental. Então, ofegante, trêmula, fechei as cortinas.

Contudo, o medo parecia familiar de alguma forma. Recordo claramente. Mas não sei a razão.

Um barulho vindo de fora espanta a memória nebulosa, me deixando dolorosamente vigilante. A porta se entreabre, e os passos rápidos com solas de borracha que reconheço se aproximam.

— Vejo que você está acordada — uma voz feminina diz docemente. — Que bom. Vou dar algo para você comer. — Alguma coisa farfalha nas proximidades, e objetos tilintam de leve. — Você está com fome?

Deixo o ar preso nos pulmões escapar num suspiro silencioso.

— Qual é o seu nome?

Há um movimento apressado ao meu redor.

— Meu nome é Isabella — a mulher responde. Ela parece jovem. — E eu quero saber se você consegue engolir. Até agora, foi tudo administrado por via intravenosa.

Uma carranca tenta se manifestar em meu rosto, sem causar nada além de piorar a minha dor de cabeça latejante e então se render, derrotada, contra a bandagem apertada ao redor da minha cabeça.

— Acho que consigo — digo, esperando que seja verdade. — Tomei um pouco de água mais cedo.

— Perfeito — Isabella responde. — Bem o que eu queria ouvir. — Alguns objetos fazem ruído no local da origem da sua voz. Ouço uma tampa sendo desenroscada, e depois o recipiente se abrindo com um leve estalo. Alguma coisa de plástico faz barulho, seguido de um som úmido e abafado de algo sendo misturado pela enfermeira num pote.

Purê de maçã.

O cheiro me faz desejar a comida que não saboreio desde a pré-escola. E o fato de saber que não como desde então é revigorante. Até estimulante.

— Você é a minha enfermeira?

Isabella mexe nas coisas rapidamente e não interrompe o que está fazendo para responder.

— Isso, uma delas. — Ela abre outro recipiente e enche algo com líquido. — Estou quase terminando, querida.

— Sem pressa — respondo, temendo a ideia de que estou prestes a ser alimentada com uma colher. — Você já viu pessoas como eu se recuperarem?

O barulho cessa de repente. Então, Isabella se aproxima e se senta na beira da cama. A superfície se inclina de leve sob o seu peso, mas eu mal percebo.

— Tente apertar meus dedos o mais forte que puder — ela pede, tocando em minhas mãos.

Eu me esforço ao máximo, mas os meus músculos se recusam a obedecer. Tento repetidas vezes, mas paro quando um soluço ameaça escapar.

— Já, já vi pessoas como você se recuperarem. Vejo isso todos os dias — Isabella responde. — Você consegue mover as suas extremidades, mesmo que só um pouco, mas não importa quão pouco. O que importa é que você consegue. O seu médico já não disse isso?

Não sou capaz de responder de imediato. Isabella espera pacientemente.

— Estou com medo — acabo dizendo. — Eu não consigo…

— Você tem que ser forte. Precisa acreditar que pode se recuperar, de corpo e alma. E não fique se preocupando tanto. Descanse por enquanto. Dê tempo ao tempo para se curar. — Ela afaga a minha mão. O seu toque é tão distante quanto o do médico, como se ela também estivesse usando luvas; sinto a sua pele roçar na minha, o calor da sua mão, mas tudo ainda parece distante. — Agora, vamos comer alguma coisa, está bem?

A primeira colherada de purê de maçã desce com dificuldade. A minha garganta está inflamada, como se estivesse começando a padecer de uma forte faringite. Faço careta ao engolir, então, peço um pouco de água.

— Vou dar uma olhada — Isabella pede, após me deixar tomar um gole de água através de um canudo. A bandeja faz barulho quando é colocada na mesa ao lado da cama. Em seguida, um objeto faz um estalido perto do meu rosto. Eu me encolho. — É só a minha lanterna. Não precisa se preocupar. Abra a boca.

Tenho dificuldade para fazer isso. Os músculos não me obedecem muito bem, ainda que a mandíbula funcione melhor do que as mãos.

Isabella toca o meu queixo com cuidado, deve estar abrindo a minha boca o suficiente para conseguir uma visão clara. Então, os seus dedos deslizam pela superfície externa da minha garganta, sentindo as minhas glândulas e traçando a parte inferior da minha mandíbula.

— A sua garganta está irritada e um pouco inchada. O médico vai precisar fazer um exame com um laringoscópio. Vou avisá-lo. — Ouço um clique. Ela deve ter desligado a lanterna. — Você forçou a voz ou algo assim?

Uma recordação repentina invade a minha mente com tanta força que fico sem ar. Me vejo correndo outra vez e os passos vacilam. Relembro a ardência que senti na garganta enquanto gritava, desesperada e com raiva ao mesmo tempo.

Socorro! Por favor, alguém me ajude... Vá embora!

Os gritos ressoam na minha mente, rompendo a quietude dos meus pensamentos. Por um momento, a memória é muito clara, mas logo desaparece.

— Eu... fiquei gritando — sussurro. — Correndo... eu... Ah, ninguém veio.

— Ah, querida, que horror! De quem você estava tentando escapar?

Não respondo. Após um instante de silêncio, Isabella volta a se sentar a meu lado, oferecendo mais um pouco de purê de maçã, com a colher roçando no meu lábio inferior.

— Não... eu não consigo.

— Não se preocupe com isso — a enfermeira diz, baixinho. — Estarei por aqui quando você quiser comer mais um pouco. E se precisar de qualquer coisa...

— Você pode me ajudar a ligar para a minha mãe?

CAPÍTULO 5

Ah, mãe...

Da névoa que envolve a minha mente, algumas memórias esporádicas da minha mãe se chocam até parecer que nada foi perdido. A lembrança da mão cálida dela acariciando o meu rosto traz o ardor das lágrimas a meus olhos. Quem dera correr para casa e encontrá-la, me sentar no chão ao lado dela e apoiar a cabeça em seu colo. Descansar, me sentindo segura, envolta em seu amor.

A imagem começa a mudar, conforme os detalhes passam a encontrar o seu caminho de volta das profundezas. O tubo de oxigênio em um carrinho de rodinhas, sempre ali ao lado dela. A máscara que ela usa sobre o rosto às vezes, mantida no lugar com dedos trêmulos e nodosos. A palidez do seu rosto, a fragilidade do seu corpo. A tosse e o chiado que fazem de cada respiração uma batalha por mais um momento de tempo extra, sabendo que não restam muitos momentos assim. Mesmo que ela tenha acabado de fazer sessenta anos.

Mas quando foi isso? Quando ela fez sessenta anos?

Por um instante, um medo indescritível dilacera o meu coração. E se ela já tiver partido? E se minha mãe morreu e eu já esqueci completamente disso?

Não... não pode ser verdade. Por favor, que não seja verdade.

Isabella ainda está mexendo na bandeja, provavelmente guardando as coisas, cantarolando uma melodia que reconheço, mas não consigo lembrar o nome. Então, ela para por um momento, tempo suficiente para borrifar um pouco de álcool em gel com cheiro de morango. Não morangos de verdade, mas uma versão química do cheiro. Ouço o som de ela esfregando as mãos com força, enquanto continua a cantarolar por um tempo.

Em seguida, passos com solas de borracha se aproximam rápido. Sinto a cama afundar um pouco e percebo um deslocamento sutil do ar, acompanhado por um leve farfalhar de roupas.

Quatro bipes fracos vêm do lugar onde está Isabella. Ela está desbloqueando o celular, se preparando para fazer a ligação.

— Tudo bem, estou pronta. Qual é o número da sua mãe?

Uma pergunta simples que eu deveria ter previsto. Não há resposta que eu possa dar. Apenas o desespero, preenchendo o meu peito até que eu mal consiga respirar.

— Eu… não sei — balbucio com a voz trêmula.

— Não tem problema, querida. Vamos encontrar. Você tem celular? Aposto que o número da sua mãe está salvo nele.

Eu me lembro de que estava segurando o meu celular, pronta para chamar a polícia, observando aquele estranho espreitando nas sombras do meu quintal. Lembro de apertar o celular com tanta força que os nós dos dedos ficaram brancos e doloridos.

— Não… não sei. Talvez a polícia tenha levado, depois que eu…

— Tudo bem, não se preocupe. — Sinto a mão de Isabella apertar com cuidado o meu antebraço. — Vamos dar um jeito. Qual é o nome da sua mãe?

— Loreen Duncan — respondo, aliviada por conseguir me lembrar disso. — Ela mora em Lubbock, no Texas.

— E o seu pai? Quem sabe o celular não esteja registrado no nome dele?

Choveu no dia do enterro do meu pai. Ainda consigo sentir o gosto das gotas de chuva impregnadas de poeira nos lábios, misturadas com o sal das lágrimas. O som da terra úmida batendo contra o caixão reverberava no meu peito. Voltava para casa no calor sufocante, enquanto o sol, alegre, surgia entre as nuvens, indiferente a meu luto. A velha casa de fazenda, precisando urgentemente de novo revestimento e telhado, com a porta da frente entreaberta, enquanto a pequena procissão chegava. A nossa pequena família primeiro — apenas eu, a minha mãe e alguns primos distantes de Oklahoma —, seguida por alguns vizinhos e alguns membros da igreja local. O cheiro de velas queimando e da poeira do verão texano, beijada pela chuva.

— Não… é só a minha mãe agora.

Um momento de silêncio, enquanto prendo a respiração e a ponta dos dedos de Isabella tocam rápido na tela do celular.

— Achei uma Loreen Duncan registrada. Vamos tentar, tá bem?

Concordo com a cabeça, mas não sei se Isabella percebeu.

— Sim… obrigada. — Minha voz treme ao me lembrar da fragilidade da minha mãe. — Por favor, não conte o que aconteceu comigo. Ela não está bem, entende? Eu só quero ouvir a voz dela.

— Pode ficar tranquila, eu entendo — Isabella disse com a voz embargada. — Vou fazer a ligação e aí coloco o celular perto do seu ouvido. Se você reconhecer a voz, comece a falar e eu saio. Fale o tempo que você quiser. Se não for o telefone da sua mãe, não tem problema, vou continuar tentando encontrar o número certo.

Respiro fundo, querendo que as minhas lágrimas desapareçam e a minha voz fique forte.

— Certo. — O celular se acomoda no travesseiro, escorregando pelo meu rosto, justo quando uma mulher do outro lado da linha diz, com a voz fraca:

— Alô.

— Mãe?

— Emma? Querida? — Os meus olhos se enchem de lágrimas e ofego baixinho, sem querer que a minha mãe ouça a minha dor. — Você está aí?

— Aham — consigo responder. — Sim, mãe, estou aqui. Como você está?

— Que bom que ligou, querida. Estou com saudades. Você sabe disso. Sinto saudade o tempo todo. — Ela começa a tossir, mas cobre o celular com a mão. Por um tempo, a tosse fica abafada e finalmente para. — Desculpa por isso... você sabe como é.

— Eu sei — respondo, engolindo em seco ao tentar conter as lágrimas. — Também estou com saudades. Talvez eu vá te visitar em breve.

— Não... não tem nada aqui para você além de poeira e moscas-de-cavalo. Vá viver a sua vida e seja feliz. Você agora é do Steve, num mundo diferente, não aqui, com uma mulher velha e ofegante.

Steve? Quem é Steve?

A pessoa que tem a resposta é a que eu não posso perguntar.

— Eu fico olhando para as fotos que você me mandou. As de Cancún. Você está tão linda.

Não sei o que dizer. *Eu estive em Cancún? Quando?*

— Obrigada — sussurro finalmente. É o máximo que consigo fazer, enquanto a minha mente gira, desesperada para encontrar o mais ínfimo vestígio de tudo o que perdi. O que mais eu não lembro? E quem é esse Steve de quem a minha mãe está falando?

— É verdade, viu? Você é linda. O seu pai não se enganou muito na vida dele, que deus o tenha, mas ainda bem que ele estava enganado sobre o Steve.

Um instante de silêncio, enquanto escuto, sem palavras. Quando consigo confiar na própria voz para não me denunciar, pergunto:

— Como assim?

— Ah, você já sabe, quando o seu pai dizia que o Steve era velho demais para você. "Dezenove anos é uma diferença de idade muito grande", ele vivia repetindo. Mas aí as fotos da sua lua de mel fizeram ele parar de reclamar sobre isso. Você nunca pareceu tão feliz, querida.

Meu deus... eu sou casada. Com um homem chamado Steve. Com alguém de que eu nem consigo lembrar.

Uma forte sensação de pânico retorna enquanto o risinho contido da minha mãe se transforma num breve acesso de tosse. Ouço um chiado, como se ela tivesse ligado o oxigênio e inalado fundo.

O que houve com Steve? Por que ele não está aqui, a meu lado, se ele é o meu marido? Será que foi morto durante o ataque? Mas, acima de tudo, cadê o amor? Meu coração deveria estar vazio, desolado, se alguém tão importante está ausente. Será que o meu corpo e o meu coração se lembrariam dele antes da minha mente? Como alguém pode perder tanto e não saber? Não sentir?

Tensa, ofego, temendo a dor que receio que vai chegar. Vasculho qualquer recordação da vida que perdi e não encontro nada. Apenas uma noção agourenta de que algo realmente está ali, à espreita, escondido, esperando.

Pigarreio baixinho e então pergunto, com a maior naturalidade de que sou capaz:

— Qual é a sua foto favorita, mãe? Fale dela para mim.

— Ah, não é difícil escolher. — Sua voz está cheia de alegria, me dando um quentinho no peito. — É aquela na praia, com a lua. Lembra dessa foto?

— Acho… que não.

— Bem, é aquela de tardinha. O céu está com um tom incrível de roxo e tem um contorno rosa na linha do horizonte. A lua está cheia, mas quase na superfície da água. O mar está calmo, e a lua está refletida nele, com uma longa linha de marolas cintilantes que quase tocam a praia onde você está sentada.

— Ah, eu também estou na foto? — pergunto, brincando, já sabendo a resposta. A foto favorita da minha mãe tem que ser uma minha. Com certeza.

— Você e o Steve juntos. Acho que ele está sentando num tronco de árvore, algum pedaço de madeira flutuante, pelo que eu lembro, e você está aconchegada aos pés dele, naquela areia branca como açúcar. Os braços dele estão em torno dos seus ombros e ele está olhando para você com tanto amor, querida. E você está radiante. O seu sorriso é contagiante. Você o ama demais, não é?

As palavras da minha mãe vão sumindo devagar. A minha mente se fixa em pedacinhos de imagens evocadas por suas palavras. A sensação de braços fortes em torno dos meus ombros, me amparando, me fazendo sentir amada e protegida. A areia morna e fina sob os meus pés. A mão de um homem segurando a minha e a levando aos lábios. A sua respiração aquecendo os meus dedos e despertando um desejo profundo em mim, que aumenta a minha vontade de sentir o seu toque. As covinhas que aparecem quando ele sorri. Um toque de grisalho em suas têmporas.

Então, uma voz ressoa forte em minha mente: "Corta! Terminamos por hoje. Atuação incrível, Emma! Você está *virando* Jane Watkins. Ela está cativante e autêntica. Continue assim."

Um vazio se abre em mim, e fragmentos de memórias começam a formar uma imagem. Uma imagem multidimensional, com profundezas emocionais que estou começando a sentir; sensações que parecem tão reais agora que ainda posso senti-las. A minha empolgação ao ouvir as palavras do diretor. O sorriso radiante que dou para ele. A familiaridade do seu toque quando me acompanhou até a saída do set, com a sua mão na parte inferior das minhas costas. O toque dos seus lábios nos meus quando me inclinei e lhe dei um beijo rápido e furtivo, antes que alguém pudesse ver.

— É tudo seu, Steve — sussurrei, junto a sua orelha.

Essas palavras ecoam de um jeito esquisito agora, na escuridão, preenchendo-a com memórias vívidas, rápidos fragmentos de ação, peças de um quebra-cabeça esperando para serem encaixadas.

Eu sou uma atriz. E Steve, um diretor. E trabalhamos juntos pelo menos uma vez.

Filtro as imagens evocadas pelas palavras da minha mãe e revivo aquela cena várias vezes, reproduzindo-a em uma câmera dolorosamente lenta, até que encontro o que estou procurando.

Naquele dia, na mão que Steve levou aos lábios, um anel dourado capturou a luz, refletindo um brilho cálido e radiante.

É verdade. Steve é o meu marido e eu o amo.

— … fico assistindo sem parar, graças ao *streaming*. — A voz da minha mãe me traz de volta agora, mantendo sob controle a onda crescente de dor.

— Qual é o seu favorito? — pergunto, quase sussurrando.

— *A Queda de Jane Watkins*, é claro — ela responde rápido. — É o seu melhor trabalho, disparado. Eu não sou muito fã de *Amor de Verão*. — A sua voz vai ficando um pouco triste, quase desapontada. — Ainda não entendi por que você concordou em fazer o que fez. O filme poderia ter sido tão bom sem aquela cena. Você poderia ter se negado a fazer.

— Negado o quê, mãe? — pergunto, meio distraída, ou talvez cansada, mas com medo de terminar a ligação, a única coisa entre mim e a onda de memórias que ameaça me dilacerar.

— Ah… como se você já não soubesse. — Um instante de silêncio breve e recriminador. — Se éxpor para o mundo inteiro ver, o que mais? Eu não tive coragem de ir à igreja durante meses depois que o filme foi exibido. Todos aqui que conheciam você e foram ver o filme não paravam de falar sobre ele.

— As pessoas são assim, mãe. — Minha voz sai um pouco trêmula. Eu me arrependo de ter feito minha mãe passar por isso. Não parece que valeu a pena. Nem consigo me lembrar de ter feito um filme chamado *Amor de Verão*.

— Está tudo bem, querida?

— Aham — consigo responder, prestes a perder a batalha contra as lágrimas. Quem dera poder contar para ela, mas não posso sobrecarregá-la com isso.

— Você não parece bem. Está mentindo para mim agora? — Um silêncio breve, enquanto eu procuro as palavras certas. — Está tudo bem entre você e o Steve?

Ah, mãe, quem me dera se você soubesse. Suspiro, fazendo um esforço doloroso para encher os pulmões de ar, mas fracasso miseravelmente.

— Está, só ando com uma gripe forte e um pouco medicada demais. Preciso voltar ao trabalho amanhã, aí pode ser que eu tenha exagerado um pouco. — Deixo escapar a mentira com uma facilidade inesperada.

Por um momento, a minha mãe hesita, não deve estar acreditando na minha história.

— Se é isso que você diz, querida, fique bem, tá? Tome um chá com mel e durma um pouco mais. Você vai se sentir bem melhor!

Prometo algo que sei que não poderei cumprir. Então, prendo a respiração até ouvir o som que indica que a chamada foi desligada.

Em seguida, me deixo levar, convidando as memórias perdidas a entrarem.

Agora me lembro de Steve, um pouco dele, um pouco dos nossos momentos juntos, mas o suficiente para me deixar com uma sensação avassaladora de perda. Ele está aqui agora, dentro do meu coração, retomando o seu lugar de direito como se tivesse estado ausente por um tempo, me preenchendo com uma ânsia pela sua presença reconfortante. Me vejo nos braços dele, me sentindo segura, amada e cuidada, acreditando que tudo vai ficar bem e logo vamos estar trabalhando juntos num novo projeto, conquistando o mundo mais uma vez e adornando a cornija da lareira com novas estatuetas douradas.

Então, os meus devaneios esperançosos se transformam em pesadelo, me arrepiando até os ossos. Será que Steve era a pessoa de quem eu estava fugindo quando fui derrubada? Será por isso que ele não está aqui? Quanto mais penso sobre isso, sinto que o agressor era alguém que eu conhecia. Como posso descobrir se era Steve?

Ah, não... por favor, não.

As lágrimas fazem os meus olhos arderem e encharcam a bandagem na minha cabeça. O lamento que se forma no meu peito me sufoca enquanto luto desesperadamente para respirar.

Os bipes rápidos do monitor ao lado da minha cama correspondem à minha angústia crescente, em seguida, se transformam em uma cacofonia de zumbidos contínuos.

— Ela está desfalecendo! Saturação em 85 e caindo. Preciso de ajuda aqui! — Isabella grita, em pânico.

Outro par de passos apressados, mais pesados, se aproxima. Um homem informa com a voz firme, porém tensa:

— Ela está com taquicardia ventricular. Dose de epinefrina. Desfibrilador.

É a última coisa que escuto.

Então, o silêncio se junta à escuridão e me afunda bem fundo no nada.

CAPÍTULO 6

CURIOSAMENTE, DE ALGUMA FORMA, SEI QUE ESTOU SONHANDO. AINDA assim, não consigo acordar, como se a escuridão me mantivesse refém com tentáculos longos e pegajosos enrolados ao redor da minha garganta.

Em meu sonho, estou olhando pela janela, com o rosto tocando o tecido frio da cortina. As luzes estão apagadas na sala, com o único clarão de luz vindo do celular que seguro firme na mão. A tela mostra o número da polícia, mas o meu polegar paira sobre ele com um leve tremor, indeciso.

Na escuridão, semicerro os olhos, tentando ver o rosto do estranho encostado no tronco esbranquiçado do álamo alto. Essa silhueta tem assombrado as minhas noites desde a primeira vez que a vi.

Quero sair e enfrentar o frio cortante para ver o rosto daquele estranho de perto.

"Quem é você?" As palavras, ressoando em uma versão alterada da minha voz, como costuma acontecer nas falas dos sonhos, nunca chegam até o homem. Imperturbável, com os braços cruzados, ele espera. Está com um cachecol preto tapando a boca e o capuz abaixado sobre o rosto para proteger os olhos. Como se ele pudesse passar a vida inteira esperando. Como se não houvesse outro lugar onde ele preferisse estar.

O sonho muda, ou talvez um novo comece. Estou batendo papo com alguém, com duas sacolas de compras pesadas marcando os meus dedos. A pessoa com quem converso não tem rosto, do jeito que só acontece em sonhos. Mas o estranho do quintal está lá, seguindo os meus passos pelo shopping center, usando novamente o moletom preto e a calça jeans, mas ao mesmo tempo encostado no tronco da árvore.

— Estou falando sério. — A minha própria voz ressoa em minha mente, amplificada pelo medo. — Você tem que acreditar em mim! — A minha mão está apontada para onde o perseguidor estava até instantes atrás, e o homem com um sorriso educado para mim, ainda que de forma desdenhosa, é um policial, com o distintivo e a plaqueta de identificação fixados em sua camisa azul-marinho engomada, e o rádio preso na ombreira esquerda.

— Era um homem? — o policial pergunta, aproximando a cabeça da minha de forma estranha. — Uma mulher? Pode me dizer algo sobre a pessoa?

Faço que não com a cabeça, derrotada. Os ombros caem e fico sem ar quando levanto os olhos para voltar a olhar para o policial.

— Acho que um homem. Eu... não sei. Mas juro, é real. Vem acontecendo há meses. — A minha voz soa tímida, impotente e envergonhada.

O shopping center começa a girar a meu redor, como se eu estivesse num carrossel em velocidade cada vez maior. Tudo se move cada vez mais rápido, deixando rastros de cores, brilhos e trechos de canções natalinas e jingles. Apenas uma coisa permanece imóvel, movendo-se comigo, focada exclusivamente em mim.

O perseguidor.

Me encarando com olhos ardentes e fervorosos.

Então ouço uma voz, que não é a minha, nem de alguém que eu reconheça. Sussurra um nome junto a meu ouvido. "Steve." Com essa palavra, um leve sopro toca o meu rosto, me causando arrepios.

Acordo assustada, enquanto uma voz distante no sistema de som pede para um certo doutor Jones comparecer à UTI. A voz soa artificial, proveniente de algum equipamento automatizado, do tipo existente na maioria dos grandes hospitais. Mesmo que não seja uma pessoa de verdade por trás da chamada, fico satisfeita de ouvi-la. Uma pequena prova de que ainda estou viva. E acordada, com o pesadelo assustador começando a evaporar.

Eu não quero que ele acabe.

Eu quero revê-lo, rebobinar e assistir de novo de algum jeito, embora partes dele já tenham se perdido para sempre.

O rosto do meu perseguidor está enterrado nesse pesadelo.

Respirando devagar, mas o mais fundo que consigo, me forço a retornar às profundezas nebulosas do meu subconsciente. Procuro vislumbres de um rosto, de uma mão, de algo que possa usar. No entanto, as cenas fragmentadas permanecem ocultas, se recusando a revelar qualquer informação útil.

Era Steve?

Será que essa foi a razão pela qual eu não conseguia ver o rosto do perseguidor na minha memória? Li em algum lugar, provavelmente ao fazer uma pesquisa para representar uma personagem, que a mente retém o acesso a informações que seriam dolorosas demais para recuperar e processar. Como se o cérebro tivesse o seu próprio sistema de censura, e até que eu me torne forte o suficiente, não posso assistir às partes mais perturbadoras do filme que é a minha própria vida, gravada no tecido caprichoso da memória.

Ainda na fronteira entre o sonho e a vigília, me imagino no meu quintal, me aproximando do perseguidor, toda destemida, meio ciente de que estou segura. Passo a passo, mantendo a visão interior focada no espaço onde o rosto já deveria estar visível. Contudo, a cada passo, o medo vai tomando conta de mim, me pressionando a parar, a virar, a sair correndo.

Fica paralisada, incapaz de dar mais um passo. Eu me imagino o chamando, como se já soubesse quem ele é, e presto atenção na primeira coisa que vem à mente, esperando que seja um nome. Mas o que vem é só o som da minha própria voz, estridente, desesperada e assustada.

Socorro! Por favor, alguém me ajude... Vá embora!

Atordoada, me retiro desse lugar, ofegante, ainda com medo. Sinto como se o pesadelo tivesse aberto a porta para aquele estranho entrar e terminar o que começou com outro golpe na região posterior da minha cabeça. É absurdo, mas parece tão real que me provoca calafrios.

Alguns minutos depois, quando a minha respiração voltou ao normal, me imagino desenhando um retrato falado para a polícia. Ignorando a minha total falta de talento para desenhos, procuro visualizar a silhueta novamente, como me lembro de tê-la visto pela janela da sala.

Era Steve?

Os ombros do perseguidor eram mais largos que os de Steve? Eram volumosos? Não... eram atléticos, e as pernas eram longas como as de um ciclista. Ou de uma mulher. Os braços, sempre cruzados, não eram avantajados como os de um levantador de pesos; eram sim esguios, mas de alguma forma fortes, embora não fosse a força física que tivesse me apavorado.

Eram aqueles olhos.

A intensidade presente neles, impregnados com alguma coisa que eu não conseguia nomear. Talvez fosse ódio, ou talvez algo diferente. Isso... recordo a sensação que me causaram. Como uma presa, petrificada e cheia de pavor, enquanto o predador não tirava os olhos de mim, se preparando para dar o bote. É o que eu lembro... não a cor das íris ou da pele ao redor delas. Não a espessura das sobrancelhas ou o formato do nariz. Apenas aquela sensação arrepiante de que eu estava encarando os olhos de um predador perigoso que cobiçava o meu sangue.

Uma porta se abre nas proximidades, e eu fico imóvel, ouvindo. Passos familiares se aproximam, e com eles, um delicado perfume de manjericão, especiarias e camurça. É o meu médico... me lembro dele, o som um pouco estridente dos seus sapatos, o jeito que as suas roupas, ou talvez o seu jaleco hospitalar, farfalham quando ele se move. Mesmo que eu não consiga lembrar o nome dele.

Respiro fundo. Estou segura, pelo menos por mais um tempo.

— Olá, Emma. Como você está se sentindo hoje?

É uma pergunta bem simples, mas também muito complicada.

— Acho que estou bem. Tão bem quanto possível, considerando o que está acontecendo.

— Você nos deu um grande susto ontem.

— Dei? — Ao perguntar, me lembro vagamente de máquinas apitando e do grito de Isabella em pânico. — Achei que fosse um sonho. O que houve?

— Então, você lembra?

— Lembro. Um pouco. Eu não conseguia respirar.

— Que bom que você lembra. É isso o que nós, médicos, gostamos de chamar de melhora significativa: você está formando novas memórias que se fixam.

— Dava para perceber a alegria na sua voz, mesmo que abafada pela máscara.

— Porém, você enfrentou dificuldades respiratórias. Isso pode acontecer por causa da medicação que você está tomando. Eu reduzi um pouco a dosagem dos seus analgésicos, para dar mais força para você se recuperar. Se sentir alguma dor, podemos voltar atrás…

— Não. Eu preciso dessa força. Eu preciso sair daqui. Eu… eu simplesmente não consigo viver assim. — Minha voz falha. Parece desesperançada, mesmo ao dizer essas palavras. Ainda não sou capaz de me mover. Ainda não sou capaz de ver. E nem me lembro do nome do médico.

— Um dia de cada vez, tudo bem? — A sua voz se aproxima. Os seus dedos tocam os meus. — Aperte as minhas mãos, o mais forte que puder.

Me esforço ao máximo e sinto um pequeno movimento nos meus dedos. Motivada, me esforço ainda mais.

— Excelente — ele responde. — Agora vamos checar os reflexos.

Os lençóis farfalham e se movem a meu redor. Algo toca o meu cotovelo esquerdo e, depois, volta a tocar. O médico deixa escapar um suspiro discreto, quase imperceptível, mas percebo a preocupação dele e fico travada. Após alguns passos ao redor da cama, então o meu cotovelo direito recebe alguns toques.

— Como estou me saindo? — Temo ouvir a resposta.

— Vamos verificar os seus reflexos plantares primeiro, depois discutimos. — Ele levanta o cobertor e expõe os meus pés. Em seguida, passa algo pontiagudo e um pouco desconfortável pelas solas, do calcanhar aos dedos. Ambos os pés estão igualmente distantes, como se pertencessem a outra pessoa, mas eu ainda consigo sentir o que uma outra pessoa sentiria.

Algo faz barulho ao pé da minha cama depois que o médico cobre os meus pés. Em seguida, alguns papéis farfalham enquanto ele folheia rápido as páginas do meu prontuário.

— Os seus reflexos ainda não estão como gostaríamos que estivessem, mas ainda persiste um pouco de inchaço no seu cérebro, fazendo pressão sobre os nervos. Vamos continuar com o anti-inflamatório, até o inchaço no cérebro desaparecer por completo. O neurologista, o doutor Winslow, está confiante de que isso acontecerá nos próximos dias. Vou reduzir os analgésicos um pouco mais, mas vou manter o Versed para que você possa descansar. É um sedativo. Combinado?

Ele está prestes a sair, mas eu tenho um milhão de perguntas..

— Espere, por favor, não vá ainda.

— Claro. Tenho mais alguns minutos. O que você gostaria de saber?

Posso senti-lo parado ao lado da cama, sem vontade de se sentar, provavelmente ansioso para ir embora.

— Eu... esqueci o seu nome... Desculpe.

— Não tem por que se desculpar. Na verdade, estou bastante otimista quanto a sua memória. Você parece se lembrar cada vez mais. E eu sou o doutor Sokolowski. É bem fácil esquecer um nome assim, não é?

— Obrigada — digo. — Podemos verificar a minha visão? Talvez eu consiga ver agora. Se a gente puder tirar essa bandagem, eu posso tentar.

Um momento de silêncio tenso toma conta do quarto.

— Já fizemos isso — ele responde, e eu sinto um aperto no peito. A voz dele parece sombria agora, como se o seu otimismo anterior tivesse desaparecido. — Hoje de manhã, quando trocamos o seu curativo. Estava encharcado de lágrimas. Você deve ter chorado.

— Ah — consigo dizer com calma, embora esteja à beira de um ataque de nervos. — Não lembro. Não entendo como isso pode acontecer. Lembro que tenho um marido chamado Steve, lembro como ele é, e o que aconteceu quando não consegui respirar ontem à noite, o que Isabella disse, mas não lembro de você testando a minha visão. Ou trocando o meu curativo.

O jaleco hospitalar farfalha quando o doutor Sokolowski se senta a meu lado na cama.

— Emma, você não deveria se preocupar tanto. Alguns dos medicamentos que você está usando podem causar atrasos na recuperação...

— Então por que me deram esses medicamentos? Vamos...

— O maior inimigo agora é o inchaço. Não se deve brincar com isso. Se não for tratado, pode provocar deficiências cognitivas e funcionais permanentes. A sua memória deve voltar quando suspendermos a medicação. Isso faz sentido?

— Faz... é só que tenho a sensação de estar presa num mundo escuro e imóvel do qual não consigo escapar, e estou apavorada.

— É normal você estar ansiosa por causa da sua situação. Podemos adicionar algo...

— Por favor, eu não quero nenhum remédio para isso. Eu dou conta. Só que nunca me senti tão vulnerável e tão assustada. Tenho medo de ser atacada de novo. Como vou saber se alguém está vindo atrás de mim?

Ouço o barulho do médico se levantando, pegando o prontuário e rabiscando algo nele.

— Você está totalmente segura aqui, Emma. Juro que ninguém vai encostar um dedo em você. O seu caso foi comunicado à polícia, que já está investigando. Vão descobrir quem fez isso com você e vão avisar os seus parentes mais próximos.

Suas palavras entram por um ouvido e saem pelo outro, como se fosse sobre outra pessoa. Como se eu não conseguisse entender o que ele quer dizer. A minha mente está presa à mesma pergunta, se recusando a soltá-la, e nada mais faz sentido.

O médico volta a se sentar.

— Fale mais sobre a sua vida antes da ocorrência, o que você está começando a lembrar. Você falou de um marido. Gostaria que entrássemos em contato com ele?

Passo a língua pelos lábios ressecados com dificuldade.

— Eu... não sei onde ele está. Ele ficou ferido no ataque? Por que ele não está aqui comigo? — O medo vai se espalhando na mente como um baralho de cartas sendo distribuído sobre a mesa, cada carta, um pesadelo diferente, um novo cenário em que eu ainda não havia pensado. — Por que eu não consigo lembrar? Ninguém está sentindo a minha falta lá fora?

— Vamos investigar e ver o que conseguimos descobrir. Temos aqui pessoas que lidam com esse tipo de problema. Vou pedir para elas fazerem algumas ligações para você.

— Por favor, não — sussurro, com o pânico irracional destruindo o lampejo de esperança que senti ao pensar em me reencontrar com Steve. — E se foi ele?

— Você está se referindo ao homem que agrediu você? Acha que pode ter sido o seu marido?

— Não. — A palavra sai em um sussurro tenso. — Eu simplesmente não lembro. E isso está me deixando louca. Não sei mais o que é real. E já perdi muito tempo... Eu não sei a *data* de hoje, quanto tempo se passou desde a última coisa que eu lembro.

— Sim, entendo. — Ele se levanta e dá dois passos em direção à porta. — Então vamos suspender a busca pelo seu marido até que você se sinta pronta. Tudo bem? — A sua voz é agradável e prestativa, uma fonte de esperança, paciência e bondade em minha escuridão permanente.

— Tudo. — Faço uma pausa, pensando em tudo o que ainda quero perguntar. — Só mais uma coisa — digo às pressas, receosa de que ele já tenha ido. — O que aconteceu com as minhas coisas? As minhas roupas? Eu não estava com o meu celular? O número dele estaria nele.

Alguns passos se aproximam do pé da minha cama, e a já familiar prancheta de plástico faz barulho.

— Vejo que temos algumas anotações aqui sobre os seus itens pessoais. Vou pedir para a enfermeira resolver isso para você. — A prancheta volta a fazer barulho quando ele a põe no lugar. — Voltarei para o plantão noturno. Se você mudar de ideia quanto a chamar o seu marido, avise uma das enfermeiras. Ela cuidará disso para você. Você disse que o nome dele é Steve, não é?

— Isso. Steven Wellington. — *E eu sinto muita saudade dele.*

Os meus pensamentos se misturam ao som da porta se fechando, deixando para trás apenas bipes e silêncio.

Estou mais uma vez sozinha com os meus fantasmas.

CAPÍTULO 7

A MINHA DOCE EMMA AINDA ESTÁ VIVA.

Isso faz tudo ficar bem. Todos os riscos que corri e ainda estou correndo, sabendo que um dia a polícia pode me encontrar e me prender... tudo isso vale a pena, só por saber que a minha Emma está viva. Em vez de correr para me salvar, eu decidi ficar. Ao lado dela.

Ontem à noite, depois que todos foram embora, eu entrei escondido no quarto dela. Emma estava em sono profundo. Ela não me ouviu abrir a porta nem me aproximar para tocá-la. Todos aqueles medicamentos a deixam bem dopada.

Fiquei ao lado da cama dela e a observei, sem se mover, só ali parada, enquanto as horas passavam. A luz prateada da lua invadia o quarto pelas persianas entreabertas, criando sombras longas e ameaçadoras. A tela verde do monitor cardíaco, com os seus bipes constantes, era a única coisa aparentemente viva. Por causa desse aparelho, eu não precisei tocar no pescoço de Emma para sentir o pulso ou aproximar o rosto dos lábios dela para sentir a respiração saindo dos seus pulmões. Eu não precisava tocá-la.

Mas eu queria.

Ainda me lembro de quando a vi pela primeira vez. Como soube que ela estava destinada a ser minha, assim como uma pessoa se conecta instantaneamente com a sua alma gêmea. Ela é a minha alma gêmea; não tenho nenhuma dúvida. Mesmo que ela ainda não saiba disso.

Existe uma fragilidade na minha querida menina. Por fora, ela parece destemida, determinada e indomável, mas sei que tudo isso é fachada. Uma artista de verdade, ela nunca sai da personagem, mas eu não sou bobo. Por dentro, ela não passa de uma garotinha assustada, que precisa de amor e cuidado para florescer, para se tornar a melhor versão de si mesma. Ela é extremamente frágil e tem dificuldades para lidar com o estresse da vida cotidiana sem mim. Eu a entendo; sei exatamente do que ela precisa.

Ela precisa de mim.

Só que ela não admite, nem para si mesma.

Ela não conhece os sacrifícios que fiz para ficar de olho nela, estar a seu lado e garantir a sua segurança, apesar de algumas decisões equivocadas que ela tomou. Porque ela já sofreu alguns sustos, e se não fosse por mim, ela não estaria viva hoje.

Eu tenho tempo e amo Emma o bastante para ser paciente, para lhe dar a oportunidade de entender o que significamos um para o outro. E estarei aqui, esperando, pronto para segurar a mão dela quando ela estiver disposta a aceitar a verdade.

Fomos feitos um para o outro. Para sempre.

Antes de sair do quarto, toquei o rosto de Emma de leve. A ponta dos meus dedos mal roçaram a sua pele. Ela não reagiu. Sua respiração estava calma e constante. Me inclinei para mais perto dela e sussurrei algumas palavras junto a seu ouvido, tão baixo que nem eu consegui ouvi-las, apenas sabia que as estava dizendo.

— Estou aqui a seu lado, Emma. Para sempre.

Então beijei os seus lábios delicadamente, um toque leve como uma pena, um sussurro em seus lábios que não a perturbou. Fiquei ali por mais um minuto, depois saí de fininho, com as mãos enfiadas fundo nos bolsos do meu moletom. Já sentindo saudades dela.

Vou voltar amanhã.

Não consigo ficar longe por muito tempo.

CAPÍTULO 8

EM ALGUM LUGAR AO LONGE, UM TELEFONE TOCA COM UM SOM AGUDO e estridente. Ecoa na minha cabeça e então, de repente, é como o médico disse que seria: um fragmento do meu passado se revela, tudo a partir daquele único som.

Imóvel na cama, as memórias inundam a minha mente. A escuridão total se torna uma tela na qual vislumbres do meu passado começam a se encaixar, formando imagens que reconheço e estimo, como se estivesse vendo um ente querido após muito tempo sem vê-lo.

A LIGAÇÃO TELEFÔNICA QUE MUDOU A MINHA VIDA ACONTECEU ÀS SETE e meia da manhã.

Eu ainda estava dormindo no pequeno apartamento de um quarto da avenida Lexington. Eu o dividia com Lisa Chen, uma estudante de artes dramáticas asiática, pequena e esbelta, que acabou se tornando a minha melhor amiga. Por trás dos seus olhos expressivos e traços delicados, havia uma mulher poderosa, talentosa e engenhosa. Tive sorte dos nossos caminhos terem se cruzado naquele momento. Sempre juntas, participamos de testes de elenco, rimos e dançamos. Quando tirei as minhas primeiras fotos de portfólio, impressões de alta qualidade que me custaram uma pequena fortuna — cerca de uma semana de trabalho como garçonete no Taps On First —, foi ela quem me ajudou a colocá-las nos envelopes, para enviar aos agentes, com alguma esperança no coração.

Lembro de olhar para as fotos do meu portfólio como se fosse ontem. O meu cabelo castanho, longo e ondulado, brilhava com reflexos cúpreos acentuados pelo sol, os meus olhos azuis transmitiam uma aura de sinceridade, e os meus lábios prometiam um sorriso sutil, talvez um toque de espanto, de mistério, até. Eu usava um top preto, simples e casual, e o fotógrafo havia me feito tirar todas as minhas joias cuidadosamente escolhidas. Tudo por um bom motivo; sem os adornos chamativos, a mulher que se via nas fotos parecia confiante e autêntica.

E mesmo assim, as cartas com respostas negativas chegaram uma após a outra, mas em quantidade muito menor do que as cartas que eu havia enviado. A maioria dos agentes nem se dava ao trabalho de responder; era como se aquelas cartas tivessem caído em um abismo invisível de esperanças e sonhos despedaçados. Esse abismo se chamava Hollywood, cheio de jovens como eu, que não viam uma chance para si mesmos.

Enquanto isso, havia o Taps, um bar temático de esportes, barulhento e sempre lotado, com *happy hours* diários que duravam até tarde da noite. O lugar tinha cheiro de cheddar derretido, hambúrgueres fritos, cerveja derramada e suor etílico. Eu trabalhava lá quatro noites por semana, entre as aulas de interpretação na Universidade da Califórnia, em Los Angeles, não porque gostasse de esportes ou gritaria de bêbados, mas porque tinha ouvido falar que várias personalidades de Hollywood frequentavam o bar.

Em três longos anos, não apareceu ninguém que eu reconhecesse. Com o conhecimento adquirido com essa derrota veio o entendimento que o dono do bar, um armênio esperto, de baixa estatura, corpulento e na casa dos cinquenta e tantos anos, tinha espalhado a fofoca com grande entusiasmo, sabendo muito bem que isso atrairia candidatas a emprego — garotas jovens, bonitas e fotogênicas —, que ele adorava contratar como garçonetes. Em suas próprias palavras, "garotas sexy equilibrando cervejas e batatas fritas em bandejas cheias nunca vão ferrar um negócio". E o seu negócio prosperou, embora as celebridades nunca tenham aparecido.

Porém, ainda que tudo o que eu tivesse fosse um emprego de merda, um apartamento com mofo nas paredes e uma cama com uma mola que espetava as minhas costas toda vez que eu me virava, eu não conseguia abrir mão dos meus sonhos.

Quando eu era mais nova, a minha mãe vivia me dizendo que eu era bonita, até eu começar a acreditar nela. Eu quis ser atriz desde os quinze anos, e só falava sobre Hollywood e filmes. Os meus pais não me desencorajaram, embora o meu pai não fosse tão entusiasmado assim. Mas a minha mãe, lá no fundo, me incentivou a ir embora de Lubbock, no Texas, para eu ser a melhor que pudesse ser. E se esse caminho me levasse a Hollywood, tudo bem para ela. Mas, antes, eu tinha que terminar o ensino médio e tirar boas notas nos exames. Esse foi o nosso acordo. Se eu estudasse bastante e mostrasse que conseguiria passar no exame de admissão, a minha mãe faria o possível para apoiar o meu sonho.

Cumpri a minha parte do acordo e me formei no ensino médio como oradora da turma, com um sorriso radiante nos meus lábios carnudos e o meu longo cabelo castanho esvoaçando ao vento sob o capelo de formatura que usava com orgulho.

Eu não podia decepcionar os meus pais voltando para casa como uma fracassada.

Naquela manhã, eu me sentia assim, ainda meio adormecida naquele colchão irregular da cama. Fiquei acordada até as três da manhã, e quase deixei a ligação ir para a caixa de mensagens sem atender. Mas, já que a esperança é a última que morre, decidi dar uma chance para quem ligou tão cedo.

— Emma? Aqui é Denise Hastings — a pessoa do outro lado da linha disse com um sotaque britânico polido e sofisticado. — Da Agência de Talentos Hastings.

Saltei da cama, com o coração aos pulos, a ponto de quase me sufocar.

— Sim, senhora Hastings, eu sei. — Soltei as palavras sem pensar. — Quer dizer, sei quem é a senhora, e nossa, obrigada pela ligação!

— Você não sabe por que eu estou ligando — a mulher disse com calma. — E se não for nada que mereça um agradecimento?

A pergunta me deixou sem fôlego. Após um longo silêncio que me caiu como um balde de água fria, consegui dizer algumas palavras com a voz quase inaudível:

— Eu meio que não acho que seja o caso. Sabe como é, quando os agentes decidem me dar um não como resposta, eles nem se dão ao trabalho de ligar.

Assim que as palavras escaparam, eu me senti uma idiota. Denise Hastings saberia que eu havia tentado todos os agentes da cidade, e que todos me rejeitaram. Agora, ela muito provavelmente faria o mesmo.

O silêncio na ligação era insuportável, e se arrastava, mas eu resisti à vontade de dizer mais alguma coisa. Já não havia mais o que fazer. Então, Denise deu uma risada, não de forma sarcástica, mas com a gentileza compreensiva de uma mãe.

— Você ganha pontos por ter cérebro, Emma. E humildade.

Respirei fundo, sentindo gotas de suor surgindo na raiz do meu cabelo.

— Obrigada, senhora Hastings.

— Acontece que há um teste para um simpático filme chamado *Serenata Eterna*. Você está...

— Estou — deixei escapar, andando animadamente de um lado para o outro no meu quarto. — Pode apostar.

A risada gentil reapareceu, mais contida e um pouco mais crítica.

— Emma, se vamos trabalhar juntas, você precisa aprender a deixar as pessoas terminarem o que têm a dizer.

— Desculpa, senhora Hastings. Desculpa mesmo... é que estou tão empolgada, e eu...

— É mesmo? Achei que fosse outra coisa. — Houve um breve silêncio, que aproveitei para morder o lábio para ficar quieta. — Pode me chamar de Denise.

Foi nesse dia que me tornei atriz. De verdade, com uma agente e tudo mais. Denise Hastings era alvo de desejo de muitos aspirantes a atores. Agente veterana, ex-atriz com dois Globos de Ouro e uma indicação ao Oscar no currículo, ela era bastante seletiva com os clientes que contratava. Por razões que nunca ficaram claras para mim, Denise se interessou por mim.

Não era a primeira vez que eu fazia um teste para um papel, mas aquele teste em particular foi apavorante. Havia muito em jogo. Denise ainda não tinha firmado um contrato de agenciamento comigo, o que significava que ela poderia simplesmente desistir, sem qualquer compromisso, caso eu não conseguisse o papel. Mas eu não deixei que isso me afetasse ao entrar no estúdio para o qual tinha sido encaminhada, me encostei na parede ao lado de cinco ou seis outras garotas, todas mais bonitas do que eu. Saltos altos, cabelos loiros e longos, dentes perfeitos e corpos de dar inveja — sumariamente cobertos com vestidos justíssimos — eram o padrão naqueles corredores.

Tratei de ocultar as minhas emoções à flor da pele da melhor maneira possível, transferindo toda aquela bagagem emocional para a personagem que interpretei momentos depois.

Não fiquei encarando nenhum dos homens e mulheres sentados a minha frente com expressões cansadas e posturas encurvadas. Fiz contato visual com cada um deles, abrindo sorrisos breves e profissionais, e encarei todo aquele momento como uma apresentação de vendas, sendo a minha performance o produto principal. Ao abrir a boca, eu *me tornei* Sarah, a melhor amiga de uma mulher de coração partido pela descoberta da infidelidade do marido.

O papel era meu. Quando um dos produtores me agradeceu, ele me chamou de Sarah sem querer e logo se desculpou. Eu sorri de felicidade.

Três semanas frenéticas depois, começamos as filmagens da produção de baixo orçamento em locações, em algum lugar de La Jolla, sob a direção de uma estrela em ascensão em que Hollywood estava começando a prestar atenção. Eu já tinha ouvido o nome Steve Wellington antes; até o tinha conhecido durante o meu teste, embora ele mal tivesse dito uma palavra e houvesse parecido bastante desinteressado na minha interpretação. Mas não deixei isso me desmotivar. Vi alguns dos seus filmes nas semanas que passei me preparando e assisti a algumas entrevistas curtas que encontrei no YouTube. Procurei informações sobre ele na internet, mas não de modo obsessivo, apenas o suficiente para saber o que esperar.

Mas eu não esperava o Steve que encontrei no set de filmagem.

Enquanto deixo a minha mente revisitar memórias, vejo Steve colocando uma aliança dourada em meu dedo, com o seu olhar repleto de amor e o meu coração repleto de felicidade. Após ele levantar o meu véu e nos beijarmos, vivas e aplausos irrompem em algum lugar atrás de nós, perto, mas ao mesmo tempo bem distante.

Mas isso só aconteceu depois. Muito tempo depois.

Havia uma força em Steve, uma aura de poder que o cercava como um brilho, atraindo a atenção de todos. Usando um terno formal com uma camisa branca e uma gravata cinza chumbo, ele parecia pronto para apresentar um novo projeto diante de produtores de renome ou para subir no palco do Dolby Theatre e receber o seu Oscar. Com um rosto anguloso, maçãs do rosto proeminentes, o queixo bem definido, olhos azuis que permaneciam intensos mesmo quando ele estava conferindo o cardápio do almoço, e uma voz de barítono que ecoava pelo set em surtos rápidos de direção entusiástica, Steven Wellington era mais do que intimidador. O seu discurso no primeiro dia de filmagem foi a prova disso.

— Cabe a nós, o pessoal desta produção, fazer com que este filme seja um sucesso. Assumam isso! Quero crer que vocês estão aqui porque acreditam que este filme merece o melhor que pode conseguir, e esse melhor são vocês. Brilhem sem medo! Acreditamos nesta história, uma história com a qual podemos nos identificar muito bem, um mundo onde a fraqueza humana e a redenção estão entrelaçadas numa experiência inspiradora. — Steve fez uma pausa, enquanto todos permaneciam em silêncio. Por um momento, os olhos dele se encontraram com os meus, e então, ele continuou: — Quero expressar a minha gratidão a cada um de vocês por trazerem a sua paixão e os seus talentos a este projeto! Vamos lá! Vamos começar!

Em *Serenata Eterna*, obtive o meu primeiro papel de verdade num projeto de milhões de dólares. Ao mesmo tempo, estava empolgada e apavorada, sabendo muito bem o que estava em jogo. Segundos depois de ouvir o discurso de Steven Wellington, fiquei sabendo que se eu cometesse o menor erro, seria dispensada do set mais rápido do que ele poderia ligar para a diretora de elenco para uma substituição. Se eu esquecesse as minhas falas ou engasgasse, ele me dispensaria sem pensar duas vezes.

Com aquele estado de espírito, comecei a filmar e quase engasguei, duas vezes, com cada tropeço só piorando as coisas. Steve parou a filmagem e fez um gesto para que eu me aproximasse.

— Confie em você mesma — ele disse em voz baixa, para que só eu ouvisse. — Você vai conseguir.

E assim, com poucas palavras, ele me ajudou a encontrar o meu caminho e brilhar.

Sob a sua direção, eu estava aprendendo e curtindo o meu trabalho mais do que imaginei ser possível. Ele me desafiou a explorar os aspectos mais profundos da personagem que eu não tinha considerado, me incentivando a experimentar.

O que foi apavorante no início, com tanta gente assistindo; uma equipe inteira que poderia ter se decepcionado comigo.

Levei menos de uma semana para perceber que, apesar de motivar a todos no set, Steven Wellington havia demonstrado um interesse particular pela minha atuação.

Certa noite, depois de refazermos a mesma cena três vezes seguidas por causa do desprezo mal disfarçado da atriz principal a cada fala que eu pronunciava, Steven conversou com ela em particular em um dos quartinhos sem mobília que serviam como depósito de equipamentos no set. Ela saiu de lá com cara de poucos amigos, batendo a porta ao passar.

Com uma expressão preocupada, eu a observei se afastar. Era o meu primeiro papel de verdade em um filme, e de alguma forma eu tinha conseguido despertar a inimizade da atriz principal. Hollywood é um lugar pequeno; eu não podia me dar ao luxo de ser responsabilizada por desentendimentos na equipe.

Com isso em mente, quase recusei o convite para jantar com Steven Wellington.

Fiquei feliz por não ter feito isso, quando, horas após o horário de fechamento, ainda estávamos conversando no terraço pequeno e deserto, com a nossa mesa limpa, exceto por duas garrafas de cerveja vazias.

Eu e Steve descobrimos que tínhamos muito em comum. Nós dois éramos admiradores dos trabalhos mais antigos de Scorsese; Steve havia estudado o cineasta em detalhes, e eu tinha visto a maioria dos seus filmes. Nós dois citamos falas de *New York, New York*, e demos boas risadas quando imitei o estilo extravagante de Liza Minnelli e forcei a voz para cantar algumas notas da música tema. Em seguida, Steve se transformou em De Niro, em *Os Bons Companheiros*, com algumas falas que eu reconheci de imediato. Ele fez uma representação muito boa, convincente. Steve teria sido um ator excelente.

— Eu estava lá no set, nas filmagens desse filme — Steve disse. — Scorsese dizia: "Não se esqueçam, Jimmy é um sedutor, mas também é calculista. Ele tem um carisma aparente que atrai as pessoas, mas por baixo, vive calculando, vive planejando e tramando." Ou algo assim — ele acrescentou, enquanto as nossas risadas recomeçavam. — Foi então que eu descobri que queria ser diretor algum dia. — Seus olhos brilharam ao falar. — O meu trabalho é dar vida às histórias. — Ele gesticulou com entusiasmo. — Moldando-as como se fossem de argila, só que são feitas de emoções. As pessoas acham que as histórias são feitas de palavras, fatos, eventos, esse tipo de coisa, mas estão erradas. Emoções. É com isso que a gente se identifica.

— Você já foi ator? — Ele tinha beleza suficiente para ser um ator de renome se tivesse escolhido isso.

Steve inclinou um pouco a cabeça, com a sugestão de um sorriso surgindo em seus lábios.

— Não. Nunca atuei. Não conseguiria. Pelo menos, não muito bem. — O seu sorriso foi se alargando e formando uma covinha no queixo. — Eu era um aprendiz... do tipo não remunerado. Larguei a faculdade e empacotei compras nos fins de semanas para conseguir me sustentar. Eu era mais um faz-tudo do que qualquer outra coisa, embora fosse apresentado como assistente de produção. No fundo, era isso o que eu fazia. Levava café para todo mundo e aprendi com o próprio Scorsese.

— É mesmo? — falei, de repente me dando conta de como já era tarde, como as ruas estavam desertas e como as nossas risadas ecoaram ali pouco antes.

O que estou fazendo aqui? Com o meu chefe, ainda por cima?

Porém, o tempo de pensar passou rápido, entre longos dias no set de filmagem, trabalhando, momentos de ansiedade, com as mãos suadas, relendo as minhas falas mais uma vez, pouco antes da minha cena ser filmada, e outros tantos jantares tarde da noite com Steve.

Na escuridão silenciosa do meu mundo, recordo o nosso casamento, e desta vez, me detenho na memória, me deliciando com o seu amor, sentindo saudade dele.

— Não era para você me ver assim — gritei quando ele me viu no meu vestido de noiva antes da cerimônia começar. Mas eu não fiquei chateada de verdade; a expressão em seu rosto foi suficiente para fazer desaparecer qualquer superstição da minha mente. Eu me aproximei dele, levantando um pouco a saia, e o beijei com ternura. — Agora, saia. Logo, logo chego lá.

Olhei no espelho mais uma vez, enquanto a minha mãe se apressava para ajeitar o véu e ajustar a saia. Com certa melancolia no olhar, Denise me observava de uma cadeira. Sussurrei um agradecimento para ela e passei as mãos pela minha cintura esbelta coberta com uma faixa de seda luxuosa. O vestido era requintado, com rendas em delicados padrões florais nas mangas transparentes, nas costas e no decote, caindo numa cascata suave até uma saia ondulante de cetim que se movia levemente a cada passo. Denise tinha me ajudado a escolhê-lo; a única extravagância para um evento na verdade bastante modesto. O preço estava muito além do meu orçamento, mas o vendedor foi estranhamente rápido em dar um desconto de 50%. Deve ter sido coisa de Denise. Um buquê de rosas brancas e hera pendente foi o toque final. Estava perfeito.

— Você está tão linda — a minha mãe disse, acariciando o meu rosto com os dedos trêmulos. Os seus olhos reluziam com lágrimas. — Seja feliz, minha garotinha. É o que eu mais desejo para você.

Era algo surreal.

Eu não consigo me lembrar de muita coisa, a não ser de estar com Steve, caminhando em direção a ele entre duas fileiras de pessoas sorridentes. De nos entreolharmos enquanto dizíamos os nossos votos. De eu dizer "sim", e então Steve sussurrar "eu te amo", enquanto colocava a aliança no meu dedo. Dos meus lábios nos deles durante um momento de tirar o fôlego, vertiginoso, uma promessa de mais felicidade por vir.

— DOUTOR PARRISH, COMPAREÇA AO POSTO DE ENFERMAGEM — O SIStema de som anuncia, me tirando do devaneio. A escuridão do meu mundo é avassaladora e assustadora.

Eu deveria ligar para Steve. *O que houve com ele? Por que ele não está aqui?*

O pensamento indesejado e inconcebível retorna, me arrepiando toda. *Foi ele? Foi ele quem tentou me matar?*

Um deslocamento do ar chama a minha atenção. Eu escuto atentamente. A porta se abriu quase sem fazer barulho, e passos suaves se aproximam em sapatos com sola de borracha. Um perfume suave que desconheço chega as minhas narinas; não é Isabella.

Tenho vontade de gritar, mas fico ali, toda imóvel e indefesa, sem coragem de respirar.

Será que ele veio atrás de mim?

CAPÍTULO 9

APAVORADA, RESPIRO FUNDO, ENQUANTO FRAGMENTOS DE MEMÓRIAS invadem a minha mente como cacos de um espelho quebrado. Eu me vejo correndo com passos vacilantes, olhando por cima do ombro, quase caindo, mas me apoiando na parede para me equilibrar e alcançar depressa a porta. Agarro a maçaneta e puxo com toda a força. Volto a olhar por cima do ombro, só para ver aquele braço erguido descer sobre mim antes de sentir um golpe brutal.

Mesmo assim, o rosto do meu agressor permanece oculto nas sombras da minha mente, invisível.

O chão dá um rangido quase imperceptível. Eu não estou sozinha no quarto. Não mais.

— Você está aqui? — pergunto, decidindo enfrentar quem quer que seja e lutar pela minha vida até o último suspiro sair do meu peito. — Cadê você? O que você quer?

— Calma… está tudo bem — uma voz rouca e suave diz. — Sou Jasmine, a sua enfermeira, mas pode me chamar de Jas.

O alívio é tão grande que os meus olhos se enchem de lágrimas.

— Oi, Jas — consigo dizer. — Você não faz ideia de como estou feliz em conhecer você. Faço uma pausa, insegura de repente. — Ou já nos conhecemos?

Uma risadinha, que soa mais como um gorgolejo, vem do lado esquerdo da minha cama. Imagino Jasmine como uma mulher alta, com seios generosos e um sorriso largo no rosto redondo.

— Bem, depende de como você vê isso. Pode ser que você não se lembre de mim, mas fui designada para cuidar de você alguns dias atrás.

— Pode ser que você não se lembre… — repito em um sussurro cansado.

— Claro, pode ser que eu não me lembre. Desculpa por isso. Vou tentar me lembrar de você amanhã. Ou eu já disse isso antes?

— Não, na verdade, é a primeira vez que conversamos. — A cama se inclina para o lado esquerdo, e o jaleco hospitalar farfalha quando a enfermeira se senta. Uma mão quente pega o meu pulso. — Consegue sentir isso?

— Vagamente.

Há um breve silêncio. Enquanto isso, Jasmine pressiona com cuidado o meu antebraço.

— O que você quer dizer com vagamente?

— Como se essa mão não fosse minha. Digo, a minha mão. Eu consigo sentir, mas não de forma real. Como se eu estivesse sonhando.

— E agora? — Jasmine agarra os meus dedos e aperta com um pouco mais de força.

— Mais ou menos a mesma coisa.

Depois de um momento de silêncio, Jasmine solta a minha mão.

— Interessante. — Ela fica de pé e a cama se nivela, mas não a ouço se mover. — Mas está tudo bem. Tenho certeza de que é um efeito colateral dos sedativos e dos analgésicos que você anda tomando. Você está nas nuvens, sabia?

— O médico disse que reduziu a dosagem de alguns dos meus medicamentos.

— E você ainda sente a mesma coisa? Essa sensação de que a sua mão não é sua?

— Sinto. — Espero uma resposta, mas Jasmine não diz nada. Ela parece ter retomado as suas tarefas, andando rápido pelo quarto, abrindo gavetas, movendo objetos pesados sobre rodízios, o som inconfundível de rodinhas deslizando pelo chão. — Tem mais alguém no quarto agora?

Os passos se detêm no lugar, a poucos metros de distância.

— Não. Por que você está perguntando?

— Eu só... estou querendo saber. — Engulo em seco, desejando poder tomar um gole de água para aliviar a garganta ressecada. — Estou com medo — admito simplesmente. — Eu não sei se...

— O que aconteceu com você, querida? — O suporte do prontuário faz barulho quando bate no pé da cama, plástico contra plástico. — Estou vendo algumas anotações aqui sobre uma investigação policial, e o nome de um detetive. Você foi atacada?

— Alguém tentou me matar.

— Meu deus! — Jasmine exclama. — Que coisa horrível! Quem fez isso?

Frustrada, mordo o lábio. É bom sentir os dentes penetrando na minha pele. É uma das poucas coisas que consigo fazer por conta própria.

— É esse o problema. Eu não consigo lembrar, assim como não consigo me lembrar de ter conhecido você antes, ou do nome do meu médico, que já esqueci algumas vezes, ou de várias outras coisas. Eu simplesmente não consigo lembrar! — Minha voz se eleva, ainda trêmula, mas o tom vai ficando cada vez mais forte.

— Pode ficar tranquila — Jasmine diz, retirando o meu cobertor. O ar frio provoca arrepios na minha pele. — Isso é muito comum em casos como o seu. Você sofreu uma concussão muito grave e está tomando medicação suficiente para sedar um cavalo. A sua memória vai voltar.

— Mas não é isso — insisto, enquanto Jasmine troca o meu lençol, me virando com cuidado. — Eu esqueci muitas coisas. Na verdade, metade da minha vida. Esqueci de quem eu era antes disso. Só deve fazer uma hora que lembrei que sou casada; e voltou para mim como uma onda de emoções, detalhes, imagens e sons que, às vezes, viram uma memória coesa e sólida, como eu costumava ter. E agora não sei onde está o meu marido, ou se foi ele quem...

— Calma... dê tempo ao tempo. A memória vai voltar. A amnésia pós-traumática quase sempre se resolve sem problemas.

— Foi isso o que ele disse — replico. — O doutor...

— Sokolowski.

— Isso, ele. Ele é bom?

— O melhor — Jasmine responde sem pestanejar. — Você tem sorte de ser atendida por ele. Ele também é uma boa pessoa, não é arrogante e não se acha superior como alguns outros médicos que conheço, que olham de cima tanto para os pacientes quanto para as enfermeiras. — Ela toca o meu rosto e o segura entre as mãos. — Vire a cabeça para mim, devagar. Assim. Dói?

Faço careta. O meu crânio está latejando, e movimento só piora a situação.

— Dói. Mas não me dê mais medicamentos. Eu preciso lembrar. Eu preciso disso.

— Tudo bem. Eu só quero virar você de lado. Não é bom ficar deitada de costas por tanto tempo. Acha bom mudar de posição?

— Não sei... acho que sim.

— Como você gostava de dormir, antes de tudo isso acontecer? Sobre o seu lado esquerdo?

— É. — Sorrio um pouco. — Como você sabia?

— A maioria das pessoas prefere dormir sobre o lado esquerdo. — Jasmine mexe nos lençóis e toca nos meus tornozelos rapidamente. — As suas pernas estao quentes o suficiente. A circulação está normal. Vamos virar você agora. Vamos começar pelos ombros e quadris e virar, assim.

Deixo que Jasmine mova o meu corpo e ajeite os meus membros enquanto ela fala, até eu me sentir confortável. Estou me esforçando ao máximo para não pensar no que está acontecendo. Para não me visualizar sendo manuseada e colocada no lugar como uma boneca quebrada.

A enfermeira me move com delicadeza e cuidado, e a sua voz de algum modo me mantém firme, como algo no qual posso me apoiar para me equilibrar. Eu lhe agradeço com um sorriso triste.

— Se não lembrar, eu vou morrer — sussurro, enquanto Jasmine puxa o cobertor sobre mim. — Ele vai vir atrás de mim de novo. Sei que vai. Posso sentir. Eu só... preciso estar pronta quando isso acontecer.

— Ele? — Jasmine pergunta. Então, o silêncio se torna sufocante, pois não consigo encontrar uma resposta em que possa confiar. — Sabe, esses dedos aqui estão morrendo de vontade de ligar para a polícia e dar o nome de quem fez isso com você.

Deixo escapar um suspiro que faz o meu corpo estremecer.

— Eu não sei quem foi, Jas. Tenho medo de descobrir, mas eu preciso. Me ajude. Por favor.

— Calma... eu estou bem aqui. Você precisa descansar agora.

— Como eu me defendo se a pessoa aparecer? O que eu posso fazer? Nem consigo mover as mãos — digo, com o desespero impregnando a voz enquanto tento cerrar os punhos e não consigo, percebendo que quase não sou capaz de fazer os dedos se mexerem.

— O que você acha de eu passar a noite com você? — Jasmine oferece. — Fico bem aqui, a seu lado, e cuido para que ninguém se aproxime de você. — Ela abre uma gaveta, depois passa pela cama e faz algo na bolsa de soro injetada na minha veia. Enquanto Jasmine vai e vem, sinto o movimento do tubo do soro e o deslocamento do ar.

A sonolência começa a se espalhar pelo meu corpo, quente e quase invencível, mesmo que eu queira ficar acordada o máximo possível. Sei que Jasmine me drogou, contra o meu pedido explícito, mas eu já não ligo tanto.

— Obrigada — digo, grata e, ao mesmo tempo, ciente de que ela tem que cuidar de outros pacientes. No momento em que eu adormecer, ela vai sair apressada para dar conta do trabalho.

O pensamento me faz perceber como os meus medos são irracionais. Estou segura aqui, cercada pelos funcionários, no meio de um hospital. Ou talvez eu não esteja tão segura assim: o tamanho enorme do lugar permite que o meu agressor entre escondido e tente novamente.

Porque ele vai tentar, se não por outra razão, pelo menos para me impedir de testemunhar. Como ele poderia saber que eu não me lembro de nada? E mesmo que soubesse, não se arriscaria a me deixar viva até a minha memória voltar. Não passo de uma ponta solta, prestes a ser amarrada com um nó apertado e mortal. E dessa vez, não vai haver fuga.

Algo faz um barulhão ao cair no chão, me assustando. Um suspiro involuntário escapa dos meus lábios.

— Desculpa — Jasmine murmura. — Essas minhas mãos velhas não funcionam tão bem quanto antes.

Fico atenta a outros sons, imaginando a enfermeira se ocupando dos seus afazeres. Rasgando uma embalagem. Coletando algum lixo, amassando-o, depois abrindo um recipiente e jogando o material amontoado ali. Depois, fechando a tampa com força, metal contra metal, como nas lixeiras acionadas por pedal. Ou talvez seja equipada com um sensor de movimento, com a tampa se abrindo quando uma mão passa na frente dela. Eu me pego perguntando se o recipiente tem os três círculos entrelaçados do símbolo de risco biológico. Em minha visão interior, tem. É de aço inoxidável prateado, e os círculos são pretos. Não vermelhos, como já vi nos filmes... pretos. Não sei o motivo, mas tenho certeza disso.

A minha mente está pregando peças outra vez.

— Pronto — Jasmine informa, empurrando um banquinho até perto da minha cama e se sentando com um suspiro de satisfação. — Agora, descanse, enquanto eu leio um pouco o meu livro.

— O que você está lendo?

O banquinho range um pouco sob o peso dela.

— O mais recente de James Patterson. Gosto muito de um bom livro de suspense policial. — Ela ri baixinho e folheia as páginas do livro. Sinto um leve cheiro de papel recém-impresso e guilhotinado. É agradável, quase como baunilha. Lembra noites aconchegantes passadas no sofá com um livro no colo.

O silêncio perdura por um tempo, mas então, quando estou prestes a adormecer, um pensamento ganha forma na minha mente, me arrepiando. Eu me pergunto se ela ainda está no quarto comigo.

— Jasmine, se você quisesse me matar, como faria isso?

CAPÍTULO 10

O SOM DA SIRENE DE UMA AMBULÂNCIA SE APROXIMANDO ME DESPERTA com um sobressalto. Fico atenta aos diversos ruídos, formando uma imagem mental que consigo visualizar com tanta facilidade como se estivesse encostada junto à janela, olhando para fora. O som da sirene vai ficando cada vez mais alto, parando de repente quando o veículo estaciona. As suas portas traseiras se abrem com um discreto rangido, seguido pelo som das rodas da maca batendo no chão. Devem ser as mesmas portas sendo fechadas com força. A maca, vibrando um pouco sobre as rodas, e o gemido de um homem se entrelaçam para contar uma história que não posso ver com os próprios olhos, mas que ainda assim é pungente. Os sons vão sumindo ao longe.

— Jasmine? — chamo baixinho, ainda sonolenta depois de ter dormido por um tempo indeterminado. O poder estabilizador da ausência da luz do dia no meu mundo me deixa presa ao jogo enlouquecedor das suposições. Me sinto zonza e perdida, com a boca seca e a consciência se esforçando para emergir das camadas de medicação, como um navio através de um espesso nevoeiro marítimo.

Não há resposta. O quarto parece inquietantemente silencioso após os sons da ambulância.

— Jas? — chamo novamente, dessa vez com a voz embargada pelas lágrimas.

Recordo como a minha enfermeira ficou chateada com a minha pergunta, e quão fria foi a resposta dela: "Estou disposta a ignorar essa pergunta e culpar os remédios que você anda tomando."

Quando perguntei a Jasmine como ela pensaria em me matar, queria ouvir as ideias dela como alguém que gosta de livros de suspense criminal, como alguém que trabalha num hospital, como alguém capaz de perceber o perigo se aproximando. Fiz o possível para explicar tudo isso. Depois de um tempo, a voz da enfermeira voltou a soar mais calorosa, e ela pediu desculpas. Mas, então, saiu do quarto após sugerir que eu marcasse uma consulta psiquiátrica. Jasmine até anotou essa recomendação no meu prontuário.

Eu não sou louca. Sei que não sou. A dor latejante na nuca não é imaginária, tampouco a memória perturbadora de eu correndo, implorando pela minha vida. Agora tudo o que tenho são sons e cheiros, e muito tempo para tentar reconstituir as memórias que compõem o que eu costumava ser.

Pela primeira vez na vida, eu escuto. Eu escuto de verdade, prestando atenção nos sons de uma maneira diferente, muito mais do que já fiz antes. No meu mundo permanentemente às escuras, os sons se tornaram tridimensionais, com a minha percepção aguçada pela ausência de distrações visuais. É uma fonte prolífica de informações, que cria imagens com precisão para a minha visão interior, imagens que consigo reconhecer e interpretar. A minha audição se aguçou, apesar do coquetel de medicamentos que ainda me deixa sonolenta e fraca. Consigo ouvir os pássaros cantando do lado de fora da janela e, às vezes, o murmúrio do vento, o som suave das gotas de chuva, o rangido do chão sob os passos mais silenciosos.

Talvez eu não consiga perceber o meu agressor se aproximando, mas com certeza ouvirei. Posso esperar ter uma pequena vantagem por um instante. Mas depois disso, o que farei?

Com esse pensamento, tento mover a mão. A princípio, sinto o cobertor com a ponta do dedos e curto o movimento dolorosamente lento sobre a superfície macia e felpuda. A sensação continua sendo tão estranhamente distante quanto antes, mas ainda assim está ali. Tento fazer a mão subir pelo cobertor e alcançar o rosto. Após o que parece durar uma eternidade, pode ser que eu tenha conseguido percorrer alguns centímetros dessa distância. O braço não dói, tampouco os dedos; eles simplesmente se recusam a obedecer a minha vontade de movê-los. O que costumava ser natural agora se tornou uma luta absurda.

Mas hoje, percorri três centímetros a mais do que ontem. E o dia só está começando.

Ao longe, as vozes despreocupadas de duas mulheres envolvidas numa conversa se aproximam rápido, depois desaparecem à medida que passam pelo meu quarto.

— ... você quer continuar indo lá na hora do almoço? Eu sabia — uma das mulheres diz com voz melodiosa, rindo.

— Fica quieta — a outra responde, rindo baixinho. — Ou você não vai ser convidada. — Dá para perceber que as duas mulheres são boas amigas, daquelas que confiam uma na outra e fofocam juntas. O som quase imperceptível dos passos delas se afastando me faz pensar nos sapatos usados por Isabella e Jasmine. Sapatos confortáveis e sem salto, que não fazem barulho, para não incomodar os pacientes. As donas das duas vozes jovens devem ser enfermeiras.

Conversa fiada... mais uma das pequenas regalias da vida que não tenho mais. Agora, nada na minha vida é sem sentido. Quando a minha atenção se volta para os dedos teimosamente letárgicos, a memória dos meus gritos invade a mente com força, me obrigando a reviver os momentos que antecederam o ataque. Aqueles olhos... tanta raiva, tanta fúria, me imobilizando sob aquele olhar penetrante, me deixando paralisada. E algo mais que eu não lembrava antes. Excitação. Um lampejo de euforia, como se a minha queda fosse o grande final de uma corrida extenuante.

Será que aqueles olhos faiscantes eram de Steve?

Como se fosse um sonho, me recordo do olhar, de como me senti sob a força cortante daquele olhar odioso, a frieza dele. Porém, não me lembro dos olhos reais que irradiavam tanta raiva. Eram azuis, como os de Steve?

Não tenho certeza.

Só me recordo de como me senti. De como corri, gritando até a minha garganta ficar em carne viva.

A memória se perde no nada, desaparecendo no exato momento em que fui derrubada e o meu mundo inteiro escureceu numa explosão de estrelas verdes irrompendo atrás das minhas pálpebras.

Não tenho nada. Nenhuma resposta para a pergunta que me impede de ligar para o meu marido, de tê-lo por perto. De não me sentir tão desesperadamente sozinha e vulnerável. E de não saber por que ele não está me procurando.

Nunca soube que Steve fosse capaz de ser violento, mas há muitas coisas que não sei sobre ele. Até uns dias atrás, eu tinha esquecido que ele existia. O que mais estou deixando passar?

Respiro fundo e insisto em dobrar os dedos, determinada a fazê-los funcionar novamente. Ao deixar a minha mente vagar, reviro fragmentos do meu passado para formar algo coerente. Por um tempo, não consigo dar sentido a esses pedacinhos que passam depressa pela minha mente. Mas então, em um lampejo de clareza, vem até mim, me varrendo como uma onda. Agradecida, me deixo mergulhar na descoberta de quem costumávamos ser, e a voz do Steve ressoa na minha mente.

— Ah, querida, conseguimos — ele sussurrou, empolgado, quando o apresentador do Globo de Ouro chamou o nome dele. Ele me deu um beijo rápido na boca e, em seguida, caminhou na direção do palco com um passo saltitante e um sorriso que poderia iluminar toda a Hollywood. Fiquei de pé e aplaudi, feliz por ele e um pouco triste por mim. A minha indicação ao Globo de Ouro, pelo papel principal em *A Queda de Jane Watkins*, não tinha se concretizado.

— Isso vai mudar a direção das nossas carreiras — ele disse depois, ainda empolgado após a longa cerimônia, seguida de uma festa de confraternização. Estávamos tomando champanhe no café da manhã em um dos restaurantes do Beverly Hills Hotel. Champanhe e panquecas. — Você vai ver. Só estamos começando. — Seus olhos brilhavam de alegria.

Mas isso aconteceu depois.

Primeiro, houve o entusiasmo da filmagem de *Jane Watkins*. Eu nunca tinha visto Steve tão animado antes. Ele dormia muito pouco, quatro horas por noite, trabalhando o tempo todo, perdendo peso por não comer, mesmo que eu corresse atrás dele com sanduíches ou lanches. Parecia que todo o seu ser havia se condensado nessa chama interior e avassaladora, que não encontrava descanso até que a última cena fosse filmada.

Durante aquele tempo, o meu relacionamento com Denise cresceu, se tornando uma amizade mais íntima. Ela aparecia no local das filmagens sempre que podia, observando com uma expressão orgulhosa como eu dava vida a Jane Watkins. Com a orientação dela e a direção de Steve, eu floresci como atriz e descobri uma forma de me expressar. O roteiro era brilhante, com uma história que prometia prender os espectadores de maneira memorável. Além disso, eu amava Jane, a mãe viúva de um menino de sete anos, com uma personalidade multifacetada; a fragilidade que se tornou a sua força quando ela precisou lutar pelo filho.

Para o meu espanto, porém, depois do lançamento de *A Queda de Jane Watkins* no verão, comecei a ser chamada de nepo atriz, com todo o meu sucesso sendo creditado a meu marido. A atenção de todos estava menos em minha performance e mais no meu casamento com um diretor em ascensão de quem todo mundo falava. Isso durou alguns meses, culminando com o Globo de Ouro em janeiro e o *People's Choice* para mim cerca de um mês depois.

E então outro filme foi lançado, e mais outro, e a poeira do esquecimento começou a cair em peso sobre as nossas carreiras.

Durante algum tempo, Steve fazia questão de escolher a dedo os projetos em que desejava trabalhar, preocupado com a reputação que estava apenas começando a construir. Eu fazia testes para tudo o que Denise agendava para mim, mas, por algum motivo, os produtores hesitavam em me escolher. Um deles chegou a dizer, depois de um teste: "Muito bom, Emma, mas você sempre será Jane Watkins, e a gente precisa de alguém muito diferente. Alguém mais... nova", enquanto outros deviam achar que só consegui o papel de Jane Watkins porque era a mulher de Steve, e não tinha mérito próprio. Diziam que o meu sucesso se devia unicamente ao roteiro excelente e à direção de Steve Wellington, que era um diretor espetacular.

Certo dia, algum tempo depois de Steve ganhar o Globo de Ouro, e após um teste que terminou com palavras de encorajamento e votos de boa sorte em vez de um contrato, cheguei em casa e encontrei uma chave decorada com um laço vermelho, esperando por mim na mesa da sala de jantar, além de duas passagens aéreas.

— O que é isso? — perguntei, olhando nos olhos travessos de Steve.

Ele deu um sorriso largo e pegou a minha mão.

— Você vai ver.

Naquela tarde, pegamos um avião para Tahoe, um voo curto que não trouxe respostas para a infinidade de perguntas que fiz. Sentado a meu lado, olhava para mim com aquele brilho nos olhos que eu adorava e um sorriso tímido que criava covinhas em seu rosto, sem dizer nada. Ele conduziu um carro alugado no aeroporto por uns 40 minutos ao longo de uma linda e sinuosa estrada de montanha, e parou diante de uma grande casa em estilo chalé de um pavimento, situada no meio de mais de 15 mil metros quadrados de floresta. Eu não fazia ideia de quem morava ali. As luzes estavam acesas dentro da casa e na área externa ajardinada. Era de uma beleza de tirar o fôlego.

Steve desligou o motor e olhou para mim.

— Está pronta?

— Pronta pra quê? — Eu não estava vestida para uma ocasião formal. Não em uma casa como aquela. Quanto a Steve, ele sempre usava terno.

— Para ser carregada para dentro da casa, senhora Wellington.

— Minha nossa! — exclamei, olhando para ele, e depois para a casa. Saí do carro e corri para os braços dele. — Você não pode estar falando sério!

Eu ainda estava gritando de alegria quando Steve me pegou no colo e me levou para dentro. Ele me mostrou a casa, e eu fiquei eufórica e temerosa ao mesmo tempo. Como pagaríamos por isso? E por que ali, em Tahoe, quando a nossa vida estava em Los Angeles? Steve não respondeu a nenhuma dessas perguntas; simplesmente ignorou as minhas preocupações, me lembrando que as nossas vidas estavam apenas começando.

A casa era incrível. As janelas inclinadas da sala, do chão ao teto, davam vista para o lago distante e os imponentes picos nevados além. Uma lareira rústica de pedra com uma base elevada era o elemento central da sala, possuindo uma cornija de madeira e prateleiras embutidas em ambos os lados. O primeiro objeto a ser levado para a nova casa foi o Globo de Ouro de Steve, que acabou na cornija, enquanto eu fui parar nos braços dele para um beijo ardente que me fez esquecer da minha preocupação com o nosso futuro.

Foi prazeroso curtir o nosso sucesso passageiro por um tempo. A felicidade de Steve iluminava nossa vida com o brilho de um conto de fadas, enquanto o meu estômago embrulhava, percebendo como o dinheiro sumia depressa: logo após fecharmos a compra da casa em Lake Tahoe, Steve comprou um BMW M4 Coupé em um tom deslumbrante de azul-metálico. Como uma criança com um brinquedo novo, ele nunca me convidou para dirigi-lo, mas escondeu uma caixa embrulhada no porta-luvas do novo conversível. Ele me levou até o nosso mirante favorito à beira do lago e então me entregou a caixa.

— Isso é para você, minha linda esposa.

Dei um sorriso, me perdi nos olhos azuis e amorosos de Steve e abri o pacote. A pulseira com diamantes era absolutamente deslumbrante.

Por um tempo, fomos imensamente felizes. Então veio a angústia de não ser capaz de repetir o sucesso de *Jane Watkins*. Steve não vinha recebendo nenhum bom roteiro. Os produtores pareciam preferir outros diretores. As ligações que ele atendia só eram de gente que apresentava o que Steve chamava de "ideias dignas da lata de lixo". Ele recusava todas, guardando-se para o próximo grande sucesso, que nunca veio.

Tarde da noite, depois que a decepção revestia os nossos dias com amargor, conversávamos sem parar, analisando cada detalhe de cada ligação que recebíamos ou não recebíamos. Por que fulano escolheu outro diretor para o novo filme de suspense psicológico. Bem, claro que escolheu; ele conhecia aquele diretor havia anos, viviam juntos nas festas, jogavam pôquer nas noites de sexta-feira e coisas do tipo. Nenhum de nós sabia se relacionar bem com os maiorais de Hollywood; após um tempo, começamos a passar todos os nossos fins de semana em Tahoe, onde o fato de não sermos convidados para nada parecia doer menos.

Mas Steve foi ficando cada vez mais desesperado. Dois anos se passaram, e o seu Globo de Ouro permanecia sozinho sobre a cornija da lareira da sala.

Eu era menos seletiva em relação ao trabalho. Qualquer coisa que Denise me arrumasse, eu fazia o teste e, de vez em quando, recebia propostas razoavelmente boas. Nada ao nível de *Jane Watkins*, mas a grana estava curta, e eu sabia que os meus bons anos tinham os dias contados. Ao contrário de Steve, o tempo não trabalhava a meu favor. *Amor de Verão*, um filme de baixo orçamento e insignificante, no qual mostrei os meus scios por exatos um segundo e meio, provocou a nossa primeira briga.

— ... irresponsável, e isso é dizer pouco. — A voz de Steve ecoou na minha mente, irritada, fria e ferina. — Já pensou nas consequências disso? Para você? Para a gente?

— Eu sou atriz, Steve. Esse papel, é... complexo, é real. Tomei uma decisão profissional.

— Uma decisão profissional? Ficar pelada para a câmera agora é uma decisão profissional?

— Não tem a ver com nudez. Tem a ver com arte. A história que estamos contando. Sei que você consegue entender. Você faz isso tão bem com outros atores. E são menos de dois segundos na tela.

Ele deu uma risada sarcástica e fez um gesto negativo com a cabeça.

— Você chama isso de arte? Eu chamo isso de suicídio profissional. E quanto a mim, hein? O que eu vou ser? O marido da atriz que fica pelada para todo mundo ver?

— Ah, quer dizer que é o seu ego que está em jogo, né? A *sua* carreira? — No calor do momento, me esqueci do quanto eu queria que a gente se reconciliasse e voltasse a ser feliz. — E quanto a *minha* carreira? As minhas escolhas? Não estamos mais na Idade das Trevas, sabia?

Steve apontou um dedo acusador para mim.

— Não. O que está em jogo é o respeito. Por você e por mim. Você passou dos limites. Deveria ter falado comigo antes de assinar o contrato.

Ele levantou a voz e eu recuei um passo. Eu não queria mais brigar, mas Steve estava longe de ter razão.

— Eu aceitei esse papel porque é desafiador para mim. E não para te afrontar ou constranger.

— Mas a que custo, Emma? As fofocas, os olhares... Já passou pela sua cabeça?

— Não estou a fim de viver com medo. Nem da indústria, nem de você. — Cruzei os braços e o encarei com firmeza, respirando fundo para conter as lágrimas. Ele desviou o olhar, deixou os ombros caírem e ficou cabisbaixo. — Eu quero a nossa felicidade, Steve. Mais do que tudo. Mas eu devo isso a mim mesma, fazendo o possível para construir algo para mim.

Felizmente, fizemos as pazes na mesma noite. Eu não sabia mais como viver sem ele.

A segunda briga aconteceu quando arrumei um emprego de garçonete em Lake Tahoe, trabalhando nos fins de semana quando não estava filmando. Os turistas faziam o meu trabalho valer a pena, e eu não me importava que, de vez em quando, alguém me reconhecesse ou me cantasse com algum comentário vulgar. Eu estava conseguindo pagar algumas contas e aliviar um pouco o estresse de Steve. Ou foi o que pensei.

Ele ficou tão bravo quando eu contei, mas a raiva dele passou rapidinho, dissolvida pelas minhas lágrimas. Steve não era do tipo que ficava bravo comigo por muito tempo. Ele me amava demais para isso.

Lembrei de Steve como um homem gentil e carinhoso, quase paternal, e não alguém que me encararia com os olhos cheios de raiva, pronto para me derrubar.

Enquanto o sistema de som anuncia um código de emergência, fico imaginando onde ele está. Por que não está me procurando? Por que não está sentado aqui, a meu lado, segurando a minha mão?

Ele deve estar filmando em algum lugar, decido, após um momento de dúvida paralisante. Arrepiante. Eu deveria ligar para o assistente dele para descobrir? Qual era mesmo o nome do rapaz? Um jovem de cabelo escuro e cacheado, olhos negros, ainda com menos de vinte e dois anos, e que nutria uma paixão secreta pelo meu marido. Ele venerava Steve, me deixando até com ciúmes às vezes, mas o meu marido não era gay. Eu não tinha motivo para me preocupar.

Em vez disso, talvez eu devesse ligar para Steve. Ele deve estar morrendo de preocupação.

CAPÍTULO 11

— O QUE QUER DIZER CÓDIGO AZUL? — PERGUNTO COMO UMA MANEIRA de quebrar o gelo, antes de me atrever a fazer as perguntas mais importantes que estão na minha mente.

Passei o dia todo inquieta, dominada por medos incontáveis, mas ao mesmo tempo um pouco atordoada, lutando contra a confusão mental com pouco sucesso. Lembro-me de fragmentos de acontecimentos recentes, de ontem, mas não parece ser suficiente. Algumas pessoas vieram me visitar no dia anterior. Deve ter sido o meu médico… mas ele passou uma vez ou duas? Qual das enfermeiras me alimentou? Por que não me lembro de ter feito três refeições ontem? Mal consigo me lembrar de uma; um cream cheese de algum tipo. Será que foi Jasmine? Acho que não. É como se a minha confusão mental tivesse engolido tudo, deixando apenas vestígios, em um jogo distorcido de pistas falsas que eu não quero mais jogar.

Os sapatos do médico fazem um rangido leve quando ele se detém por um momento. Ele está rasgando algumas embalagens ao lado da cama, parece que não muito longe.

— Por que você está perguntando?

— É quando alguém…?

Ele parece hesitante em responder. O ruído de papel parou. O médico fica completamente imóvel, enquanto imagino que ele tenha enfiado as mãos nos bolsos, como já vi vários médicos fazerem, quando eu ainda podia ver.

— É um jargão hospitalar para parada cardíaca ou respiratória — ele diz depois de um tempo. — Não precisa se preocupar com isso.

— Eu fui considerada código azul na noite passada?

Outra breve hesitação.

— Tecnicamente, sim, foi. Mas não houve um código azul de verdade para você, porque estávamos aqui, prontos para te ajudar a respirar. — Ele dá uma risadinha, que soa um pouco desdenhosa para mim, mas talvez eu esteja sendo meio infantil. — Você não deveria se preocupar com essas coisas, Emma. Nada vai acontecer com você. — O ar se move quando o médico se aproxima da cama, trazendo consigo uma leve lufada de manjericão e roupa limpa, talvez amaciante ainda impregnado em seu jaleco. A cama se inclina um pouco sob o seu peso quando ele se senta, e algo farfalha perto do meu rosto. Detesto não saber quando as coisas ou pessoas ficam tão perto de mim. Mas não há nada que eu possa fazer a respeito. Por instinto, estou antecipando algo assustador, embora racionalmente saiba que ele não vai me machucar.

— Há quanto tempo estou aqui? — pergunto.

Ele retira as cobertas da parte superior do meu corpo, depois arregaça a minha manga folgada para expor o meu braço esquerdo. Os seus dedos enluvados mal tocam a minha pele.

— Alguns dias — responde, enquanto remove um adesivo com cuidado. As suas mãos parecem cálidas ao toque através do nitrilo fino da luva. O adesivo puxa a minha pele ao ser removido, me deixando com vontade de coçar o braço ali mesmo, onde as bordas estão se descolando. Ele o retira, depois aplica um novo depressa, passando os dedos pelas bordas para garantir que grude bem. O novo adesivo parece frio e úmido, me dando calafrios.

— O que é isso?

— O adesivo? — O doutor Sokolowski amassa algo nas mãos e se levanta da cama. — É a sua medicação para dor. É fentanil de liberação prolongada, para podermos manter a dosagem reduzida, como você pediu. — Ouço o som do médico tirando as luvas, um estalo duplo, e então ele joga algo no lixo. A tampa da lixeira cai com aquele rangido característico de metal contra metal. — Como está se sentindo? A sua cabeça ainda está doendo? De um a dez, qual é o seu nível de dor?

— Olha, uns quatro, mas eu dou conta.

— Certo, então está tudo caminhando. Eu volto amanhã…

— Eu fico lembrando a mesma coisa, várias vezes. Mas não é uma memória real; são apenas fragmentos de uma. E fica voltando, o tempo todo. Isso está me deixando louca.

— Isso se chama memória intrusiva — ele responde, com a voz mais baixa, mais empática. — É bastante comum em casos de amnésia pós-traumática. — O médico faz uma pausa breve e, depois, acrescenta: — Pense nas memórias como objetos guardados em gavetas para a gente pegar quando precisamos deles. As memórias intrusivas querem se destacar, sair das gavetas antes da hora. Às vezes, isso é pertinente, uma maneira do seu subconsciente chamar a atenção para alguma coisa que você precisa saber. Outras vezes, as memórias intrusivas são apenas artefatos de um cérebro traumatizado que está tentando entender o que está em suas gavetas e como acessá-las na ordem certa.

— Por que isso acontece? — pergunto, com um tom de desespero na voz.
— Só me lembro de correr, gritar e aquele olhar... cheio de uma raiva indescritível. Mas não consigo recordar nada do rosto da pessoa. Não o suficiente para lembrar quem era, e contar sobre isso para a polícia.

— A amnésia pós-traumática consiste numa deficiência na consolidação e recuperação das memórias. Você deve estar recordando como se *sentiu* em relação ao que aconteceu, e não os detalhes reais. — Ele faz uma pausa breve. — A memória tende a voltar em peças embaralhadas, como num quebra-cabeça. A sua linha do tempo também pode parecer bagunçada. Mas, conforme você vai descobrindo onde uma peça se encaixa e vai juntando, vai melhorar. Vai ficar mais fácil. E alguns desses fragmentos de memória *serão* intrusivos. Vão continuar surgindo na sua mente até você decifrar a mensagem deles.

— Quando eu vou me lembrar de tudo, doutor? O que eu posso fazer para isso acontecer mais rápido?

A cama se inclina um pouco sob o peso dele. Dedos quentes e secos apertam os meus.

— Para ser sincero, eu esperava que isso já tivesse se resolvido. Mas é como o doutor Winslow disse ontem de manhã: algumas coisas talvez nunca voltem. Pode haver algumas perdas permanentes.

— Como assim ontem de manhã? — O pânico vai se apossando de mim e me deixando sem ar. — Ele esteve aqui? Ele falou comigo? Eu não lembro!

— Você não se lembra do exame? O doutor Winslow discutiu a sua tomografia com você ontem de manhã.

Desesperada, faço um esforço mental, procurando o menor vestígio que corrobore o que o doutor Sokolowski está dizendo. Não encontro nada. Apenas escuridão, alguns resquícios de diálogo, sentimentos e pensamentos, todos emaranhados num amontoado irreconhecível de memórias de caráter onírico. Aquele pedacinho irritante e repetitivo da minha tentativa de fugir do meu agressor continua surgindo, e uma sensação vaga de que alguém pode ter estado lá antes, mas não tenho certeza. — Não... não me lembro da visita do doutor Winslow ontem de manhã. Mas lembro de você ter falado dele antes. Como é possível?

Ele volta a apertar a minha mão, e quem me dera poder me soltar, embora o gesto do médico tenha a intenção de ser reconfortante e encorajador. Eu não quero consolo. Eu quero a minha vida de volta. Os bipes do monitor se intensificam de acordo com o ritmo do meu coração, tornando o silêncio do quarto ainda mais insuportável.

— Pode ser um efeito residual do Versed, prejudicando a sua memória nas primeiras horas depois de acordar. Esse é o medicamento que você está tomando para facilitar o seu sono à noite. — Os seus dedos procuram o meu pulso. — Uma nova tomografia foi feita hoje de manhã, e o inchaço está regredindo de maneira satisfatória. Mas existem tecidos cicatriciais na áreas em que a lesão foi mais grave, em especial no córtex visual do cérebro, que se estende até o hipocampo, onde as memórias são armazenadas. É por isso que ele…

— Eu ainda não consigo ver? Ele me testou? — pergunto com a voz estridente, tomada pelo pânico.

— Infelizmente, a sua visão ainda não voltou. Ainda estamos esperançosos, pois o cérebro humano tem uma capacidade incrível de autocura, de compensar perdas de funcionalidade. Mas existe o risco de que algumas memórias, e possivelmente a sua visão, talvez não voltem.

— Não! — grito, já incapaz de conter as lágrimas. — Isso não pode estar acontecendo comigo.

— Não consigo nem imaginar quão abalada você deve estar se sentindo agora. — O médico deve ter dito essas palavras mil vezes. Elas soam ensaiadas, automáticas, e eu mal dou atenção a elas.

O que vou fazer? Perdi tudo. A minha carreira já era; nunca mais vou atuar, nunca mais farei a única coisa que amava de verdade. E quanto a Steve… como posso proporcionar a ele uma vida boa, aleijada e cega desse jeito? Ele seria mais feliz sem mim. *Ah, Steve…* Um nó sufocante toma conta de mim, mas eu o mantenho preso dentro do peito. *Eu preciso de você.*

— Estamos aqui por você, Emma. Faremos tudo o que estiver ao nosso alcance para te ajudar. — Não digo nada. A minha cabeça ainda está girando, procurando lidar com tudo o que ele disse. — O doutor Winslow fez outros exames, incluindo um estudo de condução nervosa, e ele foi bem claro quanto aos resultados. Você *vai* voltar a se mover. Vai demandar algum tempo de reabilitação, mas você será capaz de se mover com deficiências motoras mínimas. Esse tônus muscular anormal nos deixa um pouco preocupados, mas acreditamos que…

— Mas eu vou ficar cega — sussurro, com as palavras me arrepiando enquanto as digo.

— Ainda não temos certeza. Há uma chance de que você recupere a visão por completo. Não há nada na tomografia que diga que você não vai conseguir. Mas existem tecidos cicatriciais, alguns deles nas áreas do seu córtex visual e na área associativa visual.

— O que é isso? Não estou entendendo.

— É a área do cérebro responsável pela interpretação e análise das informações visuais. O reconhecimento de padrões, a análise de cor, forma e movimento, o processamento visuoespacial e a diferenciação entre experiências do passado e do presente.

— Então, eu poderia recuperar a visão, mas ela ser completamente inútil? Eu conseguiria ver letras, mas não ler? Ver um carro vindo, e não lembrar que preciso sair do caminho?

— Não temos certeza disso, mas, sim, essa é a possibilidade de que estou falando. Existe uma grande chance de a visão se recuperar completamente, mas vai levar um pouco mais de tempo. E vai exigir muita paciência. Talvez eu possa te dar...

— Não — retruco. — Chega de medicamentos. Me sinto grogue o tempo todo. Como posso me lembrar de alguma coisa se vivo dopada? E eu preciso lembrar, doutor, preciso mesmo. Do contrário, vou morrer. — Deixo escapar um soluço, em meio a uma respiração entrecortada, apesar do esforço para não chorar. — Eu só quero a minha vida de volta. As coisas que eu costumava fazer, as pessoas que eu amo. O que vou fazer?

— Você vai se lembrar, prometo — o médico diz com convicção. Ele fica de pé, deve estar cansado de todas as minhas perguntas e ansioso para ir embora. — Aí você vai dar à polícia o nome ou a descrição da pessoa que te atacou, e tudo será resolvido. Enquanto isso, vamos nos concentrar na sua recuperação imediata. Tire um tempo para descansar. E você deveria pensar em alguém com quem possa ficar quando sair do hospital, só para ficar mais segura. — Ele faz uma pausa, meio hesitante. — Na verdade, tem um casal simpático lá fora esperando para ver você.

— Não quero ver ninguém. — As palavras escapam antes que eu consiga me controlar. Não me importa quem são essas pessoas. Nem tenho curiosidade. Só quero que me deixem em paz.

— Não seria uma coisa ruim — o médico insiste. Dá para sentir que ele está mais perto da cama, talvez se inclinando um pouco sobre mim. — Vai ser bom para você. Vai por mim. — Há uma alegria encorajadora na voz dele, abafada pela máscara.

Antes que eu possa recusar novamente, ouço a porta se abrir, e vozes distantes trocam palavras que não consigo compreender. Uma corrente de ar mais fresco entra no quarto e, com ela, um perfume doce e enjoativo.

Isso me enche de pavor. Memórias esquecidas irrompem na minha mente das profundezas do tempo, despertando uma dor profunda no peito. Por um brevíssimo instante, lembro de ter sentido esse mesmo perfume na minha roupa de cama numa terrível noite de verão, talvez não tão distante.

Então, uma voz familiar diz:

— Olá, Emma.

CAPÍTULO 12

Dizem que o cheiro é o gatilho mais poderoso para emoções e memórias.

É verdade.

Recordações vívidas se chocam contra a minha mente como ondas furiosas quebrando em uma costa rochosa, devorando-a, pedaço por pedaço: aquela noite, quando encontrei um longo fio de cabelo na bancada do banheiro, e o pensamento fugaz que atravessou a minha mente com um arrepio de medo. *Parece mais longo e mais escuro do que o meu.* Mas decidi ignorar e voltar para a cama, onde o meu marido já estava dormindo.

Então, não muito tempo depois, outro fio de cabelo estava enroscado no meu travesseiro quando voltei para casa após alguns dias que passei filmando em locação. A cama estava malfeita, como se alguém tivesse acabado de esticar as cobertas às pressas. Não era o que Sofia, a nossa empregada, chamaria de cama arrumada.

Quando eu a chamei para vir ao quarto, não foi para repreendê-la.

— Sim, senhora Emma? — Suas palavras vieram com o seu forte sotaque polonês e com o sorriso habitual no rosto redondo.

— Você se esqueceu de fazer a cama? — perguntei. Ela desviou o olhar para a cama e ficou de queixo caído. Fez um gesto negativo com a cabeça e pareceu preocupada, talvez até assustada. — Não é um problema, Sofia. Só estou curiosa.

Foi o que eu disse a ela, mentindo com naturalidade, quando não consegui admitir, nem para mim mesma, que eu precisava saber o que tinha acontecido. Por que a minha casa de repente parecia estranha e hostil. Por que sentia um frio na espinha me percorrer enquanto encarava a fronha branca, meio manchada com uma cor de batom muito mais escura do que a minha.

Sofia deu um olhar demorado para a cama e resmungou algo às pressas em sua língua nativa, em seguida, abaixou os olhos. Ficou vermelha e foi logo tirando a roupa de cama. Ela era uma mulher mais velha, com uns sessenta anos na época, seios generosos, e olhos amáveis e compreensivos em um tom caloroso de avelã. As suas papadas balançavam enquanto ela corria para refazer a cama, ainda resmungando.

— Pare — eu disse, interrompendo as palavras em polonês que eu não entendia. — Eu só queria perguntar se você sabe quem...

Ela ficou paralisada no lugar, cabisbaixa, as mãos juntas na frente do corpo, parecia envergonhada.

— Eu não posso. Por favor, senhora Emma. Eu preciso deste emprego.

A minha raiva se dissipou diante do olhar suplicante dela. Ela não tinha culpa disso. De nada disso. Toquei de leve no ombro dela e saí andando, me esforçando para não gritar.

A INCERTEZA É INSUPORTÁVEL.

Também é estúpida, a forma mais patética de autoengano que existe. Não a incerteza em si, mas a maneira como os seres humanos se agarram a ela, chamando isso de esperança e se recusando a enxergar a verdade bem na frente dos seus olhos.

Na época, o que é que eu considerava incerto? Deitada na cama, imersa na escuridão inescapável da minha nova realidade, me dou conta de que estava tudo ali, bem na minha cara. Ver a mão do meu marido tocando o braço de uma jovem atriz, Mikela Murtagh, enquanto ele a acompanhava para fora do set do primeiro dia de filmagem dela, sem nem olhar para mim. Os seus dedos permaneceram na parte inferior das costas dela, do jeito que costumavam permanecer nas minhas. Todo o seu foco dedicado a orientar a nova estrela, a aprimorar a performance artística dela, assim como ele tinha feito comigo no set de *Serenata Eterna*.

Parecia um ciclo interminável, estranho e agourento, um alerta que não consegui perceber: as minhas noites sozinha, jantando algum prato do serviço de quarto na frente da televisão, enquanto ele passava as suas noites cada vez dando como desculpa "ainda ocupado no set", muito depois do plano de filmagem do dia já ter sido cumprido. Os brilho estranho em seus olhos que não eram destinados a mim, mesmo quando estávamos sozinhos, e que logo desapareciam assim que ele me via. O seu apetite em declínio, desaparecendo noite após noite quando ele finalmente voltava para o nosso quarto de hotel, quando tudo o que ele queria para jantar era um drinque rápido e um sono breve, porque o dia seguinte seria atribulado.

Depois que Steve conheceu aquela vadia quase maior de idade, as suas manhãs se tornaram rotineiramente cheias de compromissos.

Foi assim que o meu marido havia lidado com os deuses caprichosos da fortuna. Quando nós dois tínhamos enfrentado desafios profissionais — o seu Globo de Ouro e o meu *People's Choice* continuavam sendo os dois únicos prêmios numa cornija de lareira muito grande —, eu havia aceitado qualquer papel que me fosse oferecido. Ele tinha arranjado uma amante.

ELA MAL TINHA COMPLETADO DEZOITO ANOS QUANDO STEVE A ESCALOU pela primeira vez para uma de suas produções de baixo orçamento, o único tipo de filme que ele parecia conseguir. Ela era uma garota miúda, dava a impressão de ser vulnerável e suave, tinha uma aparência meiga e um sorriso bonito, em contraste absoluto com a sua roupa; o mínimo de pano usado para as suas saias incrivelmente curtas. O seu cabelo, um pouco mais escuro e longo que o meu, estava penteado com uma risca de lado e preso num rabo de cavalo, que ela trouxe para a frente sobre o ombro, com mechas soltas emoldurando o rosto. Os seus olhos eram contornados discretamente com delineador e rímel, e um toque de sombra suave acrescentava dimensão e profundidade a sua expressão. Os seus lábios brilhavam com um batom glitter de tom ameixa.

Porém, aquela expressão de serenidade elegante e equilibrada não passava de encenação, habilmente desempenhada para pessoas crédulas que queriam acreditar em sua inocência encantadora.

Ao se fixarem em mim pela primeira vez, os olhos da garota se transformaram em aço, frios e rancorosos. Eles se deslocaram de mim para Steve e de volta para mim, como se estivessem se perguntando o que ele via na mulher dele. Como se estivessem se perguntando se ela seria uma opção melhor para um diretor promissor.

Com um sorriso tímido, ela se apresentou como "Miki", e me deu um aperto de mão frio e sem força. Esse foi o meu primeiro encontro com Mikela. Depois de um tempo, de volta ao meu camarim, me lembrei do doce cheiro do seu perfume floral, ainda impregnado no lugar onde ela me havia tocado. Lavei as mãos com força, com o cheiro me inquietando, como um mau presságio do sofrimento que estava por vir.

Então, em uma noite de fim de semana, quando cheguei a nossa casa em Tahoe após uma longa semana filmando um episódio de uma minissérie de tevê, tomei um banho e fui direto para a cama, apenas para sentir vestígios daquele cheiro doce e enjoativo incrustado nas plumas do meu travesseiro. As roupas de cama estavam imaculadas, deviam ter sido trocadas recentemente por Sofia, mas ela não tinha arejado o travesseiro.

Steve estava filmando em uma locação, ao norte de Los Angeles, para um novo projeto que parecia animá-lo bastante: uma comédia romântica para a qual nunca fui convidada para o teste. Miki ficou com o papel principal. Como era de se esperar, o filme fracassou. Feio. Lembro-me de ter ficado quase grata por não ter estrelado o filme. Por um curto período, cheguei a supor que Steve tivesse me mantido fora da lista de testes porque sabia que não seria um sucesso de bilheteria.

Pois é, claro.

UM SORRISO AMARGO EXPRESSA A OPINIÃO QUE TENHO DE MIM MESMA, em retrospecto, lembrando-me daqueles dias que parecem um desastre a que estou assistindo em câmera lenta, na sala escura e privada da minha mente, incapaz de impedi-lo e incapaz de correr. Quando eu já estava acreditando nessas mentiras ilusórias, eu tinha me tornado uma especialista em me apegar à incerteza como uma maneira de sobreviver.

Hoje vejo isso como o que foi de verdade. O começo do fim.

Com essa memória recém-recuperada vem a dor, aguda e ardente, como se tudo tivesse acontecido ontem. Em certo sentido, é verdade. O efeito terapêutico do tempo que passou foi apagado. As feridas estão expostas e sangrando, e só me resta suportar. Prendo a respiração enquanto a inundação continua, e lembro o que aconteceu no fim de semana seguinte.

Ainda me arrepio quando recordo a maneira como Steve gritou o meu nome.

— EMMA! VOCÊ ESTÁ FICANDO LOUCA?

Ele passou pela porta e me encontrou em pé junto à mesa, pálida, paralisada, com os braços cruzados, encarando a pilha de papéis que eu tinha cuidadosamente preparado para ele. A folha superior ostentava o logotipo de um advogado de divórcios em letras em negrito e impossíveis de ignorar.

— Não — respondi com calma, pronta para a tempestade que estava por vir. — Só cansada da sua traição. É isso.

— Que traição? — ele exclamou, mas desviou o olhar de mim.

— Não seja covarde. Assuma... Steve.

Ele andou furiosamente de um lado para o outro pelo cômodo, depois entrou na sala, onde se deteve e ficou olhando distraidamente para os nossos dois troféus expostos em lugar de honra na cornija. Eu o segui, mas mantive distância.

— Tudo bem, eu assumo. Por que você ainda está aqui?

— Como? — perguntei, sentindo um calafrio me atravessar e me trazendo um medo profundo. — Onde mais eu deveria estar? Eu não tenho um amante secreto para me acolher enquanto o divórcio está pendente. Você pode ir para Los Angeles. A gente também tem casa lá, não é?

Steve me encarou de maneira implacável.

— *A gente* não tem nada além de uma pilha de papéis esperando para ser assinada e muita atitude impertinente. — Ele deu um tapa no ar perto do meu peito, mas eu não me movi. — Esta é a *minha* casa. Eu quero que você suma daqui. Está claro?

O meu advogado havia me alertado sobre essa possibilidade e me instruído a respeito do que fazer caso isso acontecesse. Parecia ser bastante comum que maridos infiéis quisessem expulsar as esposas para poderem reiniciar a vida com a amante sem problemas e sem interrupções.

— Que tal a gente chamar a polícia para resolver essa questão?

A minha fala serena despertou uma fúria instantânea em Steve.

— Eu vou acabar com você, Emma! Só de pensar que um dia já te amei... me dá nojo! Você nunca vai ser ninguém nessa indústria, está ouvindo? Por que você acha que eu te traí?

Eu o encarei, mesmo que isso me machucasse e me deixasse vazia por dentro. Com o olhar brilhando de raiva, Steve arfava, respirando com dificuldade, enquanto eu prendia a respiração, torcendo para que tudo acabasse logo. Por fim, ele desviou o olhar, com o rosto se tingindo de um vermelho doentio.

A caminho da saída, Steve pegou o Globo de Ouro da cornija da lareira. Em uma estranha simetria, o primeiro objeto que ele tinha trazido para aquela casa foi o primeiro que ele levou embora.

Ao sair, ele bateu a porta com tanta força que a parede ao lado do batente rachou, uma linha fina que foi ziguezagueando até o teto.

O silêncio deixado após a sua saída foi ainda mais doloroso do que os insultos e acusações vociferados. Revivi o nosso tempo juntos na mente, todas as coisas que dissemos um ao outro, todos os bons momentos que a destruidora de lares, com o seu perfume doce, havia roubado de mim. Eu tinha sido abandonada, substituída, jogada fora como um móvel usado que ninguém queria. Ou pelo menos, foi assim que me senti naquele momento, e isso me deixou arrasada.

O divórcio em si se transformou num circo de mau gosto e escândalo. Os advogados de ambos os lados esfregavam as mãos, nos colocando um contra o outro — como se precisássemos de ajuda nesse sentido. No centro da discórdia, estava a casa de Lake Tahoe. Era o meu único lar, um lugar que eu amava profundamente, mas também o lugar que Steve queria manter para si. Eu não queria a casa em Los Angeles nem o apartamento de luxo em Santa Mônica. Só não queria abrir mão do lugar onde fui tão feliz, mesmo que mal conseguisse pagar por ele.

O tribunal tomou o meu partido quanto a isso, sobretudo depois que a prova da traição dele foi revelada pelo meu advogado. Em relação à pensão alimentícia, eu não quis nada; acreditava que podia me sustentar sozinha. Fiquei surpresa quando o juiz me concedeu um valor, mas só o suficiente para arcar com os impostos sobre a propriedade da casa. Fiquei grata por isso, embora a expressão de Steve ao me entregar as chaves tenha apunhalado o meu coração. Era como encarar os olhos puxados de uma cobra venenosa.

Ele caiu fora com todo o resto e com a amante, exibindo-a orgulhosamente assim que o juiz bateu o martelo.

Pareceu algo pessoal, como uma espécie de vingança contra mim por tê-lo humilhado no tribunal, por tê-lo derrotado. Provavelmente não foi. Deve ter sido uma obsessão, nada mais. Assim que ele saiu daquela sala de tribunal, deixei de existir para ele.

Então, vieram as consequências.

Denise trabalhou incansavelmente para ressuscitar a minha carreira, mas faltava trabalho e sobravam contas para pagar. Sofia já havia ido embora, apesar de ter chorado e se oferecido para ficar por metade do salário. Eu a recomendei para alguns dos meus vizinhos bem-sucedidos, pois ainda não tinha conseguido arrumar trabalho.

A única fonte de renda que consegui garantir veio do trabalho como garçonete.

Encontrei um lugar na região, o Bar e Grelhados Urso Negro, bastante frequentado pelos turistas de fim de semana. O dono era um executivo aposentado do Vale do Silício com um senso de humor afiado e uma paixão por filmes quase tão grande quanto o seu amor pelas pistas de esqui. Ele me reconheceu como Jane Watkins e me ofereceu o emprego com um sorriso largo no rosto jovial. Em seguida, foi logo pedindo um autógrafo num guardanapo, para ser assinado bem abaixo do logotipo: a silhueta de um urso negro em pé.

ESSA ERA A VIDA QUE EU DEVIA TER POUCO ANTES DO ATAQUE. É TUDO o que consigo lembrar. A partir daí, tudo é uma página em branco. Eu era a atriz que ninguém queria escalar mais. A garçonete que morava numa casa em Lake Tahoe e que não tinha condições de mantê-la. A divorciada de quem ninguém sentia falta.

E agora isso. Toda a minha vida reduzida a ficar deitada na cama, afundando na escuridão abissal.

As lágrimas fazem arder os meus olhos fechados, mas respiro fundo e me fortaleço.

Nem fodendo que eu for chorar na frente daquela vadia.

Uma última respiração, e sou eu mesma. Forte o suficiente para falar:

— Ah, Steve, dá para sentir o cheiro dela em você — resmungo.

— *Ela* está bem aqui, olhando para você. — A voz falsa e pueril que aprendi a odiar preenche o quarto, enfatizada pelo ruído dos saltos agulha se aproximando.

Por um momento, não lembrei que o doutor Sokolowski havia mencionado a presença de um casal. Eu sabia que ela estava ali, mas também não sabia. É assim que o meu cérebro funciona agora, como um motor velho e engasgado, fazendo todo tipo de barulhos estranhos.

É irracional, porque o perfume enjoativo dela preenche o quarto e a minha mente com memórias de partir o coração. Mas não me arrependo das minhas palavras... a destruidora de lares merece ouvir isso. Não devo nada à mulher que destruiu a minha vida. Quem me dera poder correr e me esconder, não ser obrigada a ser observada por ela, não quando estou tão vulnerável. Esse pensamento faz com que eu cerre os dentes.

— Steve, por favor, pegue a sua crise de meia-idade e vá embora. — As minhas palavras surpreendem Mikela e a fazem arfar. Então, ouço o ruído dos saltos agulha, se aproximando rápido. Eu me encolho.

— A gente precisa conversar — Steve diz com calma. A sua voz de barítono me toca fundo. Sinto tanta saudade de ouvir o meu ex-marido, e ainda assim, percebo que o som da sua voz me assusta, como se agora eu o estivesse ouvindo pela primeira vez, notando inflexões que não me recordo de ter ouvido antes. Uma certa ternura entrelaçada com uma frieza distante e ameaçadora, como o vermelho e o branco de uma bengala doce de Natal. Um toque de irritação, um traço de constrangimento, provavelmente em nome da sua amante. E o pior de tudo: pena. Por mim. Isso é o mais doloroso.

O perfume floral se torna insuportável quando Mikela se detém ao lado da cama. Horrorizada, sinto os seus dedos frios tocarem a minha mão, apertando-a e a mantendo cativa, forçando a ponta dos meus dedos tocarem algo afilado. Querendo soltar a mão, me forço a não gritar e a prestar atenção na sensação na ponta dos meus dedos enquanto Mikela esfrega algo nelas.

É uma grande pedra de um anel de noivado, com as bordas afiadas e as superfícies lisas.

— Está sentindo? Eu não sou mais a amante, Emma. Eu sou a noiva, enquanto você não passa de história. E não, você não está convidada — Mikela acrescenta, rindo com frieza, solta a minha mão e se afasta da cama. — Não vamos ter vagas reservadas para deficientes no casamento. — Ela estoura uma bola de chiclete, adicionando um toque de hortelã ao perfume predominante no ar. — Adivinha onde a gente vai casar? — Ela faz uma pausa, como se eu fosse mesmo tentar adivinhar.

— Aqui mesmo, em Tahoe, no mês que vem. Foi onde transamos pela primeira vez — ela acrescenta, rindo com exagero. — Na sua cama.

— Meu deus, Miki — Steve intervém. — Para com isso. Você não está ajudando.

Steve vai se casar com esse lixo desprezível e arrogante, que nos separou. Por alguma razão, saber disso torna tudo pior. Como se até agora não tivesse sido real. Como se eu pudesse de algum jeito voltar no tempo, e apagar a traição, o divórcio e a perda do amor de Steve.

— Por que você está aqui, Steve? — pergunto, baixinho, sentindo que não suporto mais a dor por mais um segundo. Aquele luar em Cancún, com os braços dele em torno dos meus ombros, nada disso importa. Tudo isso se foi, como se nunca tivesse acontecido.

— A sua mãe me ligou — ele responde. — Eu não ligaria se você contasse para ela que estamos divorciados. Já faz um tempo.

— Quanto tempo? — pergunto, desesperada para me sentir ancorada no tempo, mas tentando manter a voz o mais natural possível.

— Como assim? Você não lembra? — ele caçoa e começa a zanzar de leve, o som dos seus passos vai de um lado para o outro, me enervando. — Dois anos e meio, quase três.

O choque me deixa sem fôlego. Quase três anos, e eu não me lembro de nada. Então, um calafrio percorre o meu corpo num instante.

— Nós temos filhos? — pergunto num sussurro.

Mikela dá uma gargalhada que soa obscena no silêncio tenso.

— Ah, você não lembra? Que tipo de mãe...

— Cala a boca, Miki. — A voz de Steve parece cansada. Ele está se movendo lentamente. Consigo visualizá-lo andando sem rumo, com as mãos enfiadas nos bolsos e as costas um pouco curvadas. — Não, Emma, não temos filhos.

Respiro fundo, aliviada e devastada ao mesmo tempo. A nossa história de amor não deixou nada além de fragmentos de memórias esporádicas e desbotadas, mergulhadas em tristeza.

— Aliás, Denise me ligou, depois que você não apareceu para o seu teste. Ela me pediu para ver como você estava. — Os passos cessam e a cama se move de leve, como se ele tivesse encostado na grade de proteção lateral. — Olha, está na cara que você está incapacitada, e eu sinto muito mesmo pelo que aconteceu. Você vai precisar de ajuda.

Prendo a respiração. Aonde ele está querendo chegar com isso? Calafrios percorrem todo o meu corpo já que a voz que eu costumava amar soa ameaçadora; a bengala doce toda branca agora, sólida como gelo.

— Como assim, Steve?

— Estou dizendo que vamos cuidar de você. Você não tem com o que se preocupar, tá bom? Vou pedir para o meu advogado preparar alguns documentos, só para colocar a gente na mesma página, e vamos seguir a partir daí.

Documentos? O meu coração bate forte, quase abafando os bipes do monitor. O pânico me invade, enquanto a pergunta que não quer calar se repete na minha mente, ansiosa para sair.

Foi você que me colocou aqui, Steve?

Em vez disso, decido dizer outra coisa.

— Por favor, chame o meu médico. Não estou me sentindo bem. Estou com falta de ar. — Prendo a respiração até o alarme do monitor, um bipe contínuo e estridente, soar.

Steve hesita um longo momento antes de sair do quarto, então volta com o doutor Sokolowski.

Respiro fundo, saciando os meus pulmões ávidos por ar, e o alarme do monitor para de apitar.

— Por favor, nos dê um momento — o médico pede com firmeza. O ar se move quando eles passam pela minha cama. — O que está acontecendo? O seu coração está disparado — ele diz assim que a porta se fecha. A parte do estetoscópio que toca o meu peito está gelada, mesmo através do tecido da minha camisola hospitalar.

— Por favor, eu não quero voltar a ver eles — sussurro. — Não deixe que eles cheguem perto de mim. Ele pode ter sido...

— Pode deixar. — O doutor Sokolowski sai do quarto com passos firmes.

Um diálogo acalorado irrompe entre os dois homens, próximo à porta aberta. No início, não consigo ouvir muito do que está sendo dito, mas quando as vozes se elevam, dá para entender algumas palavras.

— ... perturbando a minha paciente. Ficou claro?

— Tenho assuntos importante para discutir com a minha ex-esposa. Ela precisa de alguém para cuidar dela e não estou vendo ninguém se oferecendo. Aliás, quem está pagando por tudo isso? O plano?

— Senhor Wellington, não me faça chamar a polícia. A sua ex-mulher não quer o senhor aqui — o doutor Sokolowski diz de modo incisivo. — Estamos entendidos?

A voz errante de Steve se perde ao longe, misturada com as réplicas estridentes de Mikela. Então, a porta se fecha e, em seguida, ouço o som do médico se aproximando da cama.

— Eles foram embora. Agora você pode descansar um pouco. Eles não vão voltar para te incomodar. Deixei uma mensagem para as enfermeiras.

— Obrigada. — Ofego sem controle, combatendo o pânico que me devasta. Vai levar um tempo até que eu consiga me sentir segura novamente.

Porque isso ainda não acabou.

Durante o tempo em que estivemos juntos, não me lembro de nenhuma vez que Steve tenha sido violento — talvez só a porta batida que deixou uma rachadura na parede —, nada além de discussões ocasionais, repletas dos xingamentos de sempre. Steve era covarde demais para a violência explícita. Ele era dissimulado e presunçoso; é assim que me lembro dele. Porém, isso foi antes de ele perder a casa de Tahoe para mim. E se ele estiver diferente agora? E se ele mudou desde o divórcio?

Será que estou me lembrando de tudo que está enterrado no meu passado? Ou será que o amanhã vai revelar um novo capítulo da minha vida que eu esqueci completamente? E nesse hipotético novo capítulo, será que vou descobrir que Steve foi o homem que me atacou?

O que será que Steve quer de verdade? Terminar o serviço?

CAPÍTULO 13

Fico arrasado ao vê-la chorar.

Desvio o olhar de uma tela para a outra ao captar a cena. A imagem está meio embaçada; as câmeras são pequenas e de baixa resolução, mas é melhor do que a alternativa. Desse jeito, posso estar com ela o tempo todo.

Seis telas abrangem grande parte das áreas que preciso monitorar. Três das câmeras estão instaladas no quarto de Emma — uma delas escondida no sensor de monóxido de carbono acima da sua cama. São potentes o suficiente para me deixar observar de uma distância segura.

Agora, Emma está sozinha no quarto, e o seu autocontrole cedeu lugar para as lágrimas. Exige toda a força de vontade que ainda tenho para não ir atrás daquele filho da puta arrogante do ex-marido e estrangulá-lo. Não seria uma atitude inteligente. Não agora, pelo menos. Preciso ter paciência, mas a hora dele vai chegar.

Dirijo a minha atenção para as telas e me perco observando a minha querida Emma. Os lábios dela estão trêmulos, entreabertos num choro silencioso e sofrido. Toco a tela com a ponta do dedo, acariciando a imagem borrada do seu rosto, e ansiando pelo momento em que poderei tocá-la de novo.

Sei que ela ainda não está pronta para me aceitar. Mas ela estará. Até lá, me resigno a odiar cada minuto que aquelas enfermeiras passam com ela, cuidam dela, lhe dão de comer, penteiam o seu cabelo. Ah, como queria que fosse eu!

A ideia de tocá-la me deixa excitado e me mexo na cadeira, com os olhos pregados na tela. A beleza de Emma vem me assombrando desde o dia em que a vi pela primeira vez. Às vezes, sonho com ela e acordo a desejando, precisando dela como preciso de ar.

Ela é minha.

É melhor todo mundo se lembrar disso.

* * *

Segui Emma uma vez que ela saiu para alguns afazeres, em Los Angeles. Ela parou numa cafeteria. Emma gosta de um grande café puro de manhã, com um pingo de leite. Era cedo, com longas filas de viciados em cafeína dentro da loja e à janela do drive-thru. Ela preferiu entrar e ficou circulando pelo estacionamento em busca de uma vaga, enquanto eu esperava no meu carro, parado perto da entrada.

Ela estacionou e saiu do seu Toyota. Emma estava usando calça jeans justa e um suéter leve. Ela caminhou na direção da entrada com passos firmes, parecendo mais bonita do que nunca.

Dois motociclistas entraram no estacionamento, com as suas Harley roncando bem perto de mim até os motores serem desligados. Mas os dois caras de barba não me notaram. Os seus olhares estavam fixos no corpo de Emma.

— Eu poderia dar um pega nela a noite toda — um deles disse enquanto descia da moto. Os dois caíram na gargalhada. — Anda, cara, acelera. Quero ser o próximo na fila.

— Ela é gostosa mesmo — o outro respondeu, rindo, enquanto entrava na cafeteria logo atrás de Emma.

Eu não senti a necessidade de dizer aos dois como a atitude deles me incomodou. Não havia a necessidade de explicar por que o papo deles me deixou furibundo. Eu não tenho esse tipo de necessidade. Quando tomo uma decisão, simplesmente ajo.

Uma das Harley tinha um cartão de estacionamento adesivado com um endereço em Riverside. Estávamos na Sunset Boulevard, o que significava que eles tinham passado por Laurel Canyon ou estavam prestes a passar. Eu tinha uma chance de 50% nisso, o que é sempre aceitável para mim. Se eu errasse, sempre teria amanhã.

Eu só precisava abrir um pouco a porta do meu carro, me inclinar para baixo e cortar a linha de freio do safado com o meu canivete, num ponto onde não começasse a vazar fluido na hora. E aí esperei.

Emma saiu da cafeteria trazendo o seu copo de café. Ela correu até o carro e entrou, parecendo um pouco assustada ou quem sabe chateada. Talvez os dois barbudos tenham dito alguma coisa para ela, ou pior, tocado nela. Era difícil dizer quão chateada ela estava, já que Emma estava usando óculos escuros e o sol estava batendo na minha cara. Ela saiu às pressas do estacionamento, enquanto eu decidi permanecer ali.

Eu tinha outra coisa para fazer naquela manhã.

Os dois motociclistas usavam jaquetas de couro preto adornadas com tachas e cores de gangue nas costas. Eles tinham por volta de quarenta e cinco ou cinquenta anos, com barbas grisalhas e cabelos longos, amarelados pela sujeira, já devia fazer um tempo que não lavavam. Um deles, o meu favorito dos dois, cuspiu ao lado de um dos meus pneus antes de subir na Harley, e nem se deu ao trabalho de ver se me incomodou.

Segui as Harley até a parte mais baixa de Laurel Canyon, cerrando os dentes por causa do barulho insuportável. Como é que as pessoas toleram isso?

Laurel Canyon estava entupida, como eu esperava. Tive que reduzir a velocidade por causa do trânsito, mas os dois motociclistas seguiram em frente, acelerando e costurando com imprudência, cada vez mais confiantes. O ronco dos seus escapamentos foi desaparecendo, enquanto eu fui avançando devagar.

Então, o trânsito ficou engarrafado. Os carros foram impedidos de descer pela pista no sentido sul. Uns dez minutos depois, duas viaturas da polícia passaram por mim com as sirenes ligadas, seguidas de perto por um caminhão de bombeiros e uma ambulância.

Sorri e abaixei a janela para curtir o sol no rosto. Após um tempo, quando o primeiro carro surgiu no sentido sul, eu acenei, e o motorista reduziu um pouco a velocidade, abaixando a janela.

— Alguma ideia do que está rolando?

— Ah, dois motociclistas se deram mal. Dois babacas.

— Dois? — perguntei, agradavelmente surpreso. Adoro quando o destino está do meu lado.

— É. Os policiais disseram que um bateu no outro. Está uma bagunça lá em cima. Ninguém está conseguindo passar. Eu moro mais para baixo de onde o acidente aconteceu, aí me livrei do bloqueio. Que imbecis. — O homem fez um gesto negativo com a cabeça e partiu.

Após fazer uma manobra, peguei o sentido sul, de volta para Hollywood.

Eu não tinha nada a fazer em Riverdale.

CAPÍTULO 14

Desperto de repente. O som de uma ambulância estacionando parece fraco e distante, mais do que antes, enquanto luto contra a confusão mental que adere a minha mente, pegajosa e persistente. A sirene é desligada, as portas da ambulância são abertas e uma maca é baixada com um baque estridente e empurrada depressa. Em seguida, silêncio, nada além dos meus pensamentos, fico imaginando se alguém mais está prestes a embarcar numa jornada de dor e desespero. Como a minha. Ou se a pessoa tem alguma chance de sair daqui inteira novamente, sorrindo, valorizando o que tem.

Afasto esses pensamentos e espaireço, decidida a refletir sobre os últimos dias, a trazer à tona qualquer vestígio de informação que eu possa resgatar das profundezas da minha memória combalida. A respeito das visitas do doutor Winslow e as suas ideias sobre a minha recuperação. A respeito de Steve e os dois anos e meio que foram apagados da minha mente — todo o tempo que havia passado desde o meu divórcio. Como quase três anos da minha vida poderiam desaparecer assim?

Porém, ontem ou anteontem, eu nem me lembrava de Steve, e agora sofro por causa do amor que perdi. A raiva ainda enche meu peito ao pensar nele me traindo, tendo me substituído com tanta naturalidade por outra mulher. As palavras ditas com raiva ainda ecoam na minha mente.

Embora algumas das minhas memórias tenham voltado, como o médico disse que aconteceria, deve haver outras enterradas no tecido cerebral traumatizado, algo que possa explica o motivo pelo qual fui atacada. Por que alguém tinha tanta raiva no olhar quando ergueu a mão para me golpear.

Respiro devagar, com vontade de tomar um gole de água, mas não consigo nem mesmo fazer esse simples gesto cotidiano sem ajuda. Ninguém está aqui comigo. Escuto com atenção, como faço toda vez que acordo, e o silêncio é absoluto. Nenhum outro pulmão respira além do meu. Nenhum passo no chão. Apenas o bipe fraco do monitor em perfeita sincronia com o meu batimento cardíaco.

Sem ceder à frustração nem ao desespero, deixo a minha mente vagar enquanto, mais uma vez, faço os meus dedos se esforçarem mais e movo a mão um pouco mais para cima, arrastando-a de maneira irritantemente lenta sobre o cobertor. Levo uns cinco longos minutos, mas consigo alcançar a borda do cobertor antes de parar para um breve descanso. Dou um sorriso discreto. Mais um pouco, vou conseguir alcançar o copo de água que Jasmine deixa ao lado da cama.

Enquanto os meus dedos reiniciam a luta, lembro de ter contado para alguém sobre aquele perseguidor e de ter sido consolada nos braços de um homem. Foi um abraço forte e protetor que me acalmou. A voz do homem agora ressoa na minha mente dilacerada. Será que foi Steve? Não... a voz era diferente, nem tão grave nem tão autoritária quanto a do meu ex-marido. As emoções que recordo ter sentido enquanto estava nos braços daquele homem eram diferentes. Talvez um pouco reticentes ou tímidas, como se o nosso relacionamento fosse novo. Não era Steve. Era outro homem, um homem de quem não consigo me lembrar.

Estou quase voltando a adormecer quando um som do lado de fora da porta me faz sobressaltar. Alguém deixou cair algumas chaves, depois as pegou rápido e se afastou. O som parece muito familiar, me lembrando das chaves caindo no asfalto, no escuro... do lado de fora do Urso Negro.

E eu lembro.

Me vejo correndo na direção do carro, e o perseguidor surgindo nas sombras. Ouço os seus passos se aproximando de mim, ruidosos e ameaçadores no silêncio da noite. As chaves do carro caem das minhas mãos trêmulas, atingem o chão com um som alto. Olhando bem para ele, enquanto procuro as chaves no cascalho, com medo de dar as costas para ele até mesmo por um segundo. Fico vendo-o me encarar, com o rosto meio coberto por um cachecol preto e os olhos protegidos pelo capuz do moletom, me aterrorizando com aquele olhar invisível.

Ainda dá para ouvir o som que os pneus do meu carro fizeram depois que embarquei no carro, me sentei ao volante, arranquei e pisei fundo no acelerador, fazendo pedregulhos e poeira serem lançados para o alto, enquanto pensava: *Por que ele me deixou ir embora? Eu poderia ter sido uma presa fácil demais hoje.*

Então, parei em um posto de gasolina a caminho para casa, com medo de que ele tivesse me seguido até lá. Esperei alguns minutos intermináveis antes de achar que era seguro ir para casa. Não parei até chegar a minha garagem.

Pensando bem, não consigo entender por que esperei um tempo antes de entrar, mas lembro claramente que esperei, respirando fundo, assim que a porta da garagem se fechou. Talvez para me recompor antes de encarar o meu namorado? É uma possibilidade.

Toda a minha realidade é tecida a partir de retalhos de memórias nos quais não posso confiar, especulações, perguntas e suposições. E buracos negros no tecido do tempo, onde pedaços do meu passado continuam apagados.

Devo ter entrado em casa e encontrado aconchego nos braços do meu namorado. Só podia ser o meu namorado. Não um segundo marido... Quero acreditar que me lembraria se tivesse casado uma segunda vez, pelo menos agora. Ou talvez Steve tivesse mencionado isso. Qual era o nome do homem? Um abismo escuro se abre onde essa informação deveria estar armazenada. *Nada*. Não faço ideia do nome dele, nem mesmo a primeira letra ou um apelido carinhoso que talvez eu tenha usado. Nada.

Partes de memórias fragmentadas começam a rodopiar na minha mente, e o rosto dele está lá, sorrindo para mim. Ele era mais alto do que eu, com cabelo escuro e desgrenhado, e olhos fascinantes cor de avelã. O homem abriu os braços quando corri até ele, soluçando, ainda abalada após o encontro com aquele perseguidor no estacionamento do Urso Negro. Contei o que aconteceu em surtos rápidos de palavras angustiadas. Por alguns instantes, ficamos abraçados, e ele depois decidiu ir atrás do perseguidor.

Eu disse não, e as minhas lágrimas secaram naquele instante. Como ele sabia que não era perigoso? Ele poderia ser morto. Eu poderia perdê-lo.

Então, ele se virou para mim, pressionando para que eu largasse o meu emprego e o deixasse trabalhar para pagar as contas. A briga que se seguiu foi uma cópia exata da que tive com Steve a respeito do mesmo assunto, quando eu fazia bicos após a bolada que ganhei com *Jane Watkins* ter acabado.

Com a mesma determinação de antes, eu resisti, me recusando a me tornar dependente de um homem. Lembro de ele gritando, lançando acusações infundadas contra mim, e eu não quis me defender delas.

— Que irresponsável — ele disse, gritando alto o suficiente para fazer as grandes janelas da sala tremerem. — Colocar a sua vida em risco só para atender os bêbados da cidade. Eu tenho um compromisso sério com essa série e posso cuidar das coisas. A gente pode levar uma vida confortável se você parasse de ser uma boba inconsequente!

Naquela noite, fui para a cama chorando. Ele foi embora, batendo a porta com força e nem se deu ao trabalho de trancá-la. Eu mesma fiz isso, assim que ouvi o carro partir. O perseguidor ainda poderia estar lá fora.

Ele deve ser um ator, porque falou de um papel que estava interpretando numa série de tevê. Lembro disso, e de mais uma coisa. Mais tarde, quando saí da cama para tomar água, eu não acendi as luzes da cozinha. Naquela noite, a lua estava cheia, e a sua luz prateada se refletia intensamente na neve recém-caída. Olhei para fora, me apoiando no parapeito da janela, para observar a vista deslumbrante dos picos das montanhas pintados de branco contra o céu estrelado.

Ele estava lá.

O perseguidor, encostado no velho álamo, estava encarando a minha janela. Sei que fui cautelosa ao voltar do bar, mas, ainda assim, fui seguida até a casa.

Deve ter sido aquele perseguidor que me derrubou. Mas como ele entrou na casa? Lembro muito bem de ter corrido até a porta, estendido a mão para a maçaneta, lutando para sair. Gritando por socorro.

A porta se abre, me assusta e me traz de volta para o presente. Fico sem ar até reconhecer o rangido dos sapatos do doutor Sokolowski. Ele traz consigo o cheiro de papel pardo e de comida aquecida em micro-ondas, como se ele tivesse acabado de acessar a cafeteria para comer alguma coisa.

— Bom dia — ele diz, puxando uma cadeira com rodinhas para perto da minha cama e mexendo em algo barulhento muito próximo de mim. — Eu pedi para uma das enfermeiras pegar as suas coisas no depósito. Todos os seus pertences estão nessa sacola de papel, aqui, na cama.

— É? — Fico animada com a ideia de ter o meu celular de volta. — Obrigada. Você se importaria de ver o que tem dentro para mim? Ainda não consigo me mover muito, como você deve ter notado. — Meus dedos se contraem um pouco, mas a minha mão permanece sobre o ventre. A minha tentativa de ser engraçada soa melancólica, um pedido de ajuda.

— Tudo bem — o médico responde após uma breve hesitação. Ouço o barulho da sacola de papel e, em seguida, vários objetos fazem barulho. — Acho que são coisas que estavam nos bolsos. Balas de menta. Chaves presas num chaveiro. Chaves da casa e do carro. A propósito, você tem um Toyota. Se lembra disso?

Um flash de um sedã branco estacionado em frente à minha casa ilumina a minha mente por um instante, e depois desaparece.

— Acho que lembro. Um Corolla branco.

— Que bom. — Parece até que ele está sorrindo. — Algumas moedas, são dois dólares e 37 centavos. Uma calça jeans, meias e tênis de corrida. Um celular, não liga. Deve ter acabado a bateria. — A sacola faz barulho quando cai ou é deixada no chão. — Ah, tem um bilhete aqui. Alguns itens foram levados pela polícia como evidência. Um suéter manchado de sangue e a sua roupa íntima. — Ele pigarreia. — Vamos carregar esse celular e ver se funciona.

Abro um sorriso fraco. Já agradeci tanto ao doutor Sokolowski que parece que as palavras perderam o sentido.

— Como você dá conta? — pergunto em vez de agradecer. — Como você suporta todo o sofrimento que vê todos os dias?

A cadeira se afasta um pouco.

— Estou ajudando as pessoas. Isso dá sentido para a minha vida. Não importa quão terrível seja o sofrimento. Saber que posso aliviá-lo um pouco me dá forças para sair da cama todas as manhãs.

Viro a cabeça de leve, como se tivesse medo de que ele pudesse ler os meus pensamentos, mas os meus olhos ainda estão cobertos com gaze, as janelas da minha alma, obscurecidas. Fico imaginando como ele é.

— Que horas são? — pergunto, não querendo que ele vá embora ainda. Às vezes, o silêncio do quarto pode ser insuportável.

— Já são quase dez — o médico responde, ficando de pé, parecendo pronto para sair. — Tenho que ir, mas ainda passo por aqui para ver você mais tarde. — Ele se dirige até o lado do quarto. O som das persianas verticais sendo puxadas, o clique da corrente, o balançar das lâminas batendo no vidro soam muito familiares. Devo ter ouvido isso algumas vezes desde que cheguei aqui. — Eu abri as persianas. Está ensolarado lá fora. Você pode acabar sentindo o sol na sua pele. — O doutor caminha até a porta e gira a maçaneta. — Descanse um pouco — ele diz, e então sai. A porta se fecha de leve.

Sozinha, sinto o sol tocando o lado esquerdo do rosto e aquecendo os dedos. Animada, retomo a tentativa de mover as mãos, de alcançar o rosto, centímetro por centímetro, com grande esforço. Do lado de fora da porta do quarto, duas enfermeiras conversam alegremente, algo a respeito do lugar onde vão almoçar, enquanto a minha mente fica obcecada pelo nome do homem com quem eu estava saindo. Como ele era? Lembro que era alto, sabia como era estar em seus braços. Como os meus dedos percorriam o seu queixo e o seu cabelo desgrenhado, com a minha cabeça inclinada para trás.

O tempo se estende e se entrelaça imprecisamente entre o presente e o passado, trazendo poucas respostas as minhas perguntas. Indiferente as minhas preocupações, o sistema de som pede para o doutor Parrish comparecer ao posto de enfermagem, no exato momento em que começo a sentir o estômago roncar de fome. Espero Jasmine aparecer, com paciência no começo, e depois ficando cada vez mais tensa.

Como posso aceitar viver assim? Precisando de alguém até para as necessidades humanas mais básicas? O doutor Sokolowski tem sido encorajador e gentil, mas não sinto que estou fazendo grandes progressos. A cabeça ainda lateja. Ainda não consigo lembrar grande parte do meu passado, apesar de não ter muito mais a fazer além de tentar. E ninguém parece levar as minhas preocupações a sério, nem mesmo o doutor Sokolowski.

Os médicos nunca dizem quando alguém está ferrado. Eles têm uma fé inabalável na esperança e em seus poderes de cura, mas sempre há limites para o que a esperança pode fazer. Estou desesperada para que alguém me conte a verdade, nua e crua, tão fria e repulsiva quanto pode ser. Estou pronta para isso.

Quando Jasmine chega, ela me encontra empurrando os dedos para avançar mais um pouquinho, e determinada a descobrir a verdade a meu respeito. Acerca do que aconteceu naquela noite.

E para isso, eu preciso de ajuda.

CAPÍTULO 15

— MINHA NOSSA, É UM BELO AVANÇO — JASMINE AFIRMA, COM A SUA voz meio rouca. — Você está conseguindo mexer a mão muito bem hoje.

Bufo.

— Você chama isso de muito bem? — Há amargura em minha voz. — Então estou em busca de algo sensacional, e rápido. — As minhas palavras são cáusticas, e a minha enfermeira não merece isso. Respiro devagar para me acalmar e, então, digo: — Desculpa. Estou perdendo a cabeça aqui.

— O que houve? A dor está pior hoje? — A sua voz e os seus passos vão se aproximando. Um mão fria pousa na minha testa com interesse clínico. — Você não está com febre.

— A dor está... aqui. Não vai embora. Fica me fazendo companhia. — A pena de mim mesma que ouço na própria voz é irritante. Não é quem eu sou, quem eu costumava ser. Eu nunca vou chegar a lugar algum com essa atitude.

Sai dessa, mulher, digo a mim mesma.

A frase me lembra da cena do primeiro filme em que atuei. As memórias estão nítidas na minha mente, como se esse capítulo em particular da minha história tivesse sobrevivido intacto, imune ao tempo.

O meu primeiro filme foi uma produção independente que me pagou quase nada, produzido enquanto eu ainda tinha aulas de interpretação na Universidade da Califórnia. Um dos meus professores incentivava os alunos a fazer testes, a atuar, a sair por aí e se acostumar a estar no set, a trabalhar com equipes de produção, a seguir a orientação de um diretor. Eu respondi a um anúncio de teste publicado no jornal local e consegui um papel com cinco falas — nada digno de nota.

Ao me dirigir até a locação às cinco e meia da manhã, achei que estava pronta para ficar na frente das câmeras. Estava empolgada, até mesmo exultante. Porém, a primeira coisa que fiz quando saí do carro foi vomitar, me agachei e segurei o pneu dianteiro para me equilibrar. Eu já tinha conhecimento sobre o medo de palco, sobre a vontade súbita de se livrar do café da manhã por causa de um ataque de pânico avassalador. Tinha ouvido as histórias de outros atores sobre como passaram por isso, e ouvi tudo isso. Como respirar. Como virar a personagem e simplesmente atuar de forma natural.

O mesmo professor tinha uma abordagem diferente a respeito disso. "Deixe o medo tomar conta de você e coloque um limite de tempo para isso. Dê cinco minutos para o medo fazer o que quiser com você. Está com vontade de vomitar? Vomite. Quer correr para o banheiro e fazer xixi ao longo desses cinco minutos? Faça isso. Mas quando o tempo acabar, o medo terá ido embora. Você vai superar isso. Aceite a sua realidade e brilhe por meio dela. Entre no set com a cabeça erguida, como se já tivesse feito isso um milhão de vezes."

Dou um sorriso fraco, saboreando a lembrança.

— Aceite a sua realidade já — sussurro para mim mesma.

— Hein? — Jasmine pergunta, com a voz um pouco mais alta, acima do som das embalagens sendo rasgadas e de uma bandeja fazendo barulho.

— Nada, Jas — respondo. — Acho que só estou falando sozinha. E a minha cabeça está latejando.

— Se quiser, posso pedir para o médico…

— Não, por favor. Chega de remédios. Preciso me mover, pensar, lembrar. Eu tenho que fazer isso. — Faço esforço para tirar a mão de debaixo do cobertor e consigo apenas um leve tremor. — Está vendo? Só consigo fazer isso. Não consigo levantar a mão. Não consigo dobrar os dedos. Não consigo pegar esse copo d'água na mesa. Preciso esperar você para tomar um gole. — Minha voz está firme e objetiva. Nenhum sinal de pena de mim mesma.

A enfermeira se aproxima e se senta na cadeira com rodinhas, ao lado da cama, deixando escapar um leve suspiro. Ela deve estar cansada.

— Tem razão, querida. Sinto muito. Eu devia ter perguntado. Vou pegar um pouco de água para você. — O seu traje farfalha enquanto ela alcança o copo. Sinto a sua respiração em meu braço. — O canudo está perto de você.

Eu o seguro com os lábios e tomo alguns goles de água com avidez.

— Obrigada.

— Vamos ver se melhora. — Jasmine pega a minha mão entre as dela e a massageia. É uma boa sensação. — Tente agora — ela diz, depois de um tempo.

Tento dobrar os dedos. Desta vez, consigo encostar o polegar na ponta do indicador.

— Olha só — digo, e Jasmine ri, compartilhando o meu entusiasmo. — E eu consigo levantar um pouco. Quem sabe amanhã eu consiga pegar o copo d'água. O que você acha?

Com uma frustração fingida, Jasmine dá uma palmada na própria coxa.

— Adeus, estabilidade no emprego. — Ela ri. Então, fica de pé, contorna a cama e se senta na beirada dela, para fazer uma massagem vigorosa no meu braço e mão direita, até o ombro. — Pronto. Eu quero que você bata palmas até amanhã, tá bom?

— Pode deixar — respondo e, após conseguir dobrar o braço direito a partir do cotovelo, dou um sorriso largo. Agora, a minha mão direita repousa sobre a barriga, e não precisei arrastá-la até lá.

Então, Jasmine faz algo perto da cama, do meu lado esquerdo. Deve estar trocando a bolsa de soro. Depois, ela troca de lado e estende o meu braço direito.

— Vamos coletar um pouco de sangue. Ordens do médico. Como fazemos todas as manhãs.

Essa observação me arrepia. Todas as manhãs? Fui picada para coleta de sangue todas as manhãs e não me lembro disso?

— Tem certeza? — pergunto com a voz trêmula.

— Certeza do quê, querida?

— Que você coleta sangue todas as manhãs — sussurro. — Não lembro disso.

— Pois é — ela diz, se sentando na cama. — Não dê muita importância a isso. Às vezes, faço a coleta antes de você acordar. E você está sedada. Como já discutimos antes, a perda da memória de curto prazo pode ser um efeito colateral desses medicamentos. Eu não acredito que tenha algo a ver com a sua amnésia pós-traumática. É algo bem diferente, e bastante inofensivo. — Ela prende um torniquete de borracha ao redor do meu braço e o aperta bem até beliscar a minha pele.

Inofensivo? Quando toda a minha vida é um quebra-cabeça com peças faltando, e a minha segurança depende da minha memória voltar para mim?

Ao longe, um carro buzina duas vezes, enquanto Jasmine levanta o meu cotovelo e coloca o que parece ser um travesseiro embaixo.

— Tenho certeza de que você se lembra das coisas importantes — ela diz.

— O nosso cérebro costuma fazer isso. Ele descarta o lixo, as coisas de que não precisamos, como exames de sangue e ser espetada sem parar — Um momento de silêncio, seguido por uma picada no meu braço direito. Pequenos objetos, provavelmente tubos de ensaio, são movidos numa bandeja próxima. — Por exemplo, você se lembra do meu nome?

— Lembro. É Jasmine.

— Viu? A informação importante está aí — a enfermeira diz e dá uma risadinha para me tranquilizar. Ela retira a agulha e, em seguida, aplica um pedaço de gaze, fixando-o no lugar com esparadrapo.

— Se você diz — sussurro. Mais uma vez, o desespero voltou, consumindo a minha força, drenando a minha coragem.

— Certo. Vou pegar alguma coisa para você comer. Tem queijo cottage, ovo cozido com um pouquinho de sal e gelatina vermelha. Que tal?

— Você acha que já consigo segurar a colher? — pergunto, sabendo que a resposta será negativa.

— Vamos tentar juntas. — Jasmine coloca a colher na minha mão, apoiando-a. Em seguida, aplica pressão nos meus dedos com os dela, o suficiente para manter a colher estável. Sinto-a mergulhando em alguma coisa e, então, Jasmine a leva com cuidado até a minha boca.

O queijo está delicioso. Como mais um pouco. Cada colherada é uma luta e uma vitória ao mesmo tempo, enquanto me forço a não desanimar com a dificuldade. Amanhã será mais fácil. Isso é tudo o que importa.

Quando termino de comer e Jasmine se levanta para tirar a bandeja, começo a dobrar os dedos, ansiosa para exercitá-los até que voltem ao normal. Tento mexer as pernas, mas nada acontece. Parecem blocos de chumbo, pesadas e impossível de mover. Frustrada, solto um longo suspiro.

— Aguenta firme. Não desista — Jasmine diz, colocando algumas coisas na bandeja e jogando outras na lixeira. — Você vai ficar novinha em folha, prometo. — Outro objeto cai na lixeira com um som abafado e depois a tampa dela bate com o seu rangido habitual. — Você está pronta para receber a sua visita agora?

Uma visita? Steve já está de volta? Ou é o meu perseguidor, que está aqui para terminar o serviço? O meu coração começa a bater forte.

— Eu... hum, não quero que ninguém me veja assim.

— Sério? Parece uma senhora simpática. Ele disse que se chama Denise.

A adrenalina vai embora.

— Ah, sim! Deixa ela entrar.

CAPÍTULO 16

Jasmine abre a porta, trazendo um ar mais fresco para o quarto. Ouço ela dizer alguma coisa, e então Denise diz:

— Sim, claro. Não vou ficar muito tempo.

A porta se fecha de leve, e os passos firmes de Denise se aproximam, parando de forma repentina a uma certa distância da cama.

Acho que ouvi um suspiro suave, que foi logo abafado, talvez pela mão de Denise tentando tapar a boca. Dá para senti-la parada ali, olhando para a cama, horrorizada. O meu lábio inferior começa a tremer e um gemido escapa da minha garganta sufocada. Fico aliviada por saber que ela está ali, mas também sou lembrada do que perdi.

— Denise? É você?

Algo se mexe sem fazer barulho, em seguida, um objeto cai com um baque numa mesa próxima. Denise se aproxima da cama, com passos mais lentos, mais leves, menos firmes. Então, ela aperta a minha mão com a sua costumeira energia.

— Oi — ela diz, com a voz perfeitamente normal, até alegre, com o seu sotaque britânico sofisticado. Ela é uma atriz e tanto.

— Oi — sussurro, ainda tentando manter a calma. Me forço a respirar fundo, ainda que faça isso muito pouco para me ajudar a me controlar.

— Eu costumo parar de trabalhar com clientes que não aparecem para fazer os testes. Mas de todas as desculpas que já me deram em 20 anos representando talentos, essa ganha o troféu, aí vou abrir uma exceção — Denise diz, soando neutra, com uma falsa indiferença quase convincente.

Sei o que Denise está fazendo. Ela está fingindo que está tudo bem, como se tudo pudesse voltar ao normal amanhã ou em breve, no típico estilo britânico.

— Você acha que vou sair daqui e ir direto para um set de filmagem, pronta para a ação? — caçoo, e depois, suspiro sentindo vergonha. Denise não tem culpa de nada disso, nem do meu estado de espírito horrível. Ela só está tentando levantar o meu astral. — Sinto muito por ter perdido o teste — acrescento, baixinho. — Sinceramente, não lembro para qual filme era, nem qual era o papel. Também sinto muito por isso. — Por um momento, há um silêncio tenso, enquanto Denise parece estar prendendo a respiração, assim como eu. — Dizem que é amnésia pós-traumática, e que logo vai passar. Mas já nem sei mais o que pensar. — Tento balançar um pouco a cabeça, mas os músculos não me obedecem, reduzindo o gesto a um tremor imperceptível. Num instante, a minha cabeça latejante me pune por isso. — Estou com tanto medo, Denise.

— A garota que represento não tem medo de nada, exceto do fracasso. — Denise desliza a cadeira para mais perto da cama e se senta. — Bem, a não ser que o seu DNA tenha mudado. Tenho que te lembrar que nós temos um contrato. E espero que você cumpra a sua parte. — O seu ponto de vista sobre o contrato de representação de talentos me faz sorrir. — Agora sim. Essa é a garota de quem eu me lembro. Uma estudante petulante de artes cênicas do Texas que não me deixa dizer uma palavra durante uma conversa telefônica. — Ela enfatiza a palavra "conversa" com humor sarcástico.

As lágrimas voltam a me sufocar.

— Obrigada, Denise. Você não faz ideia como...

— Era o papel principal de um longa, *A Charada* — ela diz com naturalidade e uma pitada de decepção fingida na voz. Humor na medida certa para me mostrar que não está chateada comigo. — Trabalhei tanto para conseguir esse teste para você. E sabe quem conseguiu o papel?

Uma leve ruga tensiona as bandagens que cobrem a minha testa.

— Quem?

— A sua melhor amiga, Lisa Chen. Ela entrou no set com tudo, sabia as falas de cor, e fez tão bem que os produtores nem ligaram que a personagem não era asiática. Virou agora.

Lisa.

Pensar nela inunda a minha mente com ecos da sua risada contagiante preenchendo aquele pequeno apartamento na avenida Lexington. Quase dá para sentir o gosto da sopa que ela costumava preparar para a gente, na nossa única panela, onde ele fervia um caldo de frango enlatado e um pouco de macarrão cabelo de anjo, e finalizava com um toque de shoyu. Aquela receita nos sustentou durante o curso de teatro na universidade. Costumávamos nos divertir muito, despreocupadas e cheias de esperança, pois sabíamos que faríamos sucesso na indústria cinematográfica, sem outra razão além da nossa própria determinação e da força dos nossos jovens corações. Brilhante e cheia de vida, Lisa trouxe alegria para a minha vida. Eu ensinei a ela todos os sotaques americanos, e ela aprendeu com um talento natural impressionante. Por sua vez, ela me ensinou a decorar as minhas falas mais rápido por meio do método chinês de *Ioci*, a meditar, e a superar o medo e o estresse usando a respiração, embora tenha sido a técnica do meu professor, "deixe o medo tomar conta de você por cinco minutos", que se mostrou mais útil. Nos tornamos muito próximas, aprendendo com os erros e as conquistas uma da outra, abrindo portas para a outra, unindo forças para avançar na vida e em nossas carreiras. E simplesmente sendo jovens em Los Angeles, com ambição ilimitada e sonhos de glória em Hollywood, nos divertindo enquanto fazíamos isso.

— Ela já veio te ver? — Denise pergunta.

Não respondo. E se Lisa já esteve aqui, e eu perdi essa memória, como tenho perdido a respeito das consultas médicas recentes, das coletas de sangue, e quem sabe o que mais? Como posso voltar a ter certeza de algo?

— Ela talvez já esteja na locação — Denise diz, parecendo apressada em encontrar uma boa desculpa para Lisa. — Estão filmando no sul do Texas. Acho que em Galveston. Lisa é representada por outro agente. Aquele cara baixinho e que vive suado e parece o Joe Pesci. — Ela dá uma risadinha. — Acho que Lyle, esse é o nome dele, na verdade imita o Joe Pesci para ficar mais interessante.

Rimos juntas, embora a minha risada seja vacilante. Não sei direito de quem Denise está falando, ainda que sinta que deveria saber. O cara é o agente da minha melhor amiga, não é? Pelo menos eu deveria saber *de quem* se trata.

Então, as risadas vão sumindo, e o silêncio volta.

— Como eu posso voltar disso? — pergunto, baixinho. — Tudo o que construí se foi agora. Acabou. Desculpa, Denise, mas a sua aposta em mim não vai trazer muito retorno.

— Ah, pare com isso.

Consigo imaginar a sexagenária afastando a minha preocupação com um gesto rápido e imperativo. Denise é direta e agradavelmente sincera. Tudo nela expressa força de vontade e determinação, assim como tolerância limitada a fraquezas. Ela mantém o cabelo curto, num estilo um tanto masculino, e nunca tinge os fios quase todo brancos. Nela, o visual fica elegante e natural, combinado com os trajes formais escuros que costuma preferir. Me pergunto o que ela está usando hoje para a visita ao hospital. Será que o preto ainda é apropriado para ela? Ou seria um pouco sombrio demais? Será que ela pensou nisso? Ou simplesmente vestiu o que estava à mão, sabendo que a sua cliente agora está cega?

O que Denise diria se eu perguntasse? Provavelmente, acharia que eu perdi o juízo. É bem provável que isso seja verdade.

A cadeira range um pouquinho quando Denise se ajeita nela, em seguida, ela estende a mão e segura a minha por um tempo.

— Vou dizer como você vai sair dessa. Quando você se sentir pronta, me liga. Não que você precise se preocupar com isso, pois pretendo vir aqui para te visitar sempre que puder. Só para manter você na linha. — Não consigo conter um sorriso. — Os atores já fizeram pausas na carreira antes, sabia? A maioria opta pela reabilitação para curtir um período sabático, mas também às vezes pela prisão, ou talvez por meses em recuperação depois de destruir a Ferrari. Mas se você teve que seguir por esse caminho, eu entendo.

O meu sorriso floresce. O otimismo dela é irresistível.

— Denise, eu...

— Eu vou arranjar um bom assessor de imprensa para a gente. Ele vai promover o seu retorno como se fosse um chocolate quente num dia de inverno. Tenho certeza de que você está louca para se reerguer.

— Estou, com certeza. Tenho me dedicado a isso. — Um pouco de sarcasmo está presente na minha voz. E também pena de mim mesma.

Talvez percebendo o constrangimento, Denise se apressa em quebrar o silêncio.

— Você se lembra daquela vez em que o Lyle...

— Quem é Lyle?

Um breve momento de silêncio.

— O agente da Lisa Chen. A gente acabou de falar dele. O tal que imita o Joe Pesci. — A voz de Denise soa um pouco menos confiante no final da fala, como se estivesse começando a se dar conta do que está acontecendo comigo.

O que deveria ser uma memória recente vem voltando aos poucos para mim, toda amarrotada, como se estivesse emergindo de um poço nebuloso e sem fundo.

— Ah, sim, agora ficou claro.

— Bem, você se lembra daquela vez que estávamos juntas no set, no primeiro dia de filmagem de *Amor de Verão*?

— Lembro um pouquinho — respondo. Um vislumbre de memória passa depressa pela minha mente. Eu e Denise nos afastando do carro, conversando, sorrindo, com copos grandes de café nas mãos, o sol começava a despontar no horizonte. O céu californiano, um tom perfeito e imaculado de azul, ainda intocado pela névoa do final da manhã. Naquele dia, eu estava vestida de maneira informal, de calça jeans e regata preta, e me lembro de ter me sentido um pouco envergonhada andando ao lado de Denise. A minha agente estava chique e elegante, trajando um terninho preto, que tinha um paletó com um bordado artístico e um colarinho estilo mandarim, requintado, sem ser exagerado. Ela tinha classe, enquanto eu parecia a filha adolescente sendo arrastada de volta para a escola.

Um leve rangido se forma quando Denise muda de posição na cadeira.

— Você andava meio estressada com aquele papel e o que ele envolvia. — Ela faz uma breve pausa, como se me desse um tempo para lembrar. E eu me lembro. A perspectiva de aparecer nua na tela tinha me apavorado, a ponto de pedir para Denise segurar a minha mão, por assim dizer, mesmo que aquela cena não estivesse no plano de filmagem do primeiro dia. Eu havia esperado que todos no set me julgassem de imediato, simplesmente por ter aceito um contrato com cláusulas flexíveis de nudez.

Eu estava enganada. Todos foram profissionais e cuidaram da própria vida. Outra memória vem à tona sobre aquele dia. Eu conheci uma pessoa no set. Um homem. De alguma forma, é importante, dá para sentir, mas eu não me lembro muito dele.

— Pois é, estava mesmo — eu finalmente sussurro. — Você estava lá por mim.

— Pois é, estava, não é? — Denise sorri. Posso ouvir isso em sua voz. — Aquele agente, o Lyle, era uma figura. Hilário, de um jeito meio incômodo. Ele estava gritando com aquele ator, espetando o peito dele com o dedo, arfando e bufando como se estivesse prestes a ter um infarto e cair morto. A gente se deparou com uma discussão acalorada entre eles. Ah, você tem que se lembrar disso.

— Nã-não — respondo, embora pedacinhos de memória comecem a dançar em minha mente. Um homem alto, bonito, com o queixo bem definido e os olhos hipnotizantes que se iluminaram quando me viram. O seu cabelo preto, um pouco desgrenhado, foi logo ajeitado com os dedos, sendo puxado para trás. A sua voz, gritando: "Não quero saber, Lyle. Não vou fazer isso". Então, o jeito que os seus lábios se abriram num sorriso quando me viu entrar no set com Denise. — Talvez. Um pouco — arrisco.

— O nome dele era Adrian, não era?

— Isso — respondo, arrastando a palavra, meio incerta. Mas, ao contrário do nome do agente, o dele soa familiar.

— E Lyle andando de um lado para o outro, com o peito estufado, gritando: "Siga o meu conselho, garoto, assine aqui e o céu será o limite para Adrian Sera". — Denise interrompe a imitação do agente para dar uma risadinha rápida, então continua: — "Caramba, as mulheres vão fazer fila ao redor do quarteirão para passar uma noite com Adrian Sera." E algumas obscenidades que eu prefiro não mencionar agora — ela acrescenta, agora rindo de forma contagiante.

Eu também rio.

— Pois é, me lembro disso, agora que você falou. Adrian... esse era o nome dele, você tem razão.

— O que o coitado podia fazer, com o possesso Lyle em cima dele desse jeito? Ele simplesmente assinou, de olho em você.

— Adrian... — começo a dizer, mas paro, com as palavras presas na garganta pela súbita sensação de perda. Não sei explicar o motivo; ainda está embaçado. Recordo o interesse dele por mim, mas eu teria me casado com Steve na época, se fosse durante a filmagem de *Amor de Verão*. Felizmente, também, pois teria sido antes de Mikela ter se insinuado na nossa vida. Lembro de ter aberto um sorriso educado para ele, então ido procurar o diretor, porque ele estava prestes a fazer o seu discurso de primeiro dia.

— Ouvi dizer que ele fez carreira em novelas. — Denise suspira em desaprovação. — Elas podem ser uma mina de ouro para atores jovens e sem talento que conseguem suportar melodramas exagerados e enredos intermináveis e repetitivos. Não é bem um trampolim para um Oscar. Ou seja, se tudo bem para você aparecer na tevê fora do horário nobre e não ser levado a sério como ator, por que não?

— Ele não é bom? — pergunto, querendo saber por que não consigo lembrar.

— Ele se saiu bem em *Amor de Verão*. — Denise responde, como se estivesse lendo a minha mente. — Não posso opinar sobre as novelas. Mas ele era lindo. Lyle Crespin tinha razão. Ele é de tirar o fôlego. Li em algum lugar que está namorando uma supermodelo.

As palavras do agente ecoam na minha mente: *"As mulheres vão fazer fila ao redor do quarteirão para passar uma noite com Adrian Sera"*, ele disse. A frase, desenterrada do esquecimento, começa a me assombrar. O que mais ele disse logo depois disso?

Sobre o que Adrian e o seu agente estavam discutindo? O que ele não queria fazer, mas acabou fazendo? Assinar o contrato de agenciamento? Por que diabos não?

E por que eu ligo? Por que não consigo simplesmente silenciar o eco dessa memória, de uma vez por todas.

Muito depois de Denise ter ido embora, as palavras insistentes de Lyle continuam comigo, como se contivessem uma mensagem importante que não consigo entender. Deixo a mente vagar e tento reconstituir aquela cena. Como era a locação? Que pessoas estavam lá? Denise, Adrian, Lyle. Começo por ele... fico imaginando Joe Pesci onde a minha memória se recusa a cooperar e traço o seu rosto.

Então, na minha cabeça, vejo Adrian Sera. A sua expressão facial quando os nossos olhos se encontraram. O gosto dos seus lábios contra os meus quando nos beijamos. O som do seu coração batendo quando apoiei a cabeça no seu peito.

Me dou conta de que foi Adrian Sera quem me consolou após ser perseguida ao sair do Urso Negro naquela noite assustadora. Ele era o namorado para quem eu corri. O seu rosto aparece claramente para mim agora, assim como a sensação dos seus braços musculosos em torno do meu corpo, me fazendo sentir protegida. A sua mão estava segurando a minha quando fiz um boletim de ocorrência no dia seguinte.

Sim, Adrian Sera foi o meu namorado. Lembro-me de acariciar o seu rosto, olhando em seus olhos que podiam iluminar um ambiente com o brilho dourado de suas íris cor de avelã.

A minha mente anseia em recuperar as peças perdidas da nossa história juntos. Cambaleio através da névoa da memória e encontro um fio para me guiar.

CAPÍTULO 17

Era estranho trabalhar sem Steve sentado na cadeira de diretor, mas estava empolgada por estar de volta a um set, após sobreviver a uma longa espera sem convites para testes de elenco.

Certa vez, me chamaram de nepo atriz, creditando todo o meu sucesso efêmero ao meu marido. Nunca deixou de me surpreender o fato de que, se uma mulher fazia algo certo, sempre tinha que ser o homem por trás dela quem merecia o crédito. Era isso em que as pessoas costumavam acreditar. Porém, se ela estava errada ou cometia um erro, a culpa era sempre toda dela. Nunca do homem.

Já fazia um tempo que boatos impiedosos me atormentavam, desde que a notícia da nossa separação se espalhou. Eu não correspondia às expectativas, diziam. Desde o início, nunca fui muito boa, e se não fosse pelo meu relacionamento com Steve Wellington, eu nunca teria tido uma oportunidade. Eu tinha cometido o pecado supremo, me divorciando do homem responsável pelo meu sucesso, um cara que conhecia outros caras, num mundo de machos onde os homens se uniam diante de questões complicadas, como ex-esposas, divórcios e outras coisas desagradáveis. Ninguém queria ver Steve aborrecido, pois Steve conhecia pessoas poderosas.

Os produtores não queriam correr o risco de chatear Steve Wellington, que podia estar trabalhando numa lista de projetos relativamente sem glamour, mas fingia glamour como ninguém.

E assim, os convites para testes de elenco pararam de chegar para mim.

Denise fez o possível para neutralizar as consequências do divórcio. Steve tinha me feito assinar um acordo de confidencialidade, me obrigando a manter o silêncio sobre o divórcio, como se eu fosse correr para os tabloides e abrir o bico. Ele deve ter feito todo mundo assinar esses papéis. E assim, por algum tempo, o divórcio foi mantido em segredo, embora algumas pessoas do meio já soubessem. Quando a notícia vazou, já não era mais novidade, e os tabloides, felizmente, ignoraram.

Isso significava que a minha mãe não tinha lido isso em algum jornal sensacionalista. Com os problemas respiratórios dela, era melhor que não se preocupasse com a filha. Não contei para ela, embora ainda sentisse uma tristeza profunda por causa de Steve, pelo meu casamento destruído, pelo amor que ainda sentia por ele de vez em quando. Quem me dera ligar para ela e simplesmente conversar, mas não podia. Não quando sabia o que isso poderia causar à saúde debilitada da minha mãe. Eu vivia querendo voltar para casa para uma visita, mas o trabalho me mantinha presa na Califórnia.

Na verdade, mais como uma busca por trabalho. Eu tinha que estar pronta para participar de testes, para qualquer coisa que Denise conseguisse arranjar, e não havia muitas opções.

Quando os boatos de quão ruim o nosso divórcio tinha sido de verdade começaram a circular — e não havia dúvida para mim quanto a quem tinha começado a espalhar a fofoca —, ninguém queria me contratar. Por coincidência, o nome de Mikela estava em destaque em muitos dos filmes para o quais eu tinha feito testes, e apenas alguns desses filmes foram dirigidos pelo meu ex-marido.

Às vezes, eu pensava em vender a casa em Lake Tahoe. Eu tinha o direito de vender, e fazia sentido me mudar para mais perto de Los Angeles, onde eu precisava estar para participar de testes para elenco. Mas a casa era o primeiro lar que eu conhecia desde que saí de Lubbock, quase dez anos antes, e todas as boas lembranças do meu casamento ainda pairavam entre aquelas paredes.

Quer eu admitisse isso ou não, eu continuava enlutada, vagando de um cômodo vazio para outro, à procura de algo que havia perdido para sempre.

Era assim que eu estava quando cheguei à locação para o primeiro dia de gravação de *Ecos do Amanhã*. Empolgada por estar trabalhando de novo, mas ainda ferida, me recuperando do divórcio e me sentindo meio perdida em um estúdio cheio de rostos desconhecidos.

Cumprindo a rotina sem deixar que o sorriso sumisse do meu rosto no caos que é o padrão nos primeiros dias, segui o meu plano de gravação e usei todo o meu tempo livre para sair de fininho e ler as minhas falas mais uma vez.

Ao voltar de um desses ensaios privados, percebi uma confusão no set e me aproximei com cautela. A cena envolvia o protagonista masculino e um cachorro, fornecido por uma adestradora com quem eu já havia trabalhado antes. O nome dela eram Miriam.

A diretora, uma mulher na casa dos quarenta anos, usando uma calça jeans surrada e uma camiseta velha, estava gritando:

— O cachorro precisa vir e se sentar a seu lado no sofá, Adrian. Faça isso acontecer, Miriam.

Adrian levantou os olhos e trocamos um olhar. Um lampejo de reconhecimento iluminou a sua expressão, e ele sorriu.

Sorrindo de volta, eu me aproximei, pedindo permissão para Miriam com um gesto de mão. Então, me agachei ao lado do cachorro e perguntei:

— Qual é o nome dele?

— Obi-Wan — Miriam respondeu, parecendo um pouco impaciente.

Ouvi algumas risadinhas vindo daqui e dali por parte da equipe e de outros atores.

— Aqui, querido — chamei, e o border collie foi logo se aproximando, abanando o rabo, com cautela a princípio e com alegria depois. — Já sei qual é o seu problema — sussurrei, coçando a base das orelhas de Obi-Wan. — Você está no set errado! Você pertence à equipe de *Guerra nas Estrelas*. Pois é. — Outra onda de risadinhas irrompeu.

Tensa a princípio, Miriam começou a relaxar.

— Você me deixou meio confusa por um momento, Emma. Quase consultei o plano de filmagem para ver se estava no set certo.

Sorri e olhei para a diretora. Ela concordou com a cabeça e fez um gesto, pedindo para que eu apressasse o que fosse fazer. O cronograma estava apertado.

Comecei a me dirigir até Adrian, que estava sentado no sofá, como a sua cena pedia. Ele estava com as pernas cruzadas na altura do joelho, balançando o pé com impaciência. A tensão que travava os músculos do seu queixo desapareceu diante da minha aproximação.

Adrian tentou se levantar para me encontrar, mas eu o detive.

— Não, pode ficar sentado, relaxa e se prepara para gravar. Você está deixando o senhor Kenobi aqui estressado. Ele está sentido a sua preocupação. Respira fundo e deixa rolar. — O cachorro vem grudado em mim. Me inclinei para coçar as suas orelhas mais um pouco. — E daí se a cena não ficar perfeita? E se o cachorro se sentar aos seus pés em vez de no sofá? Para isso servem os dublês. Vai dar tudo certo.

Adrian olhou para mim, inclinando um pouco a cabeça, enquanto os seus olhos cor de avelã se iluminavam com reflexos dourados, tal como eu me lembrava da primeira vez que nos encontramos no set de *Amor de Verão*.

Escondi o sorriso, olhando para o cachorro por um momento e, depois, gesticulei com a cabeça para a diretora.

Adrian fez um joinha.

— Som gravando, câmera ligada — a diretora pediu. — Claquete! — ela ordenou, e um assistente bateu a claquete.

Adrian assumiu uma expressão de tristeza, com o seu olhar fixo do outro lado do cenário, os ombros caídos e a cabeça baixa.

— Set? — O assistente respondeu com um joinha. — E... ação — a diretora disse.

Dei um tapinha no traseiro do cachorro, e ele entrou todo calmo no cenário.

Adrian estava sentado no sofá, com as pernas agora descruzadas. Ele pareceu emergir dos pensamentos, encarado na porta.

— Ela se foi, amigão. — O cachorro pulou no sofá. Adrian apoiou a mão automaticamente em Obi-Wan e o acariciou, num movimento cadenciado e relaxante, enquanto o seu olhar marejado se desviava.

Miriam dirigiu Obi-Wan com gestos de mão até o cachorro descansar a cabeça na coxa de Adrian com um leve grunhido.

— Agora somos só nós dois, garoto. Ela deixou a gente e não vai voltar. — Adrian, no personagem, pôs a mão sobre a cabeça do cachorro e fechou os olhos.

— Corta!

O cachorro, liberado da posição, pela adestradora, pulou do sofá e parou aos meus pés, abanando o rabo feliz da vida. E quando Adrian me ofereceu um copo de café, eu não recusei, embora tivesse acabado de deixar um cheio na mesa de bufê ao lado da cadeira de Miriam.

Mais tarde naquela noite, Adrian me levou para jantar no Angelini's. O restaurante era acolhedor, iluminado por velas que tremeluziam em cada mesa. A recepcionista nos conduziu até o terraço, onde uma mesa havia sido reservada um pouco mais afastada das outras. A nossa ilha privativa em meio ao fluxo acelerado de turistas de Los Angeles. Uma única orquídea delicada decorava a mesa. Lampadinhas brancas pendiam nas bordas do guarda-sol aberto acima da nossa cabeça. Uma música suave tocava no fundo — eram antigas canções italianas que me faziam balançar.

Era perfeito.

Ele era perfeito. Adrian não pareceu notar o olhar sonhador que a recepcionista tinha lhe dirigido, nem o jeito que os olhos das mulheres se fixavam em seu belo rosto e corpo atlético e bem modelado. O seu foco estava todo em mim, como se eu fosse o seu mundo inteiro.

No meio do jantar, Adrian desapareceu da mesa, me deixando insegura por um tempinho. Resisti ao impulso de olhar por cima da ombro a cada cinco segundos, me perguntando quando ele voltaria. Pouco a pouco, como a promessa inicial de um pesadelo ao anoitecer, os meus medos foram voltando. Talvez eu não estivesse pronta para outro relacionamento. Ou talvez Adrian Sera fosse bom demais para ser verdade. Ou, pior ainda, e se eu não fosse boa o suficiente?

Eu estava prestes a terminar a minha taça de vinho, pensando quanto tempo mais deveria esperar antes de ir embora, quando ele voltou, com sua voz me surpreendendo.

— Tomara que você goste de rosas, Emma — ele disse.

Me virei e fiquei boquiaberta. Adrian estava ali, todo encantador e confiante, segurando um linda rosa vermelha. Sem palavras, peguei a flor, e os nossos dedos se roçaram. Havia uma faísca inegável entre nós, inesperada, quase avassaladora.

— O seu sorriso poderia iluminar toda a cidade — Adrian afirmou e voltou para a sua cadeira. — Imagino que a dama esteja satisfeita.

Fiquei vermelha. Abaixei os olhos, pisquei um pouco e senti o perfume das pétalas de rosa na brisa do verão.

— É linda, obrigada. — Olhei para ele, deixando o meu sorriso florescer. Os olhos de Adrian refletiam a luz das velas, o calor do momento. — Ninguém nunca me deu uma rosa no primeiro encontro. Você é repleto de surpresas.

Ele encheu as nossas taças.

— Só o melhor para uma noite como esta.

Ergui a taça e brindei com a dele sobre a mesa.

— Aos novos começos — sussurrei, voltando a ficar vermelha, com medo de estar sendo direta demais.

— A uma noite de primeiros momentos, e muitos mais — Adrian respondeu, olhando bem para mim enquanto saboreava o vinho, com a sua boca sensual e o seu sorriso inebriante.

Mais tarde naquela noite, quando ele me acompanhou até o apartamento de Lisa, onde eu ainda ficava quando estava na cidade, o beijo de Adrian despertou desejos no meu corpo que eu não achava possível, não depois de Steve. Mas isso foi tudo naquela primeira noite. Um primeiro beijo que me deixou querendo mais. Muito mais.

— Doutor Whitting, compareça ao pronto-socorro — o sistema de som anuncia, me trazendo de volta para o presente de maneira tão abrupta que me faz me sentir zonza.

Agarro os resquícios de memórias queridas de um tempo em que eu era feliz, combatendo as sombras de eventos esquecidos, procurando mais pepitas de felicidade enterradas na minha mente. Mas o fio do meu romance com Adrian não vai além disso, cortado, com o restante na escuridão, talvez perdido para sempre.

Com uma sensação de déjà-vu nauseante, eu me pergunto o que aconteceu entre mim e Adrian. Será que nos afastamos? Ainda estamos juntos? Lembro da nossa briga, na noite em que o perseguidor me seguiu desde o Urso Negro, mas foi esse o fim para nós dois? Acho que não, ao recordar como segurei a mão dele na manhã seguinte, na delegacia, onde fiz o possível para fornecer uma descrição física para o desenhista do retrato falado.

Então, cadê ele? Será que ele conheceu uma nova atriz no set de uma nova produção? Uma mulher que parecia ótima em seus braços enquanto ele a beijava a pedido do roteiro, mas o deixou ansiando por uma repetição fora do set? Isso costuma acontecer com os atores e as atrizes.

O faz de conta pode ser um jogo perigoso.

Um bipe baixo e familiar chama a minha atenção. Após um momento de hesitação, percebo que é o meu celular. Está carregado, pronto para ser usado. Só que eu não consigo usá-lo. Queria poder pegá-lo e navegar pelas mensagens mais recentes que enviei, pelas fotos que tirei, até encontrar uma pista, algo que me diga o que aconteceu na noite em que fui atacada. Se foi alguém que convidei para a minha casa, o celular pode ter o registro disso. Se Adrian ainda faz parte da minha vida, o meu celular guarda todas as respostas. E o número dele deve estar salvo na minha lista de contatos.

— Código Azul, quarto 1204 — o sistema de som anuncia, voltando a me assustar. Detesto como esses anúncios repentinos me fazem sentir vulnerável e apavorada. Qualquer ruído estranho, na fração de segundo antes de identificá--lo, assume proporções terríveis na minha mente traumatizada. Porque, um dia em breve, esse ruído estranho pode ser o braço do vilão, erguido acima da minha cabeça e pronto para me golpear, para terminar o que teve início na minha casa naquela noite.

Não vou ver isso chegando. Só vou ouvir, por um breve momento, antes que a minha vida chegue ao fim.

A minha única chance é esse celular, e eu não consigo alcançá-lo, não consigo ler as mensagens ou ver as fotos armazenadas nele.

Uma batida à porta me fez me sobressaltar de novo. O monitor começa a apitar, frenético, ao lado da minha cama. Então, a porta se abre, e uma voz familiar quebra o silêncio.

— Oi, amiga.

CAPÍTULO 18

— Lisa... — sussurro, aliviada. — Sabe como é, considerando que sou a protagonista de um filme de terror da vida real... poderia ser pior — digo com a voz fraca, apesar dos meus esforços para soar animada.

Lisa dá uma risadinha.

— É isso aí, Em. Você vai superar isso. Você é a pessoa mais forte que conheço.

Algo farfalha no ar logo acima da minha cabeça. Em seguida, se afasta lenta e silenciosamente. Procuro imaginar a fonte desse som, mas não consigo.

— O que é isso? — pergunto, me recriminando por ter que perguntar. Por me sentir tão assustada a cada sonzinho. — Já ouvi isso antes. Ontem, ou pode ter sido anteontem.

— Isso? — O farfalhar vai ficando mais forte por um momento. — Eu trouxe uma balão vermelho, de papel alumínio. Tem uma mensagem legal escrita nele. Diz: "Boa tentativa. Agora volte ao trabalho". — Ela dá uma risadinha ao ler a mensagem.

É engraçado, tenho que admitir. De uma maneira um tanto triste.

O farfalhar cessa em algum lugar no canto esquerdo do quarto, ainda acima da minha cabeça.

— Você é incrível, sabia? E tem razão, você já ouviu esse som antes. Tem outro balão tocando o teto, meio que nem o meu, mas não tão bonito — Lisa acrescenta, encaixando uma das suas piadas habituais. Mas sua voz está trêmula.

— Veio junto com um vaso de flores. Lírios, cravos, mosquitinho e duas rosas.

— O que está escrito no balão? — Me lembro de quando ouvi aquele barulho pela primeira vez. Quando Denise entrou no quarto. O vaso deve ter sido outro ruído que captei, o baque de um objeto pesado sendo colocado sobre a mesa.

— Hum, vou dar uma dica. — Lisa ri. — "Fique boa logo." Muito original. É um balão azul, que está começando a murchar. Logo ele vai cair lá e pousar em alguma coisa. Quando isso acontecer, você pode acabar se assustando. Se quiser, posso levar ele comigo quando eu for embora.

— Sim, por favor. — A preocupação de Lisa dá um quentinho no coração. — Ouvi dizer que você pegou o papel principal num novo filme. Parabéns — acrescento, sorrindo. Fico feliz por ela, ao mesmo tempo que a invejo pela liberdade de se mover, de trabalhar, de viver.

— Eu meio que me sinto mal por isso. — Ela desloca o peso de um pé para o outro, parece indecisa sobre onde sentar. Ou se vai sentar. — Sei que estou aproveitando o que você deixou para trás. Nós duas sabemos que o papel teria sido seu se...

— Se e talvez não têm lugar entre amigas, Lisa. O papel é seu por direito. Aproveite ao máximo. Denise me disse que você está arrasando.

Lisa pigarreia e se senta na beira da cama. Espero pelo aperto de mão que todo mundo parece querer me dar, mas isso não acontece.

— Por falar na Denise, eu fiquei pensando, se não for pedir demais, e também não for o momento errado, porque eu meio que sinto que é...

— Desembucha — digo. — Por baixo de toda essa gaze ainda sou eu. Você pode me perguntar qualquer coisa.

— Eu... queria a sua permissão para tentar ser incluída na lista de clientes da Denise. Sei que ela tem uma agenda fechada e já faz um tempo que não pega novos clientes, mas ela conhece as pessoas certas e, bem, estou precisando demais de uma coisa assim. Lyle Crespin, o meu agente, é um filho da mãe preguiçoso que acha que é o Joe Pesci...

— É isso? É só isso que você precisa?

— Ela é uma das melhores agentes do mercado, Em. E não, não é tudo. Na verdade, queria ver se posso usar o seu nome para chegar até ela.

— Claro — respondo, mordendo o lábio para evitar continuar falando. O pedido da minha amiga não é tão incomum, mas o momento, e talvez o egoísmo envolvido, me chateia tanto que me deixa à beira das lágrimas. Me sinto deixada para trás, os restos da minha vida sendo despedaçados como uma carcaça de animal atropelado e então estraçalhado por urubus à beira da estrada.

— Sério? Muito obrigada — Lisa diz, animada. Há um movimento perto da minha cabeça, então os lábios dela tocam o meu rosto com um beijinho rápido e entusiasmado. — Você é demais, mesmo agora, quando poderia ter me mandado para fora daqui sem hesitar.

É verdade. O seu comentário me traz um certo alívio. Lisa poderia ter ido diretamente procurar Denise. Ela não precisava da minha permissão. Já que estou fora do caminho, incapacitada como estou, Lisa poderia ter facilmente usado o meu nome para chegar a minha agente, e eu nunca teria ficado sabendo. Porém, o momento disso tudo parece estranho. Primeiro, eu quase morri. Depois, Lisa ganhou o papel para o qual eu deveria ter feito o teste, sendo o papel principal num projeto de milhões de dólares. Uma oportunidade de ouro para a carreira.

A exposição e os royalties *seriam tão valiosos que valeria a pena matar por isso.*

A ideia assustadora me fez hesitar por um instante. Então, a descarto como fruto da minha paranoia persistente.

Não pode ser verdade. Lisa tem sido a minha melhor amiga desde os primeiros dias na universidade. Ela sempre foi amável, confiável e honesta. Sinto vergonha de ter desconfiado dela, de estar suspeitando de uma garota que não quer nada além do que eu queria para mim — e ainda quero.

— Desculpa por não ter vindo ver você antes — Lisa diz, com a voz embargada. — Achei que não ia conseguir controlar as minhas emoções. Você me conhece. — Ela tenta rir, mas o riso sai rouco. — Ainda não consigo lidar com isso. — Ela fica ao lado da minha cama e se mexe de modo inquieto no mesmo lugar, com os saltos batendo de leve no chão. Então, ela começa a chorar, fazendo o possível para esconder o som, mas não consegue me enganar.

— Está tudo bem, Lili — digo, usando um apelo que lhe dei há muito tempo. — Sei que não deve ser fácil para você me ver assim.

— Eu deveria incentivar você — Lisa responde, mal conseguindo conter os soluços. — Que droga, mulher, não faça uma coisa dessas comigo. Estou um caco agora. Vou precisar de 20 minutos para dar um jeito na minha maquiagem. — Ela consegue dar uma risada, e eu a acompanho, desejando ter os problemas dela. — Nunca imaginei… coisas desse tipo não acontecem com pessoas como a gente. Não podem acontecer.

— Até acontecerem. E eu estou ferrada pra valer, Lisa. Não me lembro de nada. Só sei que alguém tentou me matar.

— Quem? — A sua voz fica mais aguda, em surpresa.

Suspiro com amargura, reprimindo novas lágrimas de frustração.

— Eu nem sei direito se era homem ou mulher, e não pense que não estou tentando me lembrar. Só fico deitada aqui o dia todo, nesta cama, me forçando a tentar reviver o passado. Estou ficando louca.

Lisa dá uma fungada e abre alguma coisa, talvez a sua bolsa, e, com um leve farfalhar, tira um lenço e assoa o nariz discretamente.

— Você chamou a polícia?

— Para dizer o quê? — Por um momento, o silêncio toma conta do quarto. — O hospital chamou… Você poderia me ajudar a lembrar. Eu estava tendo problemas com alguém? Falei alguma coisa para você? Poderia ter sido Steve?

— Steve? — A sua voz parece mesmo surpresa. — Já deve fazer pelo menos um ano que você não toca no nome de Steve. Desde que ele ficou noivo daquela vadia, a Mikela.

A lembrança me atinge no peito como um soco, me deixando sem fôlego. De alguma forma, esqueci a respeito do noivado de Steve e da joia imensa de Mikela, que ela fez questão de eu ficar sabendo. A sensação da perda do amor que já vivi fere a minha alma.

— Ah, querida, você não sabia? — Lisa volta para a cama e se senta na beira dela. A sua voz soa marcada pela compaixão. — Ah, você sabia, sim. A gente conversou sobre isso. Bastante, tomando vinho, até você ficar bêbada de trocar as pernas e finalmente ir para a cama. Xingando o nome dele tão alto que os vizinhos ligaram.

— Mas isso foi antes de eu...

Um suspiro.

— É. O que você consegue lembrar agora?

É uma pergunta direta.

— É bem isso. Sei lá. Acho que algumas coisas. Fragmentos, é tudo o que resta. Volta de repente, depois some, ou só ficam algumas sensações, alguns vislumbres do que costumava ser a minha realidade. E eu não tenho certeza se as coisas que lembro aconteceram de verdade. Mas você pode me esclarecer. Você sabe de tudo o que estava rolando na minha vida, não sabe?

— Sei. — Outra fungada. — Pode perguntar.

— Alguma vez eu falei que sentia medo de alguém?

— Você estava sendo perseguida. Eu estava preocupada com isso. Você foi à polícia algumas vezes, mas não fizeram nada a respeito.

— Quando foi a última vez que falei sobre esse perseguidor?

— Um mês atrás — Lisa responde, com a voz vacilante. — Você achou que viu ele de novo quando foi fazer compras, aqui em Tahoe. — Algumas memórias difusas de uma conversa minha com um policial no shopping center invadem a minha mente. Ou isso foi um fragmento arrancado de um pesadelo que tive?

— Eu já vi ele em Los Angeles?

— Já. Certa noite, a gente estava indo para casa, e você apontou alguém para mim. Não consegui ver muita coisa, era uma coisa muito assustadora. Aquele capuz, o rosto escondido nas sombras. Parecia o trailer de um filme de terror.

— O que a polícia disse? Tinha algum suspeito?

— Hum, disseram que nenhuma lei havia sido infringida. Era só uma pessoa na rua. Eu não estava presente quando você prestou queixa. Estou falando o que você me disse na ocasião.

— Então, aconteceu aqui *e* em Los Angeles?

A mão de Lisa toca na minha com dedos frios e hesitantes, que se afastam na hora, como se o meu estado fosse contagioso de alguma forma.

— Isso.

Fico em silêncio por um breve momento, tentando pensar. Como alguém poderia me perseguir nos dois lugares? O perseguidor teria que conhecer a minha agenda ou ter me seguido quando eu ia até o aeroporto, e aí pegar o mesmo voo. Ou o seguinte.

A minha confusão mental se recusa a se desfazer, se mantendo no lugar pela medicação e pela dor de cabeça latejante que não me abandona.

— Acho que os seus peitos em *Amor de Verão* causaram bastante impacto — Lisa caçoa.

— Ah, se eu pudesse te dar uns tapas — respondo, sorrindo por um instante como se fosse nos velhos tempos, quando essas conversas acabavam em gargalhadas.

— O seu namorado estava ficando um tanto obcecado por aquele seu perseguidor. Ele queria seguir o sujeito, atraí-lo para fora do esconderijo e apontar uma arma para ele. Você não deixou.

— Adrian é um cara e tanto, né? — perguntei, com amor na voz.

Um momento de silêncio desconfortável faz o bipe do monitor cardíaco soar mais alto do que o normal.

— O seu namorado era o Bryan, e não o Adrian — Lisa diz com a voz suave. — Pelo que sei, já fazia meses que você e o Adrian não estavam mais juntos.

Meu lábio treme.

— Não... de novo não. Eu não posso passar por isso de novo. — Primeiro, Steve, agora Adrian. Seria melhor para mim não me lembrar deles.

— Como assim? — Os dedos de Lisa acariciam o meu rosto rapidamente com dedos suaves e reconfortantes. — Não chore, Em. Isso me deixa de coração partido.

— Eu mal comecei a me lembrar do Adrian, e o que eu sinto por ele. O quanto eu o amo. E agora... você está me dizendo que ele se foi? Eu tenho que enfrentar tudo isso de novo, sem lembrar de já ter passado por isso. Eu simplesmente... sinto essa ausência.

Lisa se esforça para não dar um suspiro.

— Agora é o Bryan. Duas semanas atrás, quando a gente conversou pela última vez, vocês dois ainda estavam juntos. Sei que você gosta muito dele, e não posso deixar de concordar. Ele é um gato.

As lágrimas inundam os meus olhos fechados, ensopando a bandagem. É um déjà-vu nauseante, um ciclo interminável dos infernos.

— Quem é esse tal de Bryan?

— Minha nossa, o seu Bryan é um tesão — Lisa responde, transmitindo alegria demais na voz. — Você se lembra de que estava trabalhando no Urso Negro, nos fins de semana?

Disso eu me lembro. Mas a pergunta de Lisa estimula a minha memória a liberar mais alguns detalhes visuais: a fachada do estabelecimento, uma cabana de madeira rústica, com uma grande placa de madeira entalhada exibindo um urso negro de pé. O interior, amplo e mesmo assim ainda não grande o suficiente para acomodar o movimento de turistas nos fins de semana, imerso no cheiro forte de cheesebúrgueres feitos na grelha e o zumbido envolvente de conversas, de vez em quando interrompido por gargalhadas ruidosas. As paredes de lambris de madeira, enfeitadas com pinturas relacionadas à caça e os ocasionais troféus inspirados em ursos, como cabeças empalhadas ou garras convertidas em pingentes e penduradas em longas tiras finas de couro, no estilo nativo americano de joias inspiradas em caça.

Me vejo conversando com alguém do outro lado do balcão de bar de aparência chamativa, cortado e esculpido a partir do tronco de uma sequoia imensa. É um homem de barba, com uns trinta e poucos anos, com uma expressão amável no rosto, que abriu um sorriso largo enquanto enchia uma fileira de copos com bebida destilada num único movimento habilidoso. A garrafa, inclinada de maneira precisa, fez o líquido âmbar cair com perfeição nos copos sem que nenhuma gota fosse derramada. Os copos foram enchidos um após o outro, e depois colocados em bandejas pretas e polidas que eu pegava para servir.

A mão de um bêbado no meu traseiro, e eu escapando do toque dele, enquanto equilibrava com habilidade a bandeja pesada acima da cabeça dele. Então, mais tarde, o silêncio do bar deserto após o fechamento, e o cansaço que senti quando finalmente me sentei ao balcão. E uma voz que soa clara na minha memória, perguntando se eu queria uma bebida.

— Bryan é...

— O barman do Urso Negro — sussurro.

— Isso. Foi lá que você conheceu ele, não foi?

Eu me lembro dele, mas os meus sentimentos por ele ainda estão enterrados em algum lugar, numa gaveta da minha memória e tenho medo de abri-la.

— Foi ele? — pergunto, baixinho. — Bryan era o perseguidor?

— Não sei, Em. — Lisa fica de pé e começa a andar lentamente de um lado para o outro pelo quarto. — Você pode acabar pirando desse jeito. — Ela faz uma pausa e solta um gemido alto. — Acho que não. Bryan queria ir atrás do perseguidor, lembra? Para fazer... como é mesmo? Tipo, ele queria dar voz de prisão. Acabei de falar isso para você.

Com teimosia, me recuso a aceitar a resposta. As pessoas vivem mentindo sobre as coisas. Bryan também poderia ter feito isso. Ele me parece um estranho completo.

— Você disse que estava comigo, Lil, e viu essa pessoa com os próprios olhos, mas alega que não viu muito. Essa pessoa não era o Bryan?

— Eu não sei, tá bom? — Ela bate o pé no chão com força, furiosa. Após um instante, se aproxima, hesitante. — Desculpa, Em. Eu não deveria ter levantado a voz...

A reação de Lisa a denuncia. Ela está escondendo alguma coisa, e saber disso faz o medo tomar conta de mim. Só existe um motivo para ela fazer isso.

— Você está mentindo a respeito de ter estado comigo naquela noite? O perseguidor era você?

CAPÍTULO 19

LISA VAI SAINDO DO QUARTO AOS PRANTOS, E EU A CHAMO, COM POUCA força no início, mas depois com toda a força que consigo reunir.

— Lisa, por favor, volte. — Presto atenção por um tempo, mas não ouço nada. Nem passos, nem portas se abrindo ou fechando. Nada, como se Lisa estivesse paralisada no lugar, para me observar sem ser vista e escutar o meu desconforto, me afundando em culpa. — Lisa? — volto a chamar, levantando a voz. — Não era a minha intenção dizer isso, juro.

Reprimo um grito de frustração. Se eu estivesse no lugar de Lisa, ficaria tão furiosa quanto ela. As minhas acusações são infundadas, só as fiz porque estou perdendo a cabeça, sem saber ao certo o que aconteceu de verdade e quando.

Ao longe, ouço a descarga de um vaso sanitário, e a caixa de água dele começa a se encher com um assobio abafado e multitonal. O som é estranhamente familiar, como uma melodia que soa conhecida após ouvi-la no rádio algumas vezes. Já devo tê-lo ouvido… quem sabe quantas vezes desde que fui internada aqui. As minhas memórias já não me pertencem mais, e mesmo aquelas que consigo agarrar na minha luta diária contra o esquecimento, posso perdê-las na próxima vez que acordar do meu sono inquieto.

Talvez seja por isso que Lisa não respondeu ao meu chamado; ela já deve ter se trancado no banheiro, ainda deve estar chorando. As minha acusações magoaram uma amiga querida e leal, e eu não consigo me perdoar por isso.

Ainda com raiva de mim mesma e decidida a fazer as pazes, eu espero, um minuto arrastado atrás do outro, Lisa sair do banheiro. Ela comentou que a sua maquiagem estava precisando de muitos retoques, e eu sei que a minha amiga é bastante cuidadosa com a aparência. No meu mundo, não tenho como medir o tempo. Não possuo nenhuma noção da sua passagem e nenhuma conexão real com os tons da luz do dia ou do anoitecer que as pessoas veem pelas janelas, ajudando-as a se ancorar na realidade. Privação sensorial, foi assim que um dos médicos chamou. Naquele momento, achei que significava a perda da minha visão. Nunca pensei que também sentiria tanta falta de notar a passagem do tempo.

Tenho certeza de que devem existir algumas soluções disponíveis. Talvez um relógio especial que pudesse me informar as horas ou algo assim. Não sei braile, e não acredito que conseguiria aprender.

Não até perder toda a esperança de recuperar a minha visão.

A porta do banheiro se abre com um rangido característico e depois é fechada de leve.

— Lisa? — chamo e presto atenção. A distância, consigo ouvi-la conversando com alguém, mas não dá para entender o que ela está dizendo, pelo menos a princípio.

É Jasmine, a minha enfermeira. Quando ela fala, as suas palavras são mais audíveis.

— Eu te aviso, prometo — ela responde. — Eu tenho o seu telefone. — Ela soa inesperadamente íntima ao falar com a minha melhor amiga.

— Perfeito, obrigada. Está na minha hora. Ela vai entender.

Há uma pausa e, em seguida, a resposta de Jasmine é dita em voz baixa demais para ser entendida.

Volto a ouvir a voz de Lisa, um pouco ríspida, mais fria do que antes, desdenhosa.

— Por favor, peça desculpas por mim, tá bom?

Então, outra porta se abre, e o som discreto dos saltos altos de Lisa se perdem na distância, deixando apenas o silêncio.

E novas perguntas.

Como Lisa sabe quem é Jasmine? Elas parecem próximas uma da outra, e a minha enfermeira já vai logo seguindo as ordens da minha melhor amiga, embora tenham acabado de se conhecer. O que estou deixando escapar? Por que Jasmine tem o telefone de Lisa? A minha paranoia volta com força total, consumindo toda a culpa por ter feito acusações cruéis antes.

Quando Jasmine aparece mais tarde com a minha refeição, justificando a saída abrupta de Lisa, eu fico monossilábica. Não faço questão de tentar segurar a colher de plástico; só aguento a humilhação de ser alimentada com um frango com gosto de borracha e ervilhas murchas e cozidas demais, querendo que já tivesse terminado. Sinto vontade de vomitar. Nem mesmo a gelatina me faz sorrir como Jasmine diz que costuma fazer.

Como se eu pudesse voltar a confiar em mais uma palavra de Jasmine. Até eu ter certeza de que posso confiar nela, tenho apenas uma pergunta.

— Quando o médico vai passar? — pergunto, enquanto ela joga as coisas da bandeja na lixeira, aquela com a tampa metálica que se abre sozinha, rangendo contra as bordas. A de aço inoxidável, que tenho certeza de que possui um logotipo preto. Não é vermelho, como já vi nos consultórios dos médicos.

— Ele passa todo fim de tarde por volta das seis — a enfermeira responde, com um tom um pouco seco. — Você não está se sentindo bem?

— Estou ótima — retruco. — Aproveitando bastante o meu tempo neste spa de luxo.

Um momento de silêncio tenso.

— Lamento, querida. Digo, se você não estiver se sentindo bem, se houver algo que eu possa fazer por você, é só me avisar, tudo bem?

Não adianta. E talvez seja muito errado suspeitar de Jasmine a respeito de qualquer coisa. Ela já poderia ter me matado umas 50 vezes. Enquanto estou dormindo, ela poderia ter me injetado a substância que achar conveniente.

— Não... me desculpa. Passei o dia todo irritada. Estou perdendo a cabeça aqui. Até mesmo Lisa... Eu acusei ela de algo, e deveria saber que estava errado.

Passos pesados se aproximam da cama. Ouço a prancheta do prontuário se chocando contra a estrutura da cama, e depois o farfalhar do papel quando as páginas são folheadas.

— Vejo que o doutor Sokolowski reduziu os sedativos e os analgésicos. A dosagem está mais baixa do que costumo ver nos meus outros pacientes com lesão cerebral. Quem sabe ele não tenha ido longe demais? Posso ajustar a dosagem, para deixar você um pouco mais confortável.

As lágrimas fazem arder os meus olhos sob as pálpebras fechadas. Essas são as minhas opções: perder a cabeça num turbilhão de medo e ansiedade enquanto espero ser morta, ou ficar toda dopada, me tornando um vegetal repousando em um pote de conserva, trancado em algum armário escuro.

— Não... prefiro ficar acordada o máximo possível. E a dor já não está tão forte — minto, me perguntando o quanto estou soando convincente.

— Como você preferir — a enfermeira responde, e a prancheta faz barulho ao ser colocada no lugar de costume. — Me avisa se mudar de ideia.

— Obrigada — sussurro, querendo que ela vá embora logo para que eu possa ficar sozinha com os meus pensamentos exaustivos; vasculhá-los até que um finalmente faça algum sentido e me aponte na direção do meu perseguidor.

Quando Jasmine sai do quarto, um pensamento desagradável atravessa a minha mente. E se a pessoa que tentou me matar e o perseguidor forem duas pessoas diferentes? E se eu cometi um erro o tempo todo?

Quando o doutor Sokolowski finamente aparece, ele me encontra num estado de frenesi imóvel, com toda a minha angústia voltada para dentro, me deixando pirada. Assim que ouço os passos familiares, chamo o nome dele, com a voz desesperada.

— Doutor Sokolowski? Você tem que me ajudar. Isso tem que chegar ao fim — imploro, bem ciente de que estou falando de forma confusa.

— O que há de errado, Emma? — A cadeira para mais perto da cama, que range quando o médico se senta. Então, ele abaixa a grade de proteção lateral da cama, que faz o seu som estridente característico.

— Essa coisa da memória. Eu continuo me lembrando de coisas que havia esquecido da minha vida anterior, e coisas que fiquei sabendo desde que estou aqui, mas depois volto a esquecer, como se eu não pudesse mais formar novas memórias. Não dá para continuar assim. Por favor, faça alguma coisa.

— Vamos falar sobre a sua memória — o médico responde, após uma longa pausa. — Acho que já expliquei a questão da amnésia pós-traumática. Você ainda se lembra disso?

— Lembro, um pouco. Algo sobre as memórias estarem lá, mas eu não conseguir acessá-las? Não até eu estar pronta?

— Exato. Se trata de um defeito na consolidação e recuperação das memórias, sendo tão simples quanto parece. No sistema de organização da sua memória, as gavetas ainda estão cheias de coisas, mas o seu cérebro, à medida que se cura, ainda não consegue lembrar onde você guarda as meias e onde guarda as camisetas. E, às vezes, ele lembra, mas simplesmente não quer abrir certas gavetas, com medo do que pode estar lá dentro, de quão doloroso isso poderia ser. O seu subconsciente está te protegendo.

— Entendo. Mas então, se eu finalmente consigo me lembrar de algo, por que me esqueço de tudo de novo? Outro dia fiquei sabendo que o meu ex-marido ficou noivo faz mais ou menos um ano. Hoje, eu não me lembrava de nada disso. Precisei descobrir tudo de novo.

— Você ainda tem um inchaço no cérebro. Uma inflamação residual. Se você caísse e torcesse o tornozelo, quanto tempo levaria até colocar um peso sobre ele?

— Umas três ou quatro semanas?

— É mais ou menos isso. Até lá, até que o tornozelo esteja curado pelo menos a um nível razoável, ele não consegue funcionar direito. Claro, ele mantém o pé no lugar. A articulação ainda está lá e, tecnicamente, poderia funcionar, mas não é capaz. Está muito inchado. Os tendões estão esticados em excesso, talvez até rompidos. Eles precisam de tempo para se recuperar.

— Entendi — respondo, começando a captar aonde o doutor Sokolowski quer chegar com a sua metáfora ortopédica.

— Então, por que você daria a seu tornozelo, um sistema relativamente simples, quase mecânico, de varas, cordas e polias, tanto tempo para se recuperar, e seria tão impaciente quando se trata do órgão mais complexo do corpo humano?

Solto um suspiro.

— Então, o que você está dizendo é que preciso esperar mais um pouco? Mas e se alguma coisa acontecer comigo? E você disse que eu deveria conseguir formar novas memórias, só que ainda não sou capaz. Não o tempo todo. Enfim, não normalmente. Não parece normal.

O médico ri baixinho.

— Tem uma coisa que você não consegue entender, Emma, porque você não percebe o que nós, médicos, percebemos todos os dias, mesmo essa conversa que estamos tendo, os argumentos que você está apresentando, a maneira como você me desafia, é uma história incrível de cura. Tudo isso, vindo de uma pessoa que foi encontrada inconsciente, sobre uma poça do próprio sangue, com uma laceração de quase 13 centímetros na cabeça. É impressionante. As suas habilidades cognitivas estão quase todas intactas. E o que ainda falta chegará no momento certo.

Respiro devagar, tentando encontrar forças para acreditar e ter esperança, para buscar alguma paz interior em suas palavras encorajadoras.

— Então, preciso da sua ajuda para chamar a polícia.

— Você se lembra de quem te atacou? — o doutor Sokolowski pergunta, com a voz firme e reconfortante, ainda que abafada pela máscara que ele usa. Ninguém mais usa máscaras; nem Jasmine, nem Isabella. Aliás, cadê Isabella? Por que não consigo me lembrar de ter conversado com ela recentemente? Por que me lembro de Jasmine, mas não de Isabella? Meio que me lembro dela. Pelo menos, lembro que ela existe.

— Eu… não — respondo com relutância. — Ainda não me lembro de quem me quer morta. Mas tem umas coisas que a polícia deveria saber a respeito do que aconteceu. Lembro de algo, não muito, mas talvez ajude no começo. Ou talvez tenha alguma coisa no meu celular que valha a pena examinar. — O silêncio toma conta do quarto, causando um arrepio na minha espinha.

— Então, nada mudou desde ontem. Achei que, quem sabe…

— Ontem? O que aconteceu ontem? — Minha voz alcança um tom agudo de puro pânico.

Um suspiro abafado escapa do peito do médico, deslocando o ar um pouco e trazendo o cheiro de jaleco engomado, sabão, pastilhas de menta e um toque de manjericão e camurça. Estremeço, esperando que ele fale.

— A polícia esteve aqui ontem à noite. Você pediu para chamá-la, e eu chamei. Agente Burton falou com você. Não se lembra disso? — ele pergunta, com um tom de preocupação.

Não tenho mais certeza de nada.

— Acho que não. O que eu disse para ele?

— Ela. Agente Burton é uma mulher — o médico esclarece. — Você contou para ela o que se lembrava do ataque. O que você me contou algumas vezes. Você estava correndo, olhando para trás, vendo apenas alguém que te golpeou, sem uma descrição física além da pessoa ser branca e relativamente magra e atlética. Depois, eu falei a respeito dos detalhes da lesão, do diagnóstico e da minha avaliação de que arma poderia ter sido usada. Um objeto contundente, talvez a coronha de uma arma de fogo, um bastão de beisebol ou algo semelhante. Isso soa familiar para você?

— Então, a polícia esteve aqui — sussurro, me sentindo derrotada e extremamente cansada, como uma nadadora prestes a se afogar pelo esforço de se manter viva, de se levar à margem. À segurança. — Ela examinou o meu celular?

— Examinou, mas não tinha a senha para desbloqueá-lo. Ela pode voltar para isso. Disse que não podia fazer muito, mas estão investigando. Estão analisando pegadas ao redor da casa e câmeras de controle de trânsito na área. Ah, e pegaram os vídeos do sistema de vigilância da sua casa. A investigadora tem certeza de que o ataque aconteceu na sua casa, porque você foi encontrada na entrada, perto da porta.

De alguma forma, consegui sair da casa naquela noite. Não lembro como. Afinal, devo ter conseguido abrir a porta.

Escuto todos os detalhes da conversa em que estive envolvida, atônita por não me lembrar de nada. Pelo menos com aquele neurologista, o doutor Winslow — agora sei o nome dele, mesmo lembrando que continuei me esquecendo dele —, faço uma ideia do que ele me disse. Mas essa investigadora Burton? Tem um branco total na minha mente. Embora esta escuridão sem fim que é a minha mente não devesse ser chamada de branco.

— O que mais estou esquecendo, doutor? Ela vai me ligar? O que vai acontecer agora?

— Ela anotou algumas coisas e disse que entraria em contato. — Um breve silêncio, enquanto o médico se levantava e caminhava até a mesa lateral ao lado da minha cama. — Ela deixou o cartão de visita. Aqui. — Ele o colocou sob os meus dedos. Senti uma tinta em relevo e um logotipo circular bem grande. — Vou deixá-lo na sua mesa. Se você se lembrar de algo e quiser falar com ela, é só me avisar e eu ajudo a fazer a ligação. O número do celular dela está no verso do cartão.

Fico ali, exausta, incapaz de pensar, imersa na minha realidade impiedosa.

— Obrigada — digo, por fim. — E desculpa... É muito apavorante não se lembrar de quase nada que acontece com a gente.

— Vou falar com o doutor Winslow para marcar outra consulta — o médico diz, parecendo um pouco preocupado, mas pelo visto tentando disfarçar. — Você se lembra dele?

— O neurologista?

— Isso, o especialista que está tratando da sua lesão cerebral — o doutor Sokolowski responde, parecendo estar sorrindo. — Algumas coisas ficam mesmo na memória. É um bom sinal. Mas vamos ver o que ele tem a dizer.

Vou tentar te encaixar na agenda dele para amanhã de manhã, a menos que ele tenha uma cirurgia.

— Obrigada — sussurro. — Você tem mais alguns minutos? Pode me ajudar a descobrir o que tem no meu celular? Eu meio que não confio em mais ninguém.

Ele não responde de imediato. Já deu alguns passos em direção à porta, deve estar ansioso para continuar as suas visitas.

— Se alguém foi lá na minha casa, tenho certeza de que deve haver algum vestígio disso no meu celular. Por favor.

Passos hesitantes voltam até o lado da minha cama.

— Está bem, mas só tenho alguns minutos. — Há um barulhinho quando ele pega o celular da mesa, e o cabo de alimentação cai no chão com um leve toque. — O que vamos procurar?

A porta se abre e alguém entra, empurrando algo sobre rodas que ficam chacoalhando. O cheiro de comida me diz que deve ser um carrinho de refeições.

— Volto depois — Jasmine se apressa em dizer, soando um pouco tensa e se desculpando.

— Não, tudo bem. Está na minha hora, de qualquer jeito. — O doutor Sokolowski recoloca o celular na mesa. — Vamos continuar com isso amanhã, está bem?

CAPÍTULO 20

Deixo a minha mente vagar livremente, sem fazer nenhum esforço para concentrar a minha atenção em algo em particular. Até agora, tem sido a melhor maneira de enganar o meu cérebro para liberar mais das memórias que são mantidas reféns por ele. Desde que o doutor Sokolowski saiu, e Jasmine terminou de me alimentar e trocar os curativos, e todas as tarefas humilhantes que ela chama de sua rotina noturna, eu tenho cochilado, mais uma vez perdendo a noção do tempo. De mim mesma.

Quanto tempo se passou desde que o doutor Sokolowski veio me ver? O doutor Winslow já veio me visitar? Não aguento mais outro discurso de "tenha paciência" sem gritar. Algo deve estar errado com a minha memória. Não tem explicação racional para o modo como algumas coisas voltam a minha mente, mas desaparecem de novo, como se tudo estivesse girando em um tornado de fragmentos, vislumbres e insanidade. Quero respostas claras, mesmo que eu saiba que nem sempre são possíveis com lesões cerebrais.

E isso é apenas a parte mental do meu suplício. O fato de eu ter melhorado apenas um pouquinho a minha capacidade de me mover é outra coisa apavorante a respeito da qual ninguém parece se preocupar muito. Pois é, eu entendo que esta dor na minha cabeça indica o lugar onde fui atingida, centrado na área do córtex visual do lóbulo occipital e do cerebelo, responsáveis pela memória de habilidades motoras e coordenação motora. O doutor explicou em detalhes por que eu preciso ter paciência, e como a inflamação diminui, reduzindo lentamente a pressão nessas áreas do cérebro conforme o problema é resolvido.

Que se dane tudo isso. Não aguento mais.

Obstinada e desesperada, retomo os exercícios de mãos, um programa que criei para mim mesma. A posição elevada da minha cabeça vai ajudar a aumentar a dificuldade dos exercícios. Desta vez, quero forçar as mãos a subirem ao longo do meu corpo até eu conseguir tocar o queixo com a ponta dos dedos.

Planejando pedir a Jasmine outra massagem nas mãos e nos braços, começo o lento avanço dos dedos esquerdos ao longo da coxa até alcançar a parte inferior da barriga. Depois, em um ângulo inclinado, ao longo do peito, com uma lentidão irritante. Às vezes, todo o braço treme com o esforço de continuar se arrastando para cima. Ao alcançar a borda do cobertor, estou toda suada, mas sorrindo, satisfeita com esse modesto sucesso. Se eu continuar, logo vou conseguir coçar o meu queixo.

Depois de um tempinho, o braço esquerdo recebe uma merecida pausa. Então, concentro os esforços no braço direito. Ele funciona melhor. É mais rápido, concluindo todo o exercício em algo que parece cerca de 20 minutos, mas não posso afirmar com certeza.

O sistema de som pede para o doutor Parrish comparecer ao posto de enfermagem, me desconcentrando por um breve instante. A minha mente vaga enquanto as mãos enfrentam o desafio de subir ao longo do corpo e descer sem escorregar.

De forma compulsiva, me pergunto se Lisa seria capaz de me machucar. Se o rosto meigo que conheço tão bem poderia ter se retorcido de raiva, expelindo ódio por meio dos olhos ardentes. Não... não a minha Lisa, não aqueles olhos brilhantes que riram comigo nos dias mais felizes da minha vida e choraram comigo quando fiquei de coração partido. Não a irmã que sempre quis, mas nunca tive.

Mas eu a conheço de verdade? O que eu sei sobre Lisa que me dá tanta certeza? Sim, ela estava um pouco ansiosa demais para entrar na lista de Denise, mas não é difícil de entender esse empenho na nossa profissão. Como amigas, sempre compartilhamos de bom grado todas as oportunidades que cruzaram os nossos caminhos.

Então, o que torna isso diferente desta vez?

Seria só porque estou presa aqui, no meu próprio inferno eternamente escuro, enquanto a vida segue sem mim? Será que Lisa *fez* algo errado? Ou é a percepção da minha própria perda que faz tudo parecer fora do lugar? Com uma agente como Denise, as portas se escancarariam, porque ela é uma atriz talentosa, brilhante e bonita. *O Oscar vai para...*

O pensamento ecoa na minha mente. Um Oscar costumava ser o meu sonho, na certa ainda deve ser o de Lisa. Não é culpa dela querer perseguir isso da melhor maneira possível. Ela é extremamente talentosa, uma atriz capaz de realizar qualquer fala, transmitir qualquer emoção, representar qualquer papel que quiser. Ser quem ela quiser.

Inclusive uma perseguidora.

A ideia me arrepia.

Ao tentar me lembrar do perseguidor, da sua silhueta ameaçadora, encostada no álamo ao luar, a imagem vem com facilidade a minha mente. Eu sobreponho as feições de Lisa, tentando ver como ficam em uma vestimenta, imaginando a minha amiga usando um moletom com capuz, as mãos enfiadas fundo nos bolsos, o rosto obscurecido pelas sombras.

Poderia ter sido ela? Afinal, qual era a altura do perseguidor? Eu deveria ter olhado para o tronco do álamo, encontrado um nó ou alguma outra marca onde o topo da cabeça encapuzada tocou a casca para descobrir a altura do perseguidor. Eu poderia ter aprendido algo sobre aquele esquisito.

Sim, poderia ter sido Lisa, mesmo que eu sempre tivesse achado que o perseguidor era homem. Mesmo? Parecia homem, mas o que eu realmente vi? O relato de Lisa a respeito da história influencia a minha memória imprecisa sobre aquela noite. Não sei nem se aconteceu de verdade. Ela poderia ter inventado tudo.

O perseguidor poderia ser qualquer pessoa.

Droga.

As minhas mãos estão trêmulas demais, de medo e do esforço feito para movê-las. Esquecendo o que não posso fazer, por instinto entrelaço os dedos sobre a barriga e respiro fundo. A postura parece boa, mais normal, ainda que tocar os meus próprios dedos ainda seja surreal, como se as minhas mãos estivessem dormentes. Só eu sei que não estão.

Uma leve batida à porta me deixa arrepiada de susto.

A porta se abre lentamente, e passos leves marcam a aproximação discreta de alguém. Quero gritar, mas sei que não vai adiantar. Cadê a enfermeira? Já faz um tempo que não ouço ninguém papeando no corredor.

O estranho se aproxima devagar, na ponta dos pés, até parar ao lado da cama. Encolhida de medo, espero pelo golpe que está por vir, mas ele não vem. Deixo escapar um lamento contido, com o medo se apoderando de mim.

— Oi — uma voz masculina diz baixinho. — Sou eu, o Bryan.

Respiro fundo, enchendo os pulmões carentes de ar. Ainda estou viva. Por enquanto. Porém, não há nenhum tom assassino em sua voz.

— Bryan? — pergunto, hesitante, com a voz um pouco trêmula. Não me lembro de muita coisa, apesar de minha conversa com Lisa. Ele deveria ser o meu namorado, mas até mesmo a voz dele parece estranha.

Ele pega a minha mão.

— Sou eu. — Um momento de silêncio, enquanto eu me esforço para soltar a minha mão da dele, sem querer ser tocada. — Fiquei preocupado, sabia? Você simplesmente sumiu. Não atendeu as minhas ligações. As minhas mensagens ficaram sem resposta. Achei que você tinha me dado o fora sem me avisar. — Há um traço de alegria em sua voz. — Consegui salvar o seu emprego. Três dias sem dar notícias, sem aparecer, e você dançou. Você conhece a política do chefão, né? Mas ele vai te aceitar de volta, agora que sabe o que aconteceu.

Bryan continua falando, pelo visto indiferente ao meu silêncio. Porém só consigo pensar em: *E se ele for uma invenção? E se Lisa simplesmente disse que havia um Bryan para que um cara pudesse obter acesso e me matar?*

Em minha mente aflita, Lisa se tornou a mentora criminosa suprema, mais sem escrúpulos do que o próprio Al Capone. Um absurdo completo. Faz mais sentido aceitar que talvez eu tenha namorado o barman do Urso Negro por um tempo. Quem sabe o que o fim do relacionamento com Adrian causou em mim, se não me lembro de nada disso? A tristeza se infiltra em mim e me sufoca. Sinto falta dos braços fortes de Adrian, do seu abraço caloroso, de como ele fazia todos os meus medos desaparecerem.

— ... E eu simplesmente cortei o papo. Deveria ter feito isso depois do terceiro drinque, mas ele era um cara forte que queria afogar as mágoas.

— Por quê? O que houve?

— Acabei de falar para você — Bryan diz, parecendo um pouco confuso. — Deixa pra lá — ele acrescenta, enquanto a sua mão volta a pegar a minha. Desta vez, não faço força para soltá-la. — A mulher dele o largou.

— Ah, é, faz sentido. — Sorrio com tristeza, me lembrando de como me senti após o divórcio.

— Enfim, ele não pegou um táxi. Ele pegou o carro dele e foi direto para o poste de luz no nosso estacionamento. Pum, e aquela coisa maldita caiu no chão como um tronco. Agora, está tudo escuro, até o chefão decidir consertar o poste. Os bêbados não parecem ligar.

Essa conversa fiada traz de volta mais fragmentos de memórias. Cervejas compartilhadas no balcão do bar depois da saída dos últimos bêbados, o chão varrido de toda a sujeira que eles deixaram para trás. Nos inclinando um para o outro, sussurrando qualquer coisa sem sentido, o volume da música abaixado para que a gente pudesse ouvir um ao outro; a grande tevê acima do balcão no mudo, o brilho piscante da tela sendo a única luz a nosso redor.

Vislumbres do passado continuam a se desenrolar na minha mente, estimulados pela voz de Bryan. Eu me vejo rindo das suas piadas, grande parte delas sobre bêbados e bares, maridos e mulheres, ou matutos, os seus três assuntos favoritos. O brinde com as garrafas de cerveja acima do balcão lustroso, e desejando a ele um feliz aniversário.

— Ah, quase ia esquecendo — ele diz. — Tom pediu que eu dissesse para você melhorar logo. Ele falou alguma coisa sobre a sua promessa de ensinar ele a fazer crepes. É verdade? O velho Tom quer mesmo fazer crepes?

— Quer, ele quer fazer uma surpresa para a mulher. No aniversário de casamento deles — respondo sem esforço. Sei quem é Tom e sobre o que conversamos. Faço uma pausa breve, relaxando lentamente, sabendo que, pelo menos por agora, estou segura. Bryan fala a respeito de coisas que lembro bem, e isso quase o torna familiar. — Eu contei para você sobre o perseguidor?

— Que perseguidor? — Bryan pergunta. A sua pergunta me dá calafrios. Lembro nitidamente que Lisa disse que Bryan queria atrair o perseguidor e apontar uma arma para ele. Alguém está mentindo.

— Ah, achei que... Deixa pra lá.

— Você está falando do filho da puta em quem eu quis dar uma surra no mês passado?

Fico sem ar.

— Que filho da puta?

— Você me disse que ele vinha te seguindo depois do trabalho. Eu acessei as imagens das câmeras de segurança do bar e mostrei para o chefe. Ele disse que eu deveria dar uma lição naquele desgraçado, depois dar voz de prisão e chamar a polícia.

— E aí? O que aconteceu?

— Nada. Ele nunca mais apareceu.

Solto o ar. Será verdade? Ele simplesmente desapareceu? Ou será que Bryan acabou de me jogar uma mentira na cara? Como posso acreditar em alguma coisa? Como posso distinguir a verdade das mentiras?

— Foi você? — pergunto com calma, me preparando.

— Fui eu, o quê?

— Quem me colocou aqui.

Bryan dá um tapa na coxa, ou assim imagino ao ouvir o som produzido. O leve cheiro do bar invade as minhas narinas.

— Caramba, Emma, você está louca? Eu não vou te responsabilizar por isso, porque você está machucada e tudo mais. Mas, cara, isso dói. Eu nunca encostaria um dedo em você, e você sabe disso.

Os bipes do monitor cardíaco vão ficando mais rápidos.

Se não foi ele, e não foi Lisa, então quem foi? Quem queria tanto me ver morta? E por quê?

Não parece que foi há um mês, o momento em que o perseguidor me espreitava no estacionamento do Urso Negro. Parece que faz uma eternidade. E Lisa disse que eu estava saindo com Bryan há alguns meses, e que fazia algum tempo que o relacionamento com Adrian tinha terminado. O tempo parou de fazer sentido, rodopiando em vez de ser uma linha reta e contínua que ancora a vida à realidade.

Estou ficando sem ar, enquanto o meu coração bate forte e descontrolado no peito. O bipe se converte num sinal de alarme contínuo.

— Em? Está tudo bem? — Bryan grita, com as mãos nos meus ombros, me sacudindo. Consigo sentir o cheiro de tabaco velho nele, envolvendo-o como uma nuvem.

— Você precisa se afastar, senhor — Jasmine diz com a voz firme, mas apenas o som dos seus passos chega aos meus ouvidos. Não os dele.

Bryan não sai do meu lado.

— Estou aqui, querida.

— Por favor, saia, senhor.

Pouco a pouco, a minha mente vai escurecendo, se apagando como uma vela que se extingue. Antes de eu ficar inconsciente, ouço a voz de Jasmine gritando:

— Preciso de ajuda aqui!

CAPÍTULO 21

Eu NÃO LIGO DE MATAR PESSOAS.

Não sinto culpa por isso — não tenho pensamentos torturantes, nem penso duas vezes. Para mim, é como levar o lixo para fora. Não há necessidade de ligar com o que o lixo vai pensar ou sentir. Se é lixo, precisa ser tirado, porque, caso contrário, sujaria a minha vida e contaminaria tudo o que é importante para mim.

Também não curto particularmente isso. É uma tarefa, nada mais, nada menos. Algo que precisa ser feito para manter o tipo de vida perfeita que imagino para mim e para a minha querida Emma.

Consigo pensar em alguns outros restos de lixo que merecem uma visita permanente ao lixão. Não vou cuidar disso hoje, e não é nem porque não estou com vontade. A principal razão é que eles não são a causa fundamental de algum mal, como aqueles dois motociclistas eram. Esses problemas específicos são um sintoma de um problema maior e mais preocupante que eu não sei como resolver.

Emma Duncan tem um gosto terrível para homens.

O que leva mulheres bonitas e bem-sucedidas a se conformarem com a companhia de homens tão decepcionantes? É como se elas estivessem procurando ficar perto de perdedores e vagabundos de todos os tipos.

Durante anos, Emma se dispôs a trabalhar em bares, atendendo bêbados, suportando os olhares lascivos deles, comentários vulgares e passadas de mão no traseiro, e pra quê? Ela poderia ter feito outras coisas para ganhar dinheiro entre os filmes; coisas mais elegantes, até dignas de uma dama, se eu puder usar nomes antiquados. Mas ela teve que procurar trabalho nesses lugares sórdidos e sorrir para aquelas pessoas em troca de gorjetas.

Então, namorar um deles? Não existem homens melhores por aí? Homens como eu, por exemplo?

Esse tal de Bryan, que fracassado de merda. Aquela calça jeans surrada parece ter sido pescada de um cesto de lixo. A sua barba está desleixada, parecendo que ele ficou naquela ilha com Tom Hanks, em Náufrago. E aquela camisa xadrez?

Fala sério! Aposto que ele fede a bebida ruim e urina, assim como o estabelecimento duvidoso que ele chama de seu local de trabalho.

Nem me faça começar a falar sobre o senhor Steven Wellington. Ele tem alguns atributos atraentes. Tenho que admitir. O semblante dele é marcante, com a testa alta, as maçãs do rosto salientes e o queixo bem definido. Olhos azuis nunca fizeram mal a ninguém na indústria cinematográfica. Dá para entender por que Emma se apaixonou por ele. Mas o ego dele é tão inflado que não entendo como qualquer um dos seus filmes é lançado. Nada parece ser bom o suficiente para aquele homem. Casar com ele deve ter sido uma prisão infernal.

Eu os vi interagindo depois do divórcio. Deu raiva ver como ele tratava Emma tão mal por causa daquela interesseira, Mikela Murtagh. Isso sim é uma relação bizarra. O senhor Sabe-tudo, com os seus sonhos de Oscar e direção de filmes clássicos, e aquela putinha de dezenove anos, com os seus saltos agulha Louboutin de sola vermelha e saias de grife que mal cobrem a sua bunda. Posso arriscar um palpite a respeito de quem paga a conta.

Eu os vi lá, no quarto de Emma, eu os vi se revelarem por completo, mesmo que o meu sistema de câmeras seja em preto e branco e o som não seja tão bom. Perdi parte do que estava sendo dito, mas ainda vi mais do que o suficiente. Fico me perguntando o que eles realmente querem de Emma. A tal da Mikela está atrás de alguma coisa. Ela não fala muito, mas aposto todos os meus dias vindouros que ela está no comando de tudo isso. Wellington é só um fantoche que ela está manipulando. Fico me perguntando por que ela destruiu o casamento de Emma. Aliás, até sou grato por isso.

Mikela está usando aquele anel enorme; ela conseguiu um bilhete de loteria premiado. O que mais ela quer?

Não faço a menor ideia, mas sei reconhecer lixo quando vejo.

Apesar de quão decepcionantes essas pessoas sejam, Emma escolheu esses homens. Eu adoraria poder atribuir toda a culpa a eles e só a eles. Assim, a minha decisão seria fácil. Não passaria de uma tarefa que eu teria que cumprir. Mas nada seria resolvido. Emma sairia dançando, passaria direto por mim e escolheria outro perdedor. Que irritante.

Se ela fosse minha, não faria mais nenhuma besteira. Eu garantiria isso.

Além disso, eu não teria que suportar ver alguém como esse canalha do Bryan pôr as mãos nela.

Preciso de toda a força de vontade que tenho para não encontrá-lo e torcer o pescoço desse desgraçado.

CAPÍTULO 22

EM MEU SONHO, A RESPIRAÇÃO DE ALGUÉM TOCA O MEU ROSTO, ME DAN-do arrepios. Então, uma voz sussurra em meu ouvido, chamando o meu nome: "Emma". Acordo sobressaltada, arfando até a minha respiração se normalizar, suavizada pelo ruído dos objetos sendo colocados sobre uma bandeja. O som habitual das minhas manhãs.

— Ah, você acordou — Jasmine diz a alguns passos de distância. O ruído não cessa. Uma tampa metálica estala ao ser retirada e, então, a lixeira se abre com o rangido característico. Um pensamento invasivo e irritantemente sem sentido arrasta a minha mente de modo incessante. *Será que aquela lixeira tem o logotipo preto de risco biológico?* Por um momento, penso em perguntar a Jasmine, mas então decido não interromper o som reconfortante de uma música que ela cantarola várias vezes enquanto trabalha.

— Bom dia — digo e faço uma pausa breve. — Acho.

— Você acertou — a enfermeira responde com alegria, se aproximando da cama com o farfalhar do jaleco e o cheiro de lavanda do amaciante. — É de manhã, e o sol está brilhando. Como você está se sentindo hoje? Alguma dor?

— Só um pouco de dor de cabeça. E os meus músculos ainda não funcionam.

— Mas vão funcionar — Jasmine responde, voltando a cantarolar enquanto fico em silêncio, perdida em meus pensamentos.

Ao longe, em algum lugar, uma mosca insiste em golpear o vidro, com o seu zumbido vacilando a cada investida. Parece ansiosa em escapar, para dar o fora daqui. Por um momento, reflito sobre os meus próprios objetivos, não muito mais elevados do que os de um inseto. Parece que a mosca tem mais chances de ver os seus sonhos de liberdade se realizarem. Uma janela aberta, uma porta que não se fecha rápido o suficiente, e ela alçará voo rumo ao céu.

Quem me dera voltar a ver a luz do dia, penso, imaginando o brilho do sol refletindo nas vidraças, atraindo a mosca com a sua promessa de calor, vida e alegria. *Quem me dera voltar a ser livre.*

Eu não vou abrir as portas da minha desesperança. Tentei ser forte até agora, me recusando a ser derrotada, me agarrando a cada resquício de esperança oferecido pelos médicos e enfermeiras. Porém, às vezes, a percepção do meu estado me deixa sem fôlego, perigosamente perto de admitir a derrota.

Quanto tempo mais vai levar para sair daqui?

Fico ofegante. *E se isso nunca acontecer? Como posso viver assim?*

— O que houve, querida? — Jasmine pergunta, se apressando até a cama.

Reprimo as lágrimas, me recusando a desistir. Enquanto ainda houver forças dentro de mim, eu *vou* lutar.

— Só queria saber como os hospitais mantêm as moscas afastadas. Essas portas vivem abertas.

Há um breve silêncio, enquanto Jasmine deve estar me observando. Então, ela ri de forma contagiante, começa a ajustar a minha cama e erguer os meus travesseiros.

— Não conheço todos os truques. Deve ser uma tarefa para quem ganha mais. Um problema para a administração do hospital, não acha? Com certeza é para alguém que ganha mais do que eu. — Arrumando a roupa de cama, ela acrescenta: — Acho que tem ventiladores potentes na entrada, lançando o ar para fora. Isso se chama ambiente de pressão positiva. Não deixa nada entrar: bactérias, poeira, insetos, todas as criaturinhas repulsivas.

Faz sentido.

— Entendo.

Jasmine soca um travesseiro algumas vezes, depois levanta os meus ombros com cuidado e o coloca sob a minha nuca.

— Aquele insetinho nojento está te incomodando? Posso dar um jeito nele rapidinho. Uma borrifada de desinfetante e tchau-tchau mosca — Jasmine diz, voltando a rir.

— Nã-não, por favor. Ela só quer sair daqui. Não merece morrer por causa disso. — Minha voz vacila.

A cama se move e range sob o peso de Jasmine. Então, ela acaricia o meu rosto com os seus dedos cálidos.

— Ah, querida, você vai sair daqui, prometo. Vamos providenciar alguma coisa para você comer. Hoje temos iogurte, bolachas de trigo integral, torradas com queijo e um biscoito. Quer tentar segurar a colher?

— Quero — respondo, pronta para descobrir se todo o meu esforço vai dar resultado.

Mas não dá.

Luto tanto quanto antes para segurar a colher, para levá-la à boca, e se não fosse pela mão de Jasmine guiando a minha, eu a deixaria cair.

Não consigo me alimentar sozinha, realizar até as tarefas mais simples, aquelas que todos consideram naturais. Até que se percam. A cabeça um pouco virada deixa a minha mensagem clara, enquanto me esforço para engolir o pouco de iogurte que ainda estava na minha boca.

— Ah, querida. — Jasmine coloca a comida de lado. A bandeja pousa fazendo barulho ao lado da cama, provavelmente sobre a cadeira. — O que está passando pela sua cabeça?

Por um momento, hesito com as palavras que não quero ouvir de mim mesma.

— Eu... acho que não consigo viver assim, Jas. Eu preferia ter morrido. — Soluço com a boca aberta, com o meu lamento rouco e dissonante.

— Calma... vai ficar tudo bem — Jasmine diz depois de um tempo. — Sabe por quê?

A minha curiosidade se impõe às minhas lágrimas.

— Não. Por quê?

Jasmine não responde de imediato.

— Você tem medo de ser atacada de novo? Pela mesma pessoa, voltando para terminar o que começou?

— Tenho.

A enfermeira dá uma risada contida.

— Isso significa que você quer viver. No fundo, é isso o que você quer. Do contrário, você me pediria para deixar a porta bem aberta e receberia o filho da puta, pronta para ir para o outro lado.

Por um instante, fico pensando nas palavras dela.

— É. Tem razão.

— Então, aceite que você quer viver, faça as pazes com isso e vamos trabalhar para melhorar. — Há um farfalhar e o peso dela se desloca quando ela se inclina para pegar a bandeja e recolocá-la na cama. — Você só quer escapar do seu estado atual. E juro que isso não vale a sua vida. Vai passar.

— É melhor que passe — respondo, sentindo vergonha do meu momento de fraqueza. — Estou pronta para dar o fora daqui. Assim como a mosca.

Depois que termino de comer, Jasmine limpa tudo e passa de leve uma toalha úmida no meu rosto. É refrescante. A minha mente se perde em Adrian, no nosso caso amoroso, uma história com um fim ainda oculto na névoa turva do tempo e da memória.

A enfermeira cuida do soro intravenoso de modo rápido e silencioso. Sinto o movimento suave do tubo. Depois, arregaça a manga esquerda da minha camisola e verifica o adesivo que uso no braço.

— Você não está mais sentindo dor, está?

— Não muita.

— Sentir um pouquinho de dor é bom para você — Jasmine diz, puxando com cuidado o canto do meu adesivo. Sinto-o começando a se soltar da minha pele, mas Jasmine para e abaixa a manga. — Isso te faz lembrar que você está viva e tem algo pelo que lutar.

Eu me arrepio, recordando quão amigável Jasmine foi ao conversar com Lisa, como ela sabia o número do telefone da minha amiga. Isso importa? Posso confiar nela?

A porta se abre, e Jasmine fica paralisada. Por um instante, as suas mãos param, segurando a beirada do meu cobertor. Depois, ela o traz de volta para baixo para finalizar a arrumação.

— Bom dia, doutor — ela diz, bem quando reconheço o leve rangido do sapato do médico.

— Bom dia — ele responde, seco. — A partir de agora, eu cuido da paciente.

Em silêncio, Jasmine se move para pegar as suas coisas, a bandeja, alguns outros itens na mesa, em seguida, sai, fechando a porta.

Viro a cabeça na direção do médico, desejando poder ver a expressão facial dele. Ele parece anormalmente tenso. Tomara que não seja por minha causa, mas temo que seja.

A cadeira se move sobre as rodinhas e para ao lado da cama. O doutor Sokolowski se senta.

— Tenho uns dez minutos. Depois, preciso voltar para o pronto-socorro. Quer que a gente olhe o seu celular agora?

CAPÍTULO 23

No breve momento entre a pergunta do doutor Sokolowski e a minha resposta, o tecido desgastado de uma memória começou a tomar forma em minha mente. Como pedacinhos de um filme, cenas cortadas deixadas no chão da sala de edição, fragmentos da minha vida passada começaram a surgir na minha consciência, me atraindo a explorar os seus segredos.

Eu estava na minha casa em Tahoe, no terraço dos fundos, olhando para os picos das montanhas cobertas de neve, brancos contra o céu roxo do crepúsculo. Adrian estava a meu lado, rindo, tocando o meu braço enquanto falava. Estávamos os dois enrolados nos cobertores quentinhos, relaxando nas espreguiçadeiras perto da lareira. As chamas altas dançavam vivamente, espantando o frio cortante da noite do final do outono.

Enviei uma mensagem para alguém, em seguida, tomei um gole de vinho da taça que havia deixado no tampo da mesa da lareira, distante o suficiente das chamas para mantê-lo fresco. Ao observar alguns flocos de neve esporádicos tocarem o chão, imaginei de onde vinham. Nenhuma nuvem flutuava no céu perfeitamente claro. Ao longe, o lago exibia um tom azul-metálico e ameaçador.

Era prazeroso estar ali, vivendo o momento ao lado do homem que eu amava, curtindo sem pressa a pausa do fim de semana que tanto merecíamos após a correria dos testes e das filmagens que nos deixaram exaustos.

Na noite anterior, eu tinha cedido à insistência de Adrian e ligado para o Urso Negro, com pouco tempo de antecedência, dizendo que estava doente e que faltaria a meu turno de sexta-feira. Me senti mal por isso. O dono merecia um tratamento melhor da minha parte, sobretudo no início da temporada, quando hordas de turistas estavam prestes a invadir o lugar com a chegada da primeira nevasca, a equipe não daria conta daquela quantidade deles. As noites de sexta-feira eram bastante lucrativas para mim e faziam diferença, ainda mais quando eu estava desempregada como atriz. Mas Adrian havia insistido, e eu tinha as minhas próprias razões para ceder ao desejo dele.

A semana que estava prestes a terminar tinha sido desafiadora para mim, com testes consecutivos e nenhum contrato assinado, e noites passadas sozinha no apartamento de Lisa, enquanto ela estava filmando em algum lugar no México. Adrian estava trabalhando num episódio piloto de uma série de tevê, gravando as cenas externas em algum lugar do Arizona, com o plano de ficar confinado durante as seis semanas seguintes num estúdio da Universal alugado para a Netflix. Pelo menos ele ficaria em casa, em Tahoe, nos fins de semana. Caso não se atrasassem no cronograma.

As preocupações com a minha luta para conseguir papéis começaram a invadir a minha mente, mas afastei os pensamentos sombrios e me concentrei no sorriso irresistível de Adrian. Ele se acomodou na espreguiçadeira e se apoiou no cotovelo para me encarar, me contando uma história engraçada sobre um conflito entre o seu produtor executivo e um dos maquiadores da série. Ele tinha um talento com as palavras, transformando qualquer história, por mais banal que fosse, numa aventura que dava para imaginar como se estivéssemos lá, testemunhando tudo em primeira mão.

Os seus olhos brilhavam e o seu sorriso era inebriante. Por um instante, pensei em pegar a sua mão e arrastá-lo para dentro, para o calor do nosso quarto, mas desisti, o anoitecer estava lindo demais para acabar tão cedo. A minha taça de vinho estava quase vazia, mas não chamei a atenção de Adrian para isso, sabendo que ele pararia de falar e faria algo a respeito. Talvez pegasse outra garrafa. Eu não queria isso. Queria que tudo permanecesse exatamente como estava durante o maior tempo possível, com o tom suave e melodioso da sua voz me fazendo viajar e também com os seus olhos despertando uma chama ardente dentro de mim.

Era puro êxtase.

Quando o meu celular vibrou com uma nova mensagem, eu ignorei, esperando que estivesse em volume baixo o suficiente no meu bolso para que Adrian não tivesse ouvido. Ele não parou de falar, contando sobre o seu novo projeto, os seus planos para o futuro, tudo acompanhado de generosas doses de fofocas picantes de Hollywood.

— *Todo mundo* sabe o que eles fizeram. E ela tem metade da idade dele, ou menos. Ninguém quer ser visto com essa biscate. Dá para acreditar? Depois que a foto deles apareceu em todos os tabloides, ele teve a cara de pau de dizer que não...

A história de Adrian estava tocando num ponto sensível, com características dolorosamente semelhantes à história de Steve e Mikela. O meu sorriso começou a desvanecer conforme a minha mente se recolhia para dentro, onde a ferida ainda doía.

Quando o meu celular voltou a vibrar, acolhi a distração de bom grado e tirei o aparelho do bolso para ler a mensagem.

— Os Bernard estão convidando a gente para passar o próximo fim de semana na casa deles, em Los Angeles — eu disse, animada, interrompendo a história de Adrian. — Sexta-feira que vem é o aniversário do Mike.

Ao tirar os olhos da tela do celular para olhar para Adrian, ele estava olhando para outro lugar. Os seus dentes estavam rangendo por causa da tensão.

— Que tal? — Eu estava louca para ir, ver pessoas, ser vista como alguém que ainda tinha relevância.

— Estou de saco cheio de pessoas invadindo o nosso mundo, Em. De verdade, machuca como você prioriza todo mundo em vez de mim. Achei que você gostasse de estar aqui comigo, neste momento, do jeito que a gente estava. Aí vem esses cretinos estragarem tudo com um convite pelo celular.

A minha felicidade se desfez e foi levada pelo vento frio e cortante. Os Bernard eram pessoas legais, bons amigos meus. Fiquei chocada com o insulto sem motivo.

— Desculpa, eu não sabia que você se sentia assim. Claro que gosto de estar aqui com você.

— Não gosta, não, Em. Não de verdade. Pelo menos seja honesta. Com você mesma, se não comigo. — Ele começou a puxar o cobertor e se irritou quando ele se enroscou no pé da espreguiçadeira, ficando preso por um instante. Ele foi logo se descobrindo e ficou de pé, ansioso para sair dali. Para não olhar mais para mim.

Por um tempo, o estrondo da porta de vidro se fechando ressoou no silêncio do anoitecer. Os seus ecos criaram um vazio no meu peito.

Isso é tudo o que lembro.

Representou o fim do nosso relacionamento? Acho que não. O que eu senti e ainda sinto parece forte demais para definhar e morrer por causa de um desentendimento trivial. No entanto, a memória para por aí, me deixando com a dor de querer mais. De querer respostas. A angústia que senti naquela noite continua forte, inalterada, como se tivesse acontecido ontem, e eu ainda estivesse esperando Adrian voltar, para me perdoar, embora eu não tivesse feito nada de errado.

— Qual é a senha? — o doutor Sokolowski pergunta.

Por um momento, fico desorientada. *Que senha? Ah, sim, a gente ia dar uma olhada no meu celular.*

Para minha surpresa, os quatro números que lhe dou desbloqueiam o aparelho.

— Funcionou — o médico diz com alegria na voz. — A sua memória está melhorando, não é?

Sou tomada por uma sensação de euforia.

— Está. Estou começando a me lembrar cada vez mais do que aconteceu antes de... — Não consigo dizer as palavras. Receio que a memória intrusiva volte a surgir, como tem feito todos os dias. E eu não aguento mais ouvir a minha própria voz pedindo socorro no abismo da minha própria mente.

— Por onde você quer começar?

Ouço o celular emitindo um bipe fraco quando o médico toca na tela, deve estar navegando pelo aparelho. É uma invasão de privacidade indescritível, mas não tenho outra escolha a não ser permitir que aconteça. Eu me encolho, pensando nas minhas fotos, me perguntando se tem alguma que ele não deveria ver. Agora é tarde demais. Se eu tenho alguma chance de descobrir quem quer me matar, está nesse celular.

— Vamos começar pelas mensagens, por favor. — Fico vermelha de vergonha. — Quais são as mais recentes?

— Uma mensagem chegou ontem, de um advogado chamado Perry Sheldon. — O doutor Sokolowski assobia de espanto. — Esse senhor sabe que você está incapacitada, mas mesmo assim envia uma mensagem. A estupidez das pessoas não tem limites — ele murmura, mais para si mesmo.

O tom de voz do médico é cruel. Me sinto desconfortável quando penso em advogados. Steve falou a respeito da preparação de documentos. Deve ser isso. O nome do advogado não me é estranho.

— Em seguida, tem algumas mensagens de Bryan. Você se lembra de Bryan? O número dele está na sua lista de contatos. Só o primeiro nome.

— Lembro. — Prendo a respiração, imaginando sobre que tipo de mensagens trocamos, porque não me lembro de muita coisa sobre nós dois, nem mesmo depois da visita dele.

— Que bom. Tem algumas mensagens mais antigas que indicam um relacionamento romântico entre vocês dois. Depois, existem algumas mensagens em que Bryan pergunta se você tinha dado um pé na bunda dele. Ele está triste e preocupado por não ter notícias suas. Aí, um alerta de que você pode perder o seu emprego por não comparecimento e não ter entrado em contato.

— Pois é, ele me falou a respeito disso.

— Ele veio ver você? Que bom.

— Nem tanto. — Um momento de silêncio, enquanto procuro as palavras. — Eu não me lembro bem dele.

— A mensagem mais recente dele diz: "Quem sabe quando você conseguir ler isso, também vai lembrar o que a gente representava um para o outro". Parece um homem decente.

Aperto os lábios o mais forte que posso.

— Deve ser mesmo. Quem me dera saber. Mais alguém recente?

— Bryan é alguém que poderia cuidar de você?

O pânico me sufoca.

— Não. Eu não tenho ninguém. — O bipe do monitor acelera.

O que vou fazer?

Ignorei esse pensamento o máximo possível. Não quis pensar sobre o que aconteceria quando me dessem alta do hospital. Como eu cuidaria de mim mesma? Como pagaria as contas? Mas o momento de lidar com isso é agora, e não tem como escapar. Assim que terminarmos com o celular, vou ter que pensar em opções. Achar uma onde não há nenhuma.

— O que mais? — pergunto com impaciência. — Recebi alguém na minha casa no dia do ataque?

O médico deve estar movendo os dedos rápido pela tela, acompanhado pelos sons fracos.

— Nã-não, pelo que eu vejo, não. Tem algumas mensagem de Denise Hastings, ela também está na sua lista de contatos. Ela andou preocupada com o fato de você ter perdido um teste e continuou pedindo para você responder a mensagem depois disso. E aí... algumas confirmações, um convite de um produtor para um teste, e é isso. Ah, e Lisa Chen, também na sua lista de contatos. Lembra dela?

— Lembro, ela é a minha melhor amiga.

— Parece mesmo. Ela também andou preocupada com o fato de você ter perdido um teste. Então, diz aqui que se sente mal por ter conseguido o papel no seu lugar. Depois, uma série de mensagens querendo saber se você está bem. — Uma pausa insuportável. — Receio que não tenha mais nada nas suas mensagens.

— E os e-mails?

Ele demora um pouco para responder.

— Nada que eu consiga tomar conhecimento sem lê-los palavra por palavra. Estou consultando os que foram enviados ou recebidos pouco antes de você ser atacada, e não estou vendo muita coisa. Algumas confirmações de compras, alguns e-mails de Denise, um link para uma foto do Instagram enviada pela Lisa, encaminhada por outra pessoa, esse tipo de coisa.

— E as ligações?

— Vamos ver. — Prendo a respiração, sabendo que esta é a minha última chance. — Apenas de Bryan, Denise... ah, e o Departamento de Polícia de Lake Tahoe. Ligaram para você uns dias antes do ataque, e você falou durante quase cinco minutos com alguém de lá. Lembra disso?

Deve ter sido a respeito do perseguidor. Por que mais a polícia ligaria para mim.

— Não — respondo com a voz trêmula. *Eu não sei de nada.* — O que vai acontecer comigo? Não estou melhorando rápido o suficiente. Não tenho ninguém para cuidar de mim. Não tenho para onde ir e não tenho dinheiro para pagar as minhas contas se não estiver trabalhando.

O celular faz barulho ao ser colocado sobre a mesa. Um instante depois, um bipe familiar me diz que o médico o conectou ao carregador.

— Emma, sei que é difícil de acreditar, mas tudo acaba se resolvendo com o tempo.

Como? Me deixando falida e sem teto? Uma dependente do Estado enterrada viva em algum lugar tenebroso?

Meu coração dispara, e o bipe do monitor cardíaco me entrega. Pouco depois, algo frio toca o meu peito através do tecido da camisola hospitalar. Me retraio por causa do contato inesperado.

— Calma, é só o estetoscópio, Emma. Estou dando uma rápida checada. A sua respiração está boa, mas o seu coração está se esforçando um pouco. Nada com o que se preocupar. Só procure relaxar.

— Como eu posso relaxar? — retruco, sentindo que estou me descontrolando. Então, outro pensamento irrompe na minha mente de repente. — Por favor, não aumente a minha medicação para me ajudar a relaxar. Eu preciso melhorar, me mover. Eu preciso enxergar.

— Tudo bem — o doutor Sokolowski responde, com um suspiro mal contido. — Não vou aumentar a sua medicação. Só vou dar algo para o seu coração. Vamos ver se conseguimos trazer o doutor Winslow aqui amanhã, para outro exame. E vamos seguir a partir daí.

Ele aperta a minha mão e eu fico grata, mas com receio de contar com ele. Não sou ninguém para ele, apenas um código de barras numa pulseira de paciente.

Ele pode ser transferido para outro departamento e esquecer que algum dia passei por aqui.

— Preciso saber quando vou poder sair daqui.

O doutor Sokolowski empurra a cadeira para o lado.

— Tem razão. Precisamos de melhores respostas e um bom plano de ação. Depois, vamos começar a sua reabilitação com um dos melhores fisioterapeutas do Estado.

O celular dele toca, e ele solta a minha mão.

— Está na minha hora, mas volto mais tarde para ver como você está.

Queria que ele ficasse mais um pouco, mas a porta se fecha de leve quando ele passa e me deixa com o silêncio das perguntas sem respostas.

Por que a polícia de Lake Tahoe me ligou?

CAPÍTULO 24

Meus olhos estão molengas quando tento piscar sob o curativo. Além disso, as pálpebras estão pesadas. Entendo que isso é para evitar que fiquem secos, ou algo assim, já que não consigo piscar com o curativo apertado sobre os olhos. Por mais que eu me esforce para tentar olhar, só vejo uma escuridão completa e absoluta. A imagem perfeita do nada. Mesmo com a gaze, eu deveria pelo menos enxergar algum vestígio de luz borrado.

Não está lá. Continuo cega.

Por um momento, sou tomada pela decepção, até eu conseguir afastá-la. Não me vem à mente um único caso em que a autocompaixão ajudou alguém, e sei com certeza que não vou fazer algo memorável dessa maneira. Denise tinha razão; não há espaço na minha vida para o fracasso. Se existir uma mínima possibilidade de que um dia eu me levante desta maldita cama e saia daqui, eu farei isso. É uma promessa solene que faço a mim mesma, inabalável, renovada a cada respiração.

Fico deitada de costas, com as mãos alternando movimentos de cima para baixo pelo corpo, até o queixo e de volta. A cada poucos minutos, tento afastá-las da cama, levantando-as. Quando finalmente começo a sentir fome, consigo erguê-las o suficiente para desfazer o contato com o cobertor felpudo.

É uma vitória.

Dou um tempo para mim, me permitindo vasculhar memórias perdidas em busca de pistas sobre o que aconteceu com Adrian depois daquela noite. Em busca de respostas para as muitas perguntas que revolvem dentro de mim. Com uma lentidão inquietante, uma resposta chega até mim sob a forma de lampejos; imagens fragmentadas que consigo juntar em algo que faça sentido. Um episódio do meu passado que consigo reviver.

*   *   *

Eu e Adrian não terminamos naquela noite. O nosso caso não acabou com a porta de vido batendo e as suas palavras furiosas dirigidas a mim. A noite foi desoladora, passada com ele me ignorando enquanto eu pisava em ovos ao seu redor, procurando trazer de volta a felicidade que foi brutalmente desfeita pelo convite dos Bernard.

Adrian passou aquela noite no quarto de hóspedes, dormindo completamente vestido sobre o cobertor, enquanto eu fiquei me revirando, esperando que ele viesse para a nossa cama. Para mim. Pela manhã, ele saiu cedo, indo para Los Angeles e responsabilizando a agenda apertada da produção.

Na noite de domingo, a campainha me fez sair do torpor diante da tevê. Eu devo ter maratonado toda uma temporada de *Yellowstone*, mas não me lembrava muito disso. Com relutância, fui atender a porta, mas só depois do segundo toque.

Um jovem entregador sardento segurava um buquê de uma dúzia de rosas vermelhas. Assinei o recibo depressa e fechei a porta, não antes que uma rajada de vento trouxesse para dentro de casa alguns flocos de neve esporádicos. Feliz da vida, coloquei as rosas num vaso sobre a mesa e peguei o cartão.

Tomara que você ainda goste de rosas, meu amor.

Aproximei o rosto das pétalas aveludadas e respirei fundo o perfume das rosas. Depois, liguei para Adrian, e conversamos até as duas da manhã. Eu estava tão apaixonada por ele que dava medo; o descontrole, a disposição temerária de abandonar tudo o que eu era por um momento de felicidade nos braços do meu amado.

Adrian era um homem indiscutivelmente bonito e carismático, me fazendo lembrar do dia em que nos conhecemos, quando o agente dele previu mulheres formando fila para sair com ele. Embora ele não tivesse usado a palavra "sair"; ele havia sido bem mais explícito do que isso. E também tinha razão sobre isso.

Adrian teria sido incrivelmente bem-sucedido como modelo, com os seus traços bem definidos e o cabelo escuro sempre desgrenhado. As faíscas douradas em seus olhos cor de avelã toda vez que ele me olhava me faziam sentir que eu era a mulher mais sortuda do mundo. Em geral, homens como ele saíam com modelos, atrizes famosas e colunáveis, e não mulheres como eu. Nunca me achei especial sob qualquer aspecto, não até Adrian me fazer sentir assim. O amor dele era suficientemente forte para deixá-lo indiferente aos avanços incessantes de quase todas as mulheres que ele conhecia. Enquanto isso, eu me deleitava com os olhares de inveja que elas me dirigiam sempre que saíamos juntos. Eu curtia isso, tal como algumas pessoas gostam de andar na corda bamba centenas de metros acima do chão; era eletrizante e viciante, ao mesmo tempo que terrivelmente assustador. O medo de perdê-lo crescia no mesmo ritmo que o meu amor por ele.

Em retrospecto, posso dizer que Adrian foi a única coisa boa que aconteceu após o meu divórcio. Depois daquele trauma, era natural que eu me sentisse receosa de entrar num novo relacionamento. Por um tempo, eu havia resistido, mas Adrian me deixou sem chão e me levou a um lugar que nunca imaginei. Éramos felizes. Não de um jeito doméstico, quase sem graça, mas sim de uma forma sempre empolgante, como se fosse uma jornada alucinante pela vida.

A noite de sábado da nossa primeira briga marcou o início de um novo tempo para Adrian e para mim. Passamos o fim de semana seguinte em casa, juntos, esnobando o convite dos Bernard. Era o que Adrian queria, e ele não cedeu, mesmo que eu estivesse visivelmente chateada por não irmos.

Na tarde de sábado, Adrian me encontrou sentada com ar de tristeza na varanda, bem onde, uma semana antes, a nossa crise tinha começado. Ele estava decepcionado, pelo visto até chocado ao descobrir o quanto eu queria ir. Em grande medida, eu mesma fiquei surpresa com o quanto ele não me entendia.

Decidi explicar. Me sentei no sofá diante de uma lareira acolhedora, fiquei olhando por um momento para o meu *People's Choice*, que permanecia solitário como o meu único troféu na cornija. Então, revelei os meus medos mais profundos para Adrian.

— Para você, é diferente — eu disse, olhando bem nos olhos dele. — Você está trabalhando, e as propostas estão se acumulando. As atrizes têm uma vida útil muito curta. Conseguir um papel é mais um lance de relacionamentos do que qualquer outra coisa. Preciso ficar circulando por aí, ver pessoas, ser vista por pessoas, mesmo que, no começo, ninguém convide a gente para festas realmente sofisticadas.

Com um leve franzir de testa, Adrian ouviu cada palavra que eu disse com grande atenção. Dei um tempo a ele, incentivando-o a interromper, mas ele simplesmente ficou concordando com a cabeça.

— Não podemos nos dar ao luxo de viver em isolamento, Adrian, por mais que a gente goste disso e ache necessário. E também não é bom para a alma. Passamos a semana inteira cercados de pessoas, eu entendo, mas isso é trabalho. Por favor, abra o seu coração e deixe algumas pessoas entrarem. Prometo que você não vai se arrepender.

Sem dizer uma palavra, ele soltou a minha mão e consultou a hora no celular. Então, se levantou de um pulo, com uma expressão de empolgação e determinação.

— Tem razão. Você acha que os Bernard ainda receberiam a gente? Podemos tentar pegar o voo das quatro da tarde.

No voo curto e quase vazio para Los Angeles, ajustamos a nossa versão dos fatos. Depois, passamos a noite de sábado com os nossos amigos e nos divertimos muito. Eu já não me lembrava mais das minhas lágrimas. Lisa também estava lá, e constatei que mentir para ela foi a coisa mais difícil que tive que fazer naquela noite. Porém, eu não podia contar para ela o verdadeiro motivo de estarmos um dia atrasados.

A nossa primeira briga mudou o nosso relacionamento. Já não éramos apenas namorados; a partir daquele dia, nos tornamos parceiros. Cada um de nós levava o outro como acompanhante para festas e eventos da indústria. Ambos tínhamos fotos de portfólio do outro, prontos para colocarmos por cima das pilhas de diretores de elenco quando ninguém estava olhando. Ambos dávamos boas referências aos diretores e produtores sempre que tínhamos a oportunidade.

Então, tínhamos as nossas noites fora, só nós dois, e todas elas foram inesquecíveis. Adrian se superava ao planejá-las, pensando em novos lugares para irmos, mesmo sem muito dinheiro. Às vezes, eram sanduíches perto da placa de Hollywood após uma boa caminhada ao Mount Lee. Outras vezes, eram amendoins servidos de um pote comprado no supermercado, acompanhados de cerveja gelada numa bolsa térmica, espalhados em uma toalha de piquenique no Ascot Hills Park ou na praia El Matador, vendo o sol se pôr no Pacífico. Adrian nunca ficava sem ideias.

Em seguida, íamos para o pequeno apartamento na avenida Lexington quando Lisa estava fora da cidade ou para o estúdio que ele alugava na Universal City. Lembro de transar com ele com toda paixão, depois passar horas conversando, deitados nos braços um do outro até pegarmos no sono, exaustos satisfeitos. O meu amor por ele se aprofundou à medida que as nossas vidas se entrelaçaram mais, nos apoiando um ao outro em nossa ascensão profissional, achando o nosso lugar no mundo de mãos dadas. O nosso relacionamento evoluiu para um vínculo colaborativo, fascinante e altamente gratificante.

E um pouco assustador.

Naquela época, eu tinha medo de perdê-lo. Lembrar disso me comove, sabendo que o perdi desde então. Como foi acontecer? Ainda não consigo lembrar, ou talvez eu tenha medo de abrir a gaveta que esconde tamanha tristeza. No entanto, me sinto atraída por isso, ansiosa para descobrir, mesmo que eu me prepare antes de forçar o meu cérebro a cooperar e revelar os segredos.

Vasculhando fragmentos de memória esporádicos, tento encontrar o que estou procurando. Em vez disso, ouço a voz rouca daquele agente dizendo: "Siga o meu conselho, garoto, assine na linha pontilhada e o céu será o limite para Adrian Sera. Caramba, as mulheres vão fazer fila ao redor desse quarteirão para passar uma noite com Adrian Sera". Em seguida, Adrian gritando com raiva: "Não quero saber, Lyle. Não vou fazer isso."

Por que ele não assinaria o documento? Adrian já tinha o papel naquele filme. A pergunta ronda a minha mente sem resposta, até que a memória da voz de Adrian se transforma na minha, aos gritos.

Socorro! Por favor, alguém me ajude... Vá embora!

Eu me vejo correndo, virando a cabeça e vacilando, batendo com força na parede e, então, me afastando. Chego até a porta e tento abri-la, mas não consigo. Me atrapalho com a fechadura e me viro para olhar para trás de novo, bem a tempo de ver o braço levantado acima da minha cabeça, pronto para descer com força, enquanto um olhar carregado de ódio crava os olhos em mim, intimidador, paralisante.

Estou de saco cheio dessas memórias invasivas, ou seja lá como são chamadas. Nada além de sucata mental.

Estou prestes a adormecer, quando a palavra vem a minha mente. É *intrusiva*, e não invasiva. Consigo me lembrar dessa informação totalmente inútil. Queria me lembrar das coisas importantes, como quem me internou aqui, me colocando nesta maldita cama.

Foi Adrian? A minha paranoia me consome. Mas não me parece possível. Não no fundo do meu coração. Ele era incapaz de tal violência.

Será que algum dia vou saber? Quem sabe a polícia, um dia, me ligue e me diga quem foi. Fale que estou segura.

O som de vozes exaltadas discutindo do lado de fora da minha porta me faz encolher. Tento entender o que estão dizendo. Talvez eu esteja prestes a descobrir, e não estou pronta para isso.

Jasmine parece derrotada, enquanto a voz de um homem berrando se aproxima da minha porta.

— ... não posso deixar o senhor entrar — Jasmine diz. — O senhor precisa entender. A minha paciente está descansado. Ela foi sedada.

— Vou entrar com um processo judicial contra a sua paciente e contra você pessoalmente por obstruir esse processo. Qual é o seu nome? Qual é a sua função aqui?

Solto o ar. Não é o assassino, vindo para terminar o serviço. Mas deve ser alguém tão terrível quanto, pelo tom da voz: o advogado de Steve. Perry Sheldon foi o nome que o doutor Sokolowski encontrou nas minhas mensagens. Ainda me lembro disso.

— Jasmine — chamo com a voz fraca. — Está tudo bem. Pode ficar tranquila. Pode deixá-lo entrar.

CAPÍTULO 25

O AR GÉLIDO ENVOLVE O HOMEM COMO UM MANTO, TRAZENDO O FRES-cor do inverno montanhoso para dentro do meu quarto, maculado pelo cheiro da loção pós-barba cara e do couro desgastado pelo tempo. Dá para visualizá--lo na minha visão interna: terno caro, sobretudo de lã de grife e uma maleta de couro combinando com a cor dos seus sapatos italianos. Alguns flocos de neve, ainda agarrados nos ombros do sobretudo, devem estar se derretendo depressa. Não consigo imaginar cores; a maioria das pessoas como ele usa tons de cinza-escuro, então estou disposta a aceitar isso, já que tudo está apenas na minha imaginação.

Quanto ao rosto de Perry Sheldon, não consigo imaginar nada.

— Eu assumo a partir daqui — ele diz e espera, parado a poucos metros da minha cama.

— Tanto faz. — Ouço Jasmine responder com sarcasmo. — Mas estou bem aqui, do lado de fora dessa porta. Então, não faça nada que possa perturbar a minha paciente.

Depois que a porta se fecha, o advogado começa a andar de um lado para o outro pelo quarto, deve estar procurando alguma coisa, embora não seja possível ter como saber. Essa incerteza me assusta. Todos os sinais que estou perdendo me fazem sentir impotente.

Após alguns momentos intermináveis, ouço a cadeira sendo deslizada pelo chão.

— Isso é o que temos — ele murmura. O fecho da maleta se abre com um estalo. Algo toca a minha perna através do cobertor. Eu me retraio, querendo poder me afastar, as batidas no peito me sufocam. Então, me dou conta de que ele deve ter deixado a maleta na cama a meu lado.

— Senhora Wellington, fui enviado...

— Senhora Duncan — corrijo secamente. — É o meu nome, Emma Duncan. Tem certeza de que escolheu a pessoa certa para assediar?

— Ah, perdão. — Ele dá um ar dramático ao pedido, como se isso fosse me fazer sentir melhor. — O seu marido...

— O meu ex-marido — volto a corrigi-lo, me perguntando como ele pode exercer a advocacia se vive errando os fatos. Então, atino que é uma tática para me desestabilizar. — Mas você já sabe disso, não é?

— Mais uma vez, preciso me desculpar. — Agora, o drama está completamente ausente das suas inflexões frias. — O seu ex-marido está bastante preocupado com o seu bem-estar, sobretudo após o acidente, e me pediu para falar com você.

Mordo o lábio, procurando ficar quieta, mas a raiva fala mais alto.

— Não foi um acidente, e ele sabe disso. Na verdade, deve saber muito bem — insinuo, mas o advogado não morde a isca. *Claro que não.*

— Senhora Duncan, mais uma vez, me perdoe pela confusão. Estou ciente de que este é um assunto bastante delicado para a senhora, e entendo o motivo. — Ele faz uma pausa breve, mas eu permaneço em silêncio, fervendo. — O seu ex-marido acredita, e eu concordo, que uma tutela pode ser benéfica para você ao longo da sua recuperação. É simplesmente para assegurar que as suas necessidades sejam atendidas e deixar tudo em ordem.

Tutela? Estou pasma. Era isso o que Steve queria o tempo todo. Tirar tudo de mim. *Ah, não. Não posso deixar isso acontecer.*

— Tudo em ordem? Não é isso que dizem para as pessoas morrendo fazerem? — respondo, em vez de dizer o que realmente penso sobre a ideia dele, ou de Steve, ou quem quer que tenha tido essa ideia.

— É apenas uma maneira de falar em nossa profissão...

— Ainda estou viva, senhor Sheldon, e pretendo continuar assim. O senhor está perdendo o seu tempo — digo com voz serena e sem emoção, mas sinto como se estivesse sufocando. Os bipes do monitor ficam cada vez mais rápidos, dando a minha visita não desejada uma ideia do meu estado de espírito.

— E o senhor Wellington só quer que você se recupere sem o peso de questões triviais, como o pagamento de contas. Uma tutela permitiria que ele...

— ... recuperasse a casa que ele perdeu no divórcio. Pois é, sei muito bem o que está em jogo aqui.

Será que Mikela o incentivou a fazer isso?

Ainda não consigo acreditar que Steve seria capaz de me machucar. Só que ele já fez isso. Por causa dela.

Sheldon respira fundo, deve estar irritado com a minha resistência.

— Entendo o que leva a senhora a pensar assim. A tutela é um instrumento legal concebido para ajudar as pessoas que não conseguem administrar os próprios bens. Não se trata de tirar nada de você. A justiça supervisiona todo esse processo, garantindo que os seus interesses sejam protegidos.

Por um instante, decido ocultar a amargura, desesperada para saber mais, para ter uma noção das reais intenções de Steve, enquanto um pensamento irritante passa pela minha mente.

Foi você que me colocou aqui, Steve? Não foi?

Fingindo um suspiro, fico calada por um tempo considerável, como se estivesse considerando a alternativa.

— Como isso funcionaria, na prática?

Alguns papéis são folheados perto do meu tornozelo esquerdo.

— O senhor Wellington assumiria a responsabilidade pelo seu cuidado, com tudo o que isso implica, desde decisões médicas e despesas até a gestão dos seus bens.

— Onde eu iria morar? Ele me colocaria numa casa de repouso?

Sheldon pigarreia, como se a minha pergunta o tivesse deixado desconfortável. Como se quisesse que eu nunca tivesse perguntado isso.

— Não. De jeito nenhum. O senhor Wellington manifestou a intenção de cuidar de você pessoalmente, com ajuda especializada, claro. Ele considera que essa é a melhor maneira de contribuir para uma rápida recuperação.

— Tá, mas onde? Onde, exatamente, ele faria tudo isso?

Há um silêncio breve e tenso.

— Na sua própria casa, senhora — ele responde. — O senhor Wellington e a noiva dele se mudariam…

— Então, *é a casa que eles querem, não é?* — Nenhuma resposta vem dele. — Pois é, faz muito sentido. Ele quer a minha casa. É tudo o que ele quer. Para a amante dele, foi mal, a noiva. Sempre me perguntei como ele faria isso. Agora sei.

Ele estava disposto a matar por isso. Ainda está.

Perry Sheldon volta a pigarrear. Ouço ele se mexendo na cadeira. Eu o deixei pouco à vontade.

Maravilha.

— Dá para entender por que a senhora pensa assim, mas, na verdade, o propósito disso é lhe dar a oportunidade de recuperar a sua saúde sem nenhuma preocupação. Esse processo é supervisionado pela justiça, e…

— E o quê? Eu deveria simplesmente confiar nesse processo? Confiar *nele*, depois de tudo o que aconteceu?

— Não estou pedindo uma confiança cega, senhora Duncan.

— Acho que é exatamente isso o que o senhor está pedindo, quando pede uma confiança excessiva e sem justificativa de uma pessoa cega.

— Eu… bem, peço perdão pela escolha das palavras. Não foi intencional, posso garantir.

Deixo Sheldon penar em silêncio. Ele está preparado para enfrentar isso, e eu estou no páreo, agora que sei quem tentou me matar.

— O que estou sugerindo é uma estrutura capaz de capacitar a senhora a se concentrar na recuperação sem o fardo de gerenciar...

— Essa é a terceira vez que você diz a mesma coisa. Não quero mais ouvir isso. Steve quer se mudar para a minha casa com o novo caso amoroso dele. Já entendi. Por essa eu não esperava, mas, por outro lado, também não esperava aquela vadia. Caramba, devo ser cega ou algo assim.

Perry Sheldon, advogado de celebridades de Hollywood, mas nem tanto, quase engasga com o suspiro frustrado. O seu hálito tem o leve cheiro de charutos de qualidade suavizado por balas de hortelã.

— A pessoa nomeada como a sua tutora pode até ser uma terceira parte independente, caso a senhora tenha receios quanto...

— Como quem?

Por um momento, só consigo ouvir aquela mosquinha golpeando a cabeça na janela.

— Bem, a senhorita Mikela Murtagh manifestou...

A raiva está me sufocando.

— O senhor só pode estar brincando comigo, não está? Claro que ela "manifestou"! Ela pode ir se manifestar no quinto dos infernos.

— Senhora Duncan, não há necessidade de tal linguagem. Essas pessoas querem apenas o que é melhor para a senhora, quando está claramente sem opções. Eu consideraria a proposta deles, sobretudo quando a alternativa é perder a propriedade, quando a senhora não tiver condições de pagar a hipoteca em dia.

O bipe do monitor aumenta de volume, enquanto procuro me acalmar o suficiente para levar isso até o fim.

— Vou deixar bem claro, senhor Sheldon. A menos que haja um mandado judicial, o meu ex-marido e a noiva dele não são bem-vindos na minha casa. Se tentarem entrar, seria invasão de propriedade, e será tratado como tal. Estamos entendidos?

— Vejo que a senhora está chateada, e lamento muito deixá-la assim, mas acredite quando digo que isso é para o bem de todos.

— Vou dizer uma coisa, senhor Sheldon. — Faço uma breve pausa dramática. — Estou disposta a morrer nesta batalha, porque não tenho mais nada a perder. Esta é a única resposta que você vai obter de mim. Por favor, transmita a meu querido Steve, com ênfase, a minha determinação de fazer tudo o que estiver a meu alcance para vencer essa batalha contra o senhor, ele, ela ou o mundo inteiro, se for necessário.

Ele se levanta e se inclina sobre a cama. Posso ouvir o seu sobretudo roçando em minha roupa de cama. Posso sentir o cheiro da sua loção pós-barba. O seu hálito atinge o meu antebraço quando ele fecha a sua maleta e a pega.

— Espero que a senhora possa reconsiderar isso, quando o impacto da ideia for assimilado.

O bipe está prestes a se transformar num daqueles alarmes enfadonhos de que eu já estou farta.

— E espero que o senhor saia já daqui, senhor Sheldon. Por favor.

Ele se afasta a passos lentos e determinados que ressoam no piso, mas que não chegam à porta porque alguém entra no quarto.

Com todos os músculos tensos, aguardo. Será Steve?

— É melhor o senhor sair. — É o doutor Sokolowski. E eu volto a respirar. — Agora mesmo.

— Quem é você? — Sheldon pergunta, em voz alta, parecendo ofendido.

— Sou o doutor Sokolowski, o médico responsável pelo tratamento da senhora Duncan.

— Interessante. Quem está pagando por tudo isso?

A mesma pergunta que Steve fez.

O que eles têm a ver com isso?

Estou morrendo de medo só de pensar nas contas médicas que estou acumulando. Cabe a mim pagá-las. Mas qual é a deles?

— O plano de saúde. — A resposta de quatro palavras é entregue num tom gélido, sumindo ao longe enquanto ele conduz o advogado para fora.

— Plano de saúde? De que seguradora?

— Não é da sua conta.

Uma discussão irrompe, mas está fora do alcance da minha audição, e não consigo distinguir muito do que está sendo dito. As vozes se misturam por um tempo e, depois, uma porta é batida com tanta força que uma janela treme em algum lugar do meu quarto.

Mas quase não reparo. O som daquela porta batendo me é familiar, arrepiando a minha espinha quando uma memória relampeja na minha mente.

Não faz nenhum sentido.

Por alguns minutos, fico esperando o doutor Sokolowski voltar, mas em vão.

Estou sozinha outra vez. O volume do bipe daquele monitor irritante está diminuindo um pouco, e posso respirar melhor. Porém, os acontecimentos do dia me deixaram exausta, zonza e nauseada. Fraca demais para lutar contra isso, volto a atenção para o meu interior, reproduzindo o som daquela porta na mente, repetidas vezes, esperando descobrir por que me soa tão familiar.

Não consigo identificar. Principalmente porque o som da voz de Steve se intromete nos meus pensamentos. "Eu vou te destruir, Emma! E pensar que eu já estive apaixonado por você... é de embrulhar o estômago." Então, mais tarde, após a conclusão do divórcio, o olhar mortal que ele me deu junto com as chaves da casa, bem ali, diante do juiz.

Não resta a menor dúvida para mim.

O meu ex-marido tentou me matar. Depois do que aconteceu hoje, tenho certeza de que vai tentar de novo.

Tenho que contar para alguém. Preciso ligar para aquela investigadora.

CAPÍTULO 26

DEVO TER COCHILADO COM ESSE PENSAMENTO, ESPERANDO QUE ALGUÉM aparecesse para que eu pudesse pedir para fazer a ligação. Em meu sonho agitado, eu estava correndo pelos intermináveis corredores do hospital, todos escuros e vazios, com apenas os meus passos ecoando no silêncio sinistro. Então, o sistema de som se manifestou. "Código azul, quarto 1204", anunciou, e eu fiquei paralisada, olhando ao redor, e tentando ler os números nas diversas portas fechadas.

Todos os quartos estavam identificados como 1204.

Inclusive o meu.

Olhei para um dos quartos e me vi deitada na cama, com uma bandagem enrolada na cabeça. O monitor cardíaco estava fazendo um som contínuo, com a tela piscando números vermelhos — em sua maioria, zeros —, e com uma linha verde uniforme onde deveria haver os batimentos do meu coração. Notei duas pessoas, um homem e uma mulher, ambos com jalecos hospitalares, se movendo às pressas e quase em silêncio ao redor da cama. Eles injetaram algo na minha veia. Afastaram a minha roupa de cama. Abaixaram a cabeceira até que ficasse horizontal. Deslocaram o carrinho do desfibrilador e prepararam os eletrodos, carregando-os na eletricidade. Então, deram um choque, e eu vi estrelas, uma torrente de estrelas percorrendo o meu sangue, o meu cérebro, todo o meu ser.

Acordo assustada e respiro devagar, tentando me situar. Não consigo ouvir mais ninguém no quarto; a única respiração é a minha. Porém, nas profundezas da minha mente, o som daquela porta batendo ainda é reproduzido sem parar como um disco arranhado. Por que alguém bateria a porta dentro de um hospital? Será que Perry Sheldon não percebeu que estava perturbando o descanso das pessoas?

Começo a exercitar os dedos e a minha mente ainda divaga, presa na maldita porta. Enquanto as mãos vão se movendo sobre o cobertor felpudo, um pouco mais rápido hoje, me faço uma pergunta diferente. Uma pergunta que já deveria ter feito a mim mesma. Uma que me paralisa de medo.

Que porta é essa?

Eu não vi tantas portas vai e vem em hospitais, e nenhuma delas que alguém possa bater. A maioria delas são portas de correr, algumas automáticas, com sensores de movimento que as fazem se abrir sempre que alguém se aproxima e fecharem quando alguém se afasta. Antes disso acontecer comigo, já fazia algum tempo que eu não entrava num hospital. Anos, na verdade. Quem sabe como as coisas estão atualmente no Baldwin Memorial, em Lake Tahoe? Deve ser para onde fui levada. É a unidade de traumatologia mais perto da minha casa.

Ao longe, um telefone toca, mas ninguém atende. A minha mente divaga, relembrando o sonho perturbador. Ainda sinto os efeitos de todos os medicamentos que estão me fazendo tomar, pairando no meu cérebro depois que acordo, me mantendo refém em um estado de confusão permanente. Toda vez que acordo, eu me sinto assim: irritantemente lenta, com o cérebro imerso em névoa, com as memórias emaranhadas numa narrativa confusa que não posso chamar de realidade.

É uma tortura.

E mesmo assim, a memória daquele sonho persiste. A minha mente nebulosa implica com aquele anúncio pelo sistema de som e o reproduz como uma música cuja letra eu recordo em parte. Quantas vezes já ouvi o anúncio do código azul? Quantas pessoas morreram nesses quartos, depois que as tentativas de ressuscitação falharam? Não tenho uma resposta para isso. Parece que ouvi algumas vezes, mas o que será que lembro de verdade?

Será que sempre foi no quarto 1204? Não, não passa de um sonho idiota.

Porém, o anúncio que reproduzo na cabeça não funciona com outros números de quarto. Não soa familiar. Tentei só por curiosidade, sussurrando para mim mesma. "Código azul, quarto 1203." Com certeza nunca ouvi isso antes. "Código azul, quarto 1211." Ainda não faz sentido. A melodia na minha cabeça só combina com 1204.

Eu me desafio a lembrar, a entender, me exasperando em um frenesi sem sentido. Não faz a menor diferença o que eu acho que lembro, quando isso não é nada confiável. Quando não consigo decifrar os meus próprios pensamentos. Assim que coloco as mãos sobre o peito, com os dedos entrelaçados por um breve momento de alívio, o sistema de som é acionado.

— Doutor Parrish, compareça ao posto de enfermagem — chama a voz automatizada.

Fico sem ar. Por um tempo, o único som que ouço é o batimento do meu coração.

Será que o doutor Parrish já foi chamado para outro lugar além do posto de enfermagem? Não consigo lembrar de jeito nenhum, e gostaria que o meu cérebro teimoso esquecesse isso de uma vez.

Mas não esquece, porque é programado para terminar as coisas. É por isso que certos trechos de música grudam na cabeça das pessoas. Existe uma solução simples. Basta ouvir a música inteira. O trecho fica na cabeça porque o cérebro não consegue terminar a música, não sabe como realmente acaba.

A minha música chiclete é aquela feita de anúncios pelo sistema de som. O código azul é no 1204, pelo visto, e o doutor Parrish é chamado ao posto de enfermagem. Mas o que vem logo depois do código azul? O doutor Parrish? Ou outra pessoa?

Reproduzo a sequência de modo hesitante na mente, e não se encaixa. Porém, o doutor Jones se encaixa. Ele é requisitado na UTI, pelo que me lembro.

Então, uma ambulância chega.

Após algum tempo, algumas enfermeiras conversam a respeito de um cara chamado George, e trocam ideias sobre onde almoçar. Elas têm as vozes joviais e despreocupadas, dão risadas enquanto falam, e baixam as vozes quando o tal George aparece. Quantas vezes eu já as ouvi conversando? Não sei. Simplesmente não sei.

Porém, só depois que a questão do almoço é resolvida é que o doutor Parrish é chamado para o posto de enfermagem.

À medida que continuo indo cada vez mais fundo, me sinto cada vez mais tonta, enjoada, prestes a vomitar e desmaiar ao mesmo tempo. Em que mundo isso faz algum sentido? E se eu nunca ouvi essas coisas como imagino? E se a minha memória estiver errada? Talvez o doutor Parrish tenha sido chamado apenas uma vez durante todo o tempo em que estive aqui. Assim como sonhei com o código azul, poderia ter sonhado com todas as outras coisas.

As minhas mãos estão tremendo, congeladas pelo frio que não deixa o meu corpo. O que posso fazer para descobrir? Para ter certeza? Se eu começar a fazer perguntas para as pessoas, vão achar que estou ficando louca. Pior, vão voltar a aumentar a dosagem dos meu medicamentos, e eu nunca vou conseguir sair do abismo.

Mas como posso ter certeza?

Estou enlouquecendo em outro nível.

A menos que eu consiga me lembrar do que veio depois do doutor Parrish nesta minha melodia chiclete, tortuosa e muito perturbadora.

Do meio da tempestade de pensamentos fragmentados, uma memória emerge, uma que é querida e preciosa. Na universidade, o meu professor favorito, um ex-ator que havia seguido o método de Stanislavski e que tinha sido famoso antes de um acidente de carro acabar com a sua carreira, ensinou aos alunos a pensar nas falas do texto como uma melodia, uma canção que tínhamos que cantar, com tristeza ou alegria, com entusiasmo ou moderação, deixando o papel mais fácil de lembrar e interpretar.

As chamadas pelo sistema de som também eram uma melodia, uma música que ficou grudada no meu cérebro, na borda desgastada entre a realidade e o sonho, entre memórias fragmentadas e nebulosas e pesadelos reais. E nessa música, após reproduzi-la várias vezes na mente, tenho certeza de que a próxima chamada pelo sistema de som devia ser para o doutor Whitting, convocando-o para o pronto-socorro.

A menos que eu esteja completamente louca e tenha imaginado tudo.

Começo a esperar por essa chamada. Ou não. Não sei o que é mais assustador.

Mas se eu não estiver louca, e a próxima chamada confirmar a minha teoria, o que isso significa de verdade? Em que realidade isso faria sentido?

— Não sei — sussurro para mim mesma. — Seja o que for, não deixe que seja o doutor Whitting. E não para o maldito pronto-socorro.

Estou quase adormecendo, sonolenta como de costume, uma presa fácil para os meus demônios. Um novo pesadelo está começando a se formar quando o sistema de som é acionado e a voz robótica faz o seu chamado.

— Doutor Whitting, compareça ao pronto-socorro.

O pânico toma conta de mim, em uma onda avassaladora de irracionalidade. *Será que estou perdendo a cabeça? Estou imaginando coisas? Como pode ser real?*

O bipe do monitor parece distante e enfraquecido. Deixo escapar um grito fraco, que depois ganha força e se transforma numa pergunta desesperada.

— Onde estou?

CAPÍTULO 27

Não gosto de ver a minha Emma agitada. Me sinto impotente, e eu não sou impotente. Olhando para o seu rosto adorável, não posso evitar ficar com raiva. Estou morrendo de vontade de dar a esse Perry Sheldon o "acidente" que ele tanto merece. O caminho que ele está prestes a pegar é uma estrada sinuosa através do Mt. Rose, deslumbrante e bela nesta época do ano, mas também traiçoeira e escorregadia em alguns trechos. Ele alugou um Mercedes Benz no aeroporto, preto e top de linha, porque não mais teria sido adequado para a sua personalidade autoconfiante e presunçosa.

Acho que um Mercedes não se sairia bem em estradas com gelo. Nenhum carro com tração traseira se sairia. Seria uma delícia mandar esse Mercedes com o babaca ao volante por cima da defensa metálica, fazendo-o despencar num desfiladeiro íngreme e pegar fogo. Daria trabalho, descobrir como sabotar um carro desses sem deixar pistas, mas a questão é irrelevante, como diria um advogado. Ele foi embora.

Ele deve voltar. E mesmo assim, não vou tocar um fio de cabelo da sua cabeça quase careca.

Sou um homem racional, ou gosto de acreditar que sou. Implica risco demais começar a limpar toda a sujeira que cerca a vida da Emma. As pessoas podem notar. Agentes da lei.

Sei que a polícia está me procurando. Está atrás de mim há um tempo, e eu sabia que isso ia acontecer. Emma a chamou. Toda vez que eu a deixava me ver, ela ficava cada vez com mais medo de mim. Às vezes, após um encontro desses, ela voltava a chamar a polícia. Implorava para que a protegessem.

De mim.

Que absurdo.

Certa vez, uns meses atrás, ela veio com tudo para cima de mim, furiosa como nunca, à procura de um confronto direto, a minha garota imprudentemente corajosa. Eu não estava preparado para isso, para o nosso momento da verdade. Não tinha as

145

palavras certas para dizer a ela. Então, saí correndo, mal tive tempo de me esconder atrás de um trailer e esperar que ela desistisse de me procurar.

Naquela noite, ela não voltou a ligar para a polícia. Simplesmente desistiu, com a voz vacilante e a raiva dirigida para dentro transformadas em lágrimas amargas.

No entanto, eu não quero a polícia perto da minha Emma. Se as pessoas ligadas a ela começassem a ter a expectativa de vida reduzida, começariam a se juntar e, então, provavelmente me encontrariam.

Eu estou bem aqui. Sempre. Perto dela, onde quer que ela esteja.

Por isso decidi, com pesar, deixar aquele canalha conduzir o Mercedes alugado sem ser incomodado. Com certeza ele conseguiu chegar ao aeroporto inteiro. Mais tarde, porém, quando tiver passado tempo suficiente para apagar qualquer vínculo com Emma, talvez eu faça uma visita a ele. Ele merece isso, de coração.

Sei tudo a respeito dele.

Ele não é um advogado porta de cadeia. O senhor Sheldon tem escritório na Sunset Boulevard, e representa alguns nomes conhecidos, mas, na maioria dos casos, figuras secundárias, não as mais famosas. Com certeza ele quer chegar ao clube das estrelas, mas ainda não chegou lá. E isso o torna perigoso, porque ele está tão perto disso que pode até sentir o gostinho. O cara está disposto a fazer qualquer coisa por isso. A vaidade resplandece quando ele é entrevistado pela mídia local sobre um caso ou outro. Ele sempre fala dos acordos que fez para os seus clientes em divórcios dignos de tabloides, e a sua boca se curva de uma certa maneira quando ele pronuncia a palavra "milhões", com o prazer mágico de quem saboreia uma boa sobremesa. Na certa a porcentagem dele também é boa. Ele mora em Thousand Oaks, em algum lugar nas colinas, numa casa espaçosa em um terreno enorme, isolado dos olhos do público por espessas cercas vivas.

Gosto de prestar atenção no carro que as pessoas escolhem. Isso diz muito a respeito de quem são, do que é importante para elas. Esse advogado em particular dirige um Land Rover. Não um Lexus, como eu esperava, com base nas estatísticas da profissão dele; também não é um Porsche, reservado para pessoas que querem causar uma impressão imediata e duradoura. Um Land Rover. Perry Sheldon é teimoso e muito egocêntrico. Ele deve ter ultrapassado o limite de velocidade durante toda a viagem para o aeroporto, só porque podia se dar a esse luxo. Ele prioriza as aparências acima de tudo. É um obcecado pelas convenções, e leal apenas a quem paga mais.

Dito isso, tenho que ter um pouco de cautela com ele. Ele pode ser perigoso. Pessoas como ele costumam ser. Ele sabe que Emma está vulnerável neste momento, sem opções razoáveis para gerir a vida. Ele está empurrando o plano de Wellington de forma brutal. Emma não deve nem saber que o Perry Sheldon que ela conheceu estava sendo "gentil". Ele pode muito bem mudar de postura e ingressar com um pedido de tutela contra a vontade de Emma, e provavelmente fazer isso se concretizar.

As coisas vão ter que mudar logo.

Mas Perry Sheldon não é a raiz de todo o mal, porque ele só foi contratado para fazer a vontade de outro homem.

Steve Wellington é a raiz do problema. Vou dar um jeito nele primeiro.

CAPÍTULO 28

Ninguém responde.

Depois de um tempo, fica claro para mim que ninguém consegue ouvir os meus gritos. Ninguém vai correr até aqui e me ajudar a combater os meus demônios, a não ser que eu volte a sofrer um colapso. A não ser que aquele monitor ao lado da minha cama comece a emitir todos os tipos de sons dissonantes.

Então, fico aguardando. E só posso pensar, enquanto o pânico ainda me domina, entorpecendo os meus membros. Estou me esforçando para me manter alerta, acordada, pronta para lutar pela vida. Apesar do batimento apavorante no peito, o sono vai me invadindo, pegajoso como melaço. Uma armadilha mortal.

Mal consigo lutar contra isso, mas então a memória da minha angústia começa a desaparecer.

O que *acabou* de acontecer? Eu sabia que o anúncio pelo sistema de som viria a seguir? Bem, estou aqui já faz um tempo, não é? Ou quem sabe eu não soubesse do mesmo jeito que sei às vezes qual música vai tocar em seguida no rádio. Depois de ouvir algo por tempo suficiente, posso supor que sei o que vem a seguir. Mas eu estaria errada.

Eu tenho que estar. O pensamento apazigua a minha mente exausta. Eu tenho que estar errada, porque nada mais faz sentido. E Steve... eu deveria contar à polícia sobre Steve. Ele quer a minha casa. Com esses pensamentos, caio num sono profundo que se assemelha à inconsciência.

Ao acordar, ouço alguém ao lado da cama. Nessa fração de segundo, o pânico se avulta como bile na garganta. Me forço a ficar toda imóvel, enquanto escuto com atenção. Mas não é um som que me dá a resposta; é um cheiro. Um leve toque de manjericão, couro e especiarias; tão sutil que é quase imperceptível.

Doutor Sokolowski.

— Boa noite — ele diz, assim que faço um movimento quase imperceptível. O vestuário dele farfalha, liberando um odor de roupa limpa e antisséptico. — Como está se sentindo?

Por um instante, fico sem palavras.

— Onde estou?

— Você está em casa, é claro.

As palavras naturais ressoam de maneira estranha na minha mente, como se pertencentes a uma realidade alternativa. Não posso estar em casa. Estou no hospital.

— Como assim? — O medo vai logo tomando conta de mim, fazendo aquele monitor irritante me entregar.

Sinto a mão enluvada do doutor Sokolowski apertando a minha.

— O hospital liberou você aos cuidados do seu marido.

— O quê? Não! — Essas poucas palavras provocam um curto-circuito no meu cérebro. — Já não somos mais casados! Ele não é o meu marido. Já disse que não queria voltar a vê-lo! — Faço uma pausa, com receio do que o médico possa dizer. — Eu disse, não disse? Não foi um sonho, foi?

— Disse, sim. É verdade. Vamos ver o que aconteceu. — O doutor Sokolowski fica de pé. Com uma sensação horrível, ouço o som de uma cadeira com rodinhas se afastando da cama. Quando ele vai até o pé da cama e pega o prontuário, a prancheta de plástico se choca contra a estrutura da cama.

Reconheço esse barulho. Nada na minha casa soa assim. Não posso estar em casa. Os papéis farfalham enquanto o médico examina o prontuário, procurando alguma coisa. Eu tenho muitas perguntas, cada uma mais apavorante que a outra.

— Ele foi registrado como o seu parente mais próximo. O senhor Steve Wellington.

— E eu pedi para você me manter longe dele.

— Lamento, Emma. — Ele soa mesmo constrangido. — Sei que você me pediu, mas o hospital não conferiu as minhas anotações. Está bem aqui, no prontuário.

— Como isso foi acontecer? — pergunto, mais como um lamento de desespero do que uma pergunta de verdade pela qual espero uma resposta.

— A norma do hospital consiste em localizar o parente mais próximo e pedir para que ele aceite a responsabilidade. O senhor Wellington aceitou, e entregaram você aos cuidados dele.

— Então, estou em casa? Na minha casa?

— Sim, na rua Pine, em Lake Tahoe. Na suíte principal.

Fico boquiaberta.

— Como é possível? Está tudo igual ao hospital. A cama. O monitor... que fica apitando. A cadeira com rodinhas... — Um soluço me escapa. Não pode ser verdade. É um pesadelo do qual vou acordar em breve.

— O senhor Wellington acertou com o hospital o aluguel de alguns equipamentos, para manter o padrão de cuidados que oferecemos a você no Baldwin

Memorial. A cadeira faz parte do equipamento que foi alugado. Vem com o carrinho de reanimação. — Ele toca a minha mão com delicadeza. — Vejo que você está preocupada com isso. Não se lembra da mudança?

— Não. Não me lembro de nada! Eu só... quando eu fui transferida?

O doutor Sokolowski se inclina para a frente, arregaça a manga esquerda da minha camisola e verifica o adesivo.

— Eu não estava presente, do contrário teria me manifestado, sabendo que você expressou preocupação em relação ao seu ex-marido. Transferiram você ontem de manhã. — Ele troca o adesivo com gestos rápidos e experientes. O novo adesivo me provoca um arrepio. — Pode ser que você tenha dormido o tempo todo.

Ontem! A porta batida... era a porta da frente da minha casa. Por isso o som pareceu tão familiar. Steve tinha batido aquela porta com tanta força que deixou uma rachadura na parede.

E foi por isso que Perry Sheldon fez a visita. Já haviam me entregue aos cuidados de Steve, e o babaca do advogado não tinha se dado ao trabalho de mencionar isso.

O que vou fazer?

— Então, é a mesma cama de antes? — Começo a entender o que aconteceu. A partir disso, o meu pânico diminui um pouco, embora deixe para trás pensamentos assustadores. Porém, as coisas já não parecem surreais, exceto o fato de Steve estar nesta casa outra vez, procurando me despojar dos meus direitos. Com *ela*. Depois de ele ter tentado me matar.

— Não é bem a mesma cama. Acho que pegaram uma no depósito. É só um pouco diferente. Não dá para perceber, mas as grades de proteção laterais são mais arredondadas e têm um painel de controle integrado. O monitor cardíaco, o carrinho de reanimação e a cadeira são exatamente os mesmos.

Por um tempo, o silêncio toma conta do quarto, exceto pelo som do bipe. O doutor Sokolowski está anotando algo no meu prontuário. Ele pressiona a caneta com força suficiente para eu conseguir ouvir o som dela riscando o papel. Então, a prancheta se choca contra a estrutura da cama, voltando para o seu lugar habitual.

— E quanto às enfermeiras? — Dou uma engasgada. A minha garganta está seca. — E quanto a você?

— Bem, o hospital fica a apenas dez minutos daqui. — Sinto uma corrente de ar quando ele levanta o cobertor dos meus pés e examina os meus reflexos. — O administrador do hospital concordou em fornecer assistência temporária, enquanto o senhor Wellington resolve os detalhes do seu cuidado. Vou ver você duas vezes por dia, pela manhã e à noite, logo após os meus turnos no hospital. As enfermeiras vão se revezar nos turnos, para cuidar das suas refeições e ministrar a sua medicação. — Ele se move para se apoiar num cotovelo e dar duas batidinhas rápidas. Ainda está entorpecido. — E se houver uma emergência, eu serei contatado imediatamente.

Faço o possível para manter a calma. Não consigo imaginar passar por isso sem o doutor Sokolowski. Se ele sumir... não sei o que vou fazer.

— Vai dar tudo certo, Emma.

— Jasmine ainda vai ser a minha enfermeira? E Isabella? — Minha voz treme lamentavelmente. — Ou será que também as perdi?

O aperto de mão volta. Desta vez, desfruto do contato, do calor do toque dele. Eu me agarro a isso mentalmente, como se a mão do médico fosse um salva-vidas lançado na minha direção.

— Às vezes, a mente prega peças nas pessoas com lesões cerebrais traumáticas, preenchendo as lacunas com o que pareceria plausível. — Ele faz uma breve pausa. — Já faz muito tempo que Isabella não tem cuidado de você. A sua medicação, o Versed especificamente, pode deixar você um pouco confusa pela manhã.

— Deu para perceber — respondo baixinho, enquanto ainda tento assimilar as novidades.

— As coisas vão melhorar mais rápido, agora que estamos diminuindo a dose de Decadron. O inchaço do seu cérebro desapareceu quase por completo. Você está indo muito bem.

— Achei que sempre fosse Jasmine quem cuidasse da enfermagem. E Isabella. É inacreditável que já faz tanto tempo que Isabella não cuida de mim.

Não posso confiar em nada que sai desta mente partida em pedaços. Não posso confiar em mim mesma.

— Alguns desses problemas são esperados — ele diz, como se estivesse lendo a minha mente. — Não quebre a cabeça com isso. Vai passar.

Aperto os dedos dele com delicadeza.

— Eu estou apavorada. Não posso confiar em nada que vou percebendo. E as pessoas que eu pensei que reconhecia eram, na verdade, completos estranhos. — Faço uma pausa e, hesitante, mordo os lábios rachados. — Não estou segura aqui. Foi o Steve. Ele tentou me matar.

— Você não está sozinha, Emma — ele diz, se levantando e soltando a minha mão. O meu tempo com o doutor Sokolowski está chegando ao fim. — Tem certeza de que se lembra disso direito? Podemos chamar aquela investigadora se você estiver pronta para fazer um testemunho formal.

Foi o que quis fazer desde que me dei conta de que foi Steve, e mesmo assim, agora que a possibilidade está diante de mim, eu recuo. Como posso ter certeza de qualquer coisa, se ainda não consigo ver o rosto dele com clareza nas minhas memórias?

— Não me deixe aqui — sussurro. — Não com ele. Eu não confio em mim mesma para me lembrar com clareza, mas e se tiver sido o Steve? Ele vai tentar de novo. Sei que vai.

Tenso, o doutor Sokolowski expele o ar com força.

— É um problema muito sério, Emma. Também há a questão de os dados do parente mais próximo estarem desatualizados, e as suas instruções específicas com respeito a seu ex-marido. Vou levar essas informações para o hospital e discutir tudo com a administração agora mesmo. Pode ser que tenhamos algumas opções.

— E até lá?

— Não acho que você esteja correndo perigo imediato. Ele seria um idiota se tentasse algo logo depois de você ter sido trazida para cá. Mas vou cuidar disso o mais rápido possível, prometo.

Enquanto ele dá alguns passos em direção à porta, eu pergunto:

— E quanto aos anúncios pelo sistema de som? Como podem acontecer se estou em casa?

O doutor Sokolowski volta a ficar do lado da cama.

— Que anúncios do sistema de som?

O meu coração dispara.

— Eu tenho ouvido coisas como "doutor Jones, compareça à UTI", ou "doutor Whitting, compareça ao pronto-socorro". Tenho quase certeza de que ouvi isso hoje, mais cedo, antes de pegar no sono, como se eu ainda estivesse no hospital. Como é possível?

Há um longo momento de silêncio, do tipo que aprendi a temer.

— Você não ouviria o sistema de som do pronto-socorro do seu quarto no hospital, Emma. Ele é raramente usado fora do pronto-socorro. Agora temos celulares, e não há necessidade de perturbar os pacientes quando alguém precisa comparecer a algum lugar. — Ele faz uma pausa. Enquanto isso, os meus pensamentos desesperados estão a mil. — Vou pedir uma consulta com o psiquiatra para você. Às vezes, os pacientes com lesão cerebral traumática desenvolvem alucinações que podem ser indicadores iniciais de psicose pós-traumática.

— Não... — Sinto como se estivesse mergulhando num abismo sem fim que está prestes a me engolir por completo.

— Não se preocupe com isso, está bem? — Ele dá um tapinha no meu antebraço. Em seguida, se afasta depressa. — Seja o que for, vamos te ajudar.

As suas palavras se perdem na distância, enquanto os meus pensamentos continuam a todo vapor.

Psicose? Alucinações?

Isso explica por que eu nunca ouvi esses anúncios pelo sistema de som quando outras pessoas estavam no quarto. Porque não eram de verdade.

Estou *mesmo* perdendo o juízo.

CAPÍTULO 29

Sonhei com Adrian.

Enquanto vou despertando aos poucos, com a sonolência se recusando a se satisfazer com o descanso que tive, não consigo evitar me prender à memória daquele sonho.

Não quero abrir mão dele; pareceu tão real.

No início, foi um bom sonho, dos nossos dias trabalhando juntos, ficando juntos, navegando de maneira suave e feliz por um romance de conto de fadas. Depois, o sonho mudou para uma cena horrível em que Adrian ficava chamando o meu nome, e eu não conseguia responder. A sua voz estava tomada de medo, como se ele estivesse tentando me alertar sobre alguma coisa, enquanto eu abria a boca, tinha o seu nome nos meus lábios, mas nenhum som saía. Eu estava deitada de costas, olhando para uma luminária de teto grande e brilhante, com um círculo de lâmpadas, sete, acho. Dava para ver aquela luz, e ela era apavorante; não era como eu tinha imaginado que seria ver a luz outra vez. Mas era um sonho, e eu não conseguia fazer nada sob aquela iluminação ofuscante, a não ser tremer, com a minha pele arrepiada como se o vento estivesse tocando nela.

Detesto essa parte sensorial e assustadora do sonho. Mas a parte inicial, quando eu senti o amor de Adrian aquecendo o meu coração, quero reviver. Ela carregava a promessa de revelar um novo capítulo do meu passado esquecido, se eu seguisse o fio para onde quer que ele me levasse.

Conforme começo a lembrar, a sensação de perda se aprofunda, e corta o meu coração com uma dor indizível. O que aconteceu com a gente? Ainda não me lembro de como nos separamos, mas estou começando a recordar cada vez mais a respeito de quem costumávamos ser. Quem sabe, ao final desta jornada por memórias nebulosas, eu não encontre a resposta que procuro.

* * *

Naquela festa de aniversário no fim de semana na casa dos Bernard, a carreira de Adrian ganhou um impulso graças a um produtor de televisão que pareceu gostar de conversar com ele, enquanto eu perambulava e socializava, com um sorriso no rosto e uma taça de champanhe na mão. As pessoas eram educadas, mas desinteressadas, a maioria delas focada exclusivamente nos próprios interesses. Apesar de todo o meu esforço, eu ainda carregava o estigma de ter me divorciado de Steve Wellington.

Uma semana depois da festa, Adrian assinou um novo contrato com aquele produtor e começou a trabalhar na semana seguinte. Ele tentou promover o meu nome para aquele programa, mas não deu certo. Os papéis femininos já estavam designados, e os contratos, devidamente assinados. Voltei a fazer testes, a ficar em casa enquanto não estava trabalhando, e pegar os turnos de fim de semana no Urso Negro, em Tahoe, só porque eu queria voltar para casa de vez em quando. Embora não fizesse muito sentido continuar indo lá, quando toda a minha vida estava em Los Angeles.

Mesmo assim, resisti a ideia de ter uma casa em Los Angeles. Quando Lisa estava em uma locação externa, ficávamos no apartamento da Lexington. Mas Adrian evitava Lisa por algum motivo. Os fins de semana que ela costumava passar em Tahoe comigo se tornaram raros, porque Adrian precisava descansar e queria que ficássemos sozinhos para fazer o que quiséssemos naquela casa, para transar em cada canto dela, para ficar pelados diante da lareira. Nada disso podia acontecer se Lisa nos visitasse. Embora eu sentisse falta da sua presença, cedi à insistência de Adrian. Foi bom reescrever a história daquela casa.

Lisa facilitou para mim e parou de vir. Ela deve ter percebido a minha hesitação sempre que ela dizia que teria o fim de semana livre, que a temporada de esqui em Tahoe havia começado outra vez ou que o clima estava perfeito para fazer trilhas à beira do lago.

Uns dois meses depois da festa dos Bernard, fomos convidados para uma festa na casa de um produtor relativamente desconhecido. Desta vez, Steve e Miki estavam lá. Ao entrar no elegante quintal, hesitei quando cruzei olhares com Steve. O lugar estava encantador, iluminado com lâmpadas de luz branca quente penduradas em cordas que ziguezagueavam entre as palmeiras, mas eu só tinha olhos para o meu ex. Eu e Adrian estávamos de braços dados. Dava para senti-lo ficando tenso a meu lado.

Quanto a Mikela, ela estava grudada em Steve como uma hera que se agarra como parasita ao provedor. Ela usava um top halter de lantejoulas, em malha prateada transparente, deixando muito pouco para a imaginação. A sua coxa surgia por uma fenda alta, e ela fazia questão de que isso acontecesse, mantendo a perna esquerda um pouco flexionada e para o lado. Surtiu efeito. Poucos homens, tirando o meu Adrian, tinham olhos para outra mulher, além dela.

Eu queria ir embora o quanto antes, ainda que eu e Adrian tivéssemos conversado bastante a respeito de como lidaríamos com uma possível interação com Steve. Sabíamos que isso acabaria acontecendo; todos nós trabalhávamos na mesma indústria. O cinema é um mundinho, mais parecido com uma comunidade fechada e viciosa, cheia de fofocas, pecados e artimanhas políticas.

Impaciente, puxei o braço de Adrian e olhei para ele com um olhar suplicante.

— De jeito nenhum — ele sussurrou, com a voz firme, apesar do sorriso encantador. — Não há motivo para a gente ir embora quando Steve Wellington dá as caras. Não se você quiser voltar a trabalhar nesta cidade.

Adrian tinha razão. Ficamos, mas a noite pareceu não ter fim, enquanto as pessoas gravitavam em torno de Steve e Miki do jeito que costumavam fazer a nosso redor quando estávamos casados.

De vez em quando, Miki lançava um olhar provocativo para Adrian, mas ele apenas a fuzilava com os olhos e, em seguida, desviava o olhar. E ambos os homens faziam o possível para manter pelo menos cinco metros de distância entre eles, o tempo todo.

Por um tempo, as coisas transcorreram de maneira tranquila e manejável, e eu comecei a relaxar um pouco. Saboreamos deliciosos petiscos e tomamos champanhe o suficiente para sentir uma leve euforia. Com Adrian a meu lado, socializar se tornou uma tarefa mais fácil. A sua beleza e personalidade carismática atraíam atenção e interesse. Após um bom tempo interagindo com os demais convidados, decidimos nos divertir um pouco por conta própria.

Não durou muito.

Eu e Adrian estávamos dançando ao som da incrível coleção de rock romântico do anfitrião, perdidos um no outro, quando a voz de Miki chegou a meus ouvidos.

— ... acho que ela não chega muito longe como atriz — ela dizia. — Todo o valor dela expirou quando deixou a cama do Steve. — Uma gargalhada implacável se seguiu, mas eu não conseguia ver quem estava lá, pois estava de costas para ela.

Lembro de desejar que a terra se abrisse e me engolisse ali mesmo.

Adrian parou de dançar e ficou petrificado, com os músculos tensos e os olhos brilhando de raiva. Ele avançou na direção de Steve, enquanto eu puxava o seu braço em vão, tentando segurá-lo.

— Você concorda com o que ela falou, Steve? — ele perguntou com educação.

Prendi a respiração, sabendo que a calma aparente de Adrian era mais fina e frágil do que um floco de neve caindo em um dia de verão.

Steve olhou para mim, parecendo um pouco constrangido. Ele parecia embriagado, algo bastante raro no homem controlado e disciplinado que eu conhecia. O seu rosto estava vermelho e os seus olhos um pouco vidrados. Meio zonzo, ele se virou para Adrian, deu um tapinha no braço dele e sorriu.

— Não foi por mal. Tá bom, parceiro?

Adrian não se mexeu; apenas lançou um olhar furioso para a mão de Steve em seu braço, até que Steve a retirou, dando um passo vacilante para trás.

— Você concorda com ela, Steve? Sim ou não já é o suficiente.

O grupo de convidados a nosso redor havia parado de conversar e se reunido em um círculo fechado. Ao fundo, o volume da música tinha sido abaixado. Voltei a puxar o braço de Adrian, segurando-o com as duas mãos, mas ele nem sequer olhou para mim. Adrian fuzilava Steve com os olhos; os dois homens envolvidos num duelo silencioso e imóvel de vontades. Miki estava com o olhar fixo em Steve, com os lábios cobertos de gloss cerrados, batendo nervosamente o salto de dez centímetros no pavimento de granito, como se esperasse que ele fizesse ou dissesse alguma coisa para agradá-la. Para ficar do lado dela.

— Não — Steve disse por fim, com a sua voz de barítono fria e intimidadora. — Eu não concordo.

Adrian concordou com a cabeça, e por um momento, achei que a crise tivesse acabado. Eu estava enganada.

— Bem, então, sugiro que você faça a sua vadia se calar.

Houve um breve momento de silêncio atônito e, em seguida, o grupo ao redor soltou um suspiro coletivo, com a voz de Miki mais alta que a de todas as outras pessoas.

Steve desferiu um soco na direção do queixo de Adrian, mas ele se desviou com agilidade, e o soco se perdeu no vazio. Uma segunda tentativa de Steve, mirando mais uma vez o queixo, também foi em vão.

— Seu filho da puta — Steve balbuciou, com o rosto avermelhado e manchado, lançando um olhar ameaçador para Adrian.

— Adrian, por favor — sussurrei, sabendo que não demoraria muito para ele revidar e derrubar Steve com um único golpe. — Não vale a pena.

Adrian desdenhou com um sorriso torto e cínico ao se esquivar de um terceiro golpe. Dois convidados se aproximaram para conter Steve, que parecia todo descontrolado. Espumando de raiva, ele estava com o rosto desfigurado e os cabelos bagunçados. Eu nunca o tinha visto assim.

Adrian ergueu as mãos num gesto pacificador.

— Não tem necessidade de sangue aqui hoje, mas seria bom um pedido de desculpas.

— É mesmo? Não vai rolar, babaca — Miki gritou, pulando em cima de Adrian e tentando arranhar o seu rosto. Alguém também a segurou, enquanto nós nos afastávamos lentamente, deixando o tumulto incômodo para trás com o máximo de dignidade possível.

Adrian pediu desculpas para o nosso anfitrião, que pareceu bastante desconfortável a princípio e não sabia o que dizer, mas acabou apertando a mão dele. Eles até se abraçaram de lado, do jeito que os homens fazem, e se deram tapinhas nas costas, enquanto eu esperava, sentindo dezenas de olhares impiedosos sobre mim.

Eu sabia que essa fofoca sórdida seria o assunto de todos até amanhã. Mas isso não me fez ter uma opinião pior de Adrian. Pelo contrário, ele tinha me defendido e, ainda que eu não sentisse a necessidade de ser defendida por nenhum homem, me senti amada e estimada. Protegida.

TALVEZ ADRIAN TIVESSE PERCEBIDO ALGO SOBRE STEVE DESDE AQUELE dia. Talvez ele tivesse visto quem ele poderia ser, muito antes de eu ter a chance de notar. A violência nele, quando a raiva alimentava a sua fúria interior e fazia o seu sangue ferver. Era nova para mim.

Será que foi Steve quem me atacou? Sim, com toda a certeza. Eu *sei* que foi ele quem me colocou nesta cama e destruiu a minha vida com um único golpe rápido e cheio de raiva. Parece certo, mesmo que, na minha memória, o rosto do atacante ainda esteja escondido.

A minha sensação de segurança desapareceu, sabendo que agora estou em casa, e que, nesta casa, Steve pode entrar e sair quando quiser. Eu não posso fazer nada para me defender. O pessoal médico não está por perto, nem segurança, tampouco a triagem na entrada. Estou tão vulnerável quanto estava na noite em que fui atacada; ainda mais do que antes, porque agora não posso fugir. Se Steve quiser me matar, ele será capaz, e não o verei chegando.

Quem dera que Adrian estivesse aqui, a meu lado, pronto para nocauteá-lo com um soco, como ele quase fez naquele noite. Adrian costumava ser o meu cavaleiro de armadura reluzente, e eu, a sua donzela, mas não em apuros. De alguma forma, esse conto de fadas se desfez, com o motivo ainda perdido na névoa persistente da minha memória fraturada.

Bem, agora estou em apuros, mas o meu cavaleiro não está aqui.

Lembro-me de como Adrian estava chamando o meu nome naquele sonho, o senso de urgência em sua voz, o desespero. Como se eu estivesse prestes a despencar de um penhasco, e ele estivesse muito longe para me salvar.

Ele está muito longe agora. Desapareceu da minha vida. Segundo Lisa, nós nos separamos há meses.

E ninguém vai acreditar em mim a respeito de Steve. Não depois que o doutor Sokolowski colocou um diagnóstico de psicose no meu prontuário.

CAPÍTULO 30

Apesar de todos os medicamentos me deixarem sonolenta, não consigo dormir. Sinto muito medo de adormecer profundamente. Fico apenas cochilando, e logo acordo assustada. Então, presto bastante atenção, e se o silêncio é absoluto, exceto pelos bipes irritantes do monitor cardíaco, volto a cochilar.

Por um minuto ou dois.

Agora o silêncio não é absoluto. Vozes, a princípio irreconhecíveis, estão se aproximando e, pouco depois, dá para entender o que estão dizendo. E quem está dizendo.

A voz rouca e agradável pertence a Jasmine. A grave é de Steve. E a estridente e amigável de mentira é de Mikela.

— Pode ficar tranquilo, senhor — Jasmine está dizendo. — Vou te avisar assim que acontecer.

— Você é incrível, senhora Jasmine — Steve ronrona. Aposto que agora ele está olhando nos olhos dela, fazendo-a corar, que canalha manipulador. — Sou imensamente grato a você por todo o seu trabalho duro cuidando da nossa pobre Emma. O que eu faria sem você?

Lisonjeada, Jasmine ri baixinho.

— Vamos torcer para que não precisemos chegar a esse ponto, não é?

Ouço a porta do quarto se abrindo.

— Pronto — Jasmine diz.

Ela os deixa entrar.

Foi ela o tempo todo.

Agora dá para ver. Jasmine é a única enfermeira que esteve comigo todos os dias. Com certeza Steve fez com que valesse a pena para ela fazer muitas horas extras para me vigiar e facilitar as coisas para ele. Ela sabe que não tenho ninguém para cuidar de mim, porque eu falei para ela. Com certeza ela foi correndo até ele e contou tudo para ganhar uma recompensa. Por quanto será que ela me vendeu.

— Vou deixar você se encarregar disso, senhor Wellington, mas estou logo ali fora se precisar de mim — a traidora diz, antes de fechar a porta.

Estremeço, ouvindo Steve e Mikela se aproximando, sabendo o que eles querem.

Vão para o inferno, os dois. Se restar algum pingo de esperança de eu vencer essa batalha, eu vou vencer, digo a mim mesma e aguardo. Fico calada, só esperando o querido Steve mostrar as suas cartas.

Quando ele faz isso, a sua voz transparece uma fúria extremada.

— Sei que você não está dormindo, Emma. Então, por que não paramos com esse teatrinho?

Filho da puta.

— Eu abriria os olhos para você, para mostrar que estou acordada, mas receio que isso não seja possível. Perdão — digo com um sarcasmo pesado e implacável.

Miki ri com desdém ao fundo, mais longe da cama, perto de alguma janela.

— Inacreditável — ela murmura.

Steve se aproxima com passos firmes e se detém de maneira incômoda perto da minha cama. Sinto o seu hálito no meu rosto, distante, mas perto o bastante para notar. A cabeceira da minha cama está elevada, e eu estou apoiada sobre alguns travesseiros, mas ainda assim me sinto pequena e impotente, com um homem pairando sobre mim desse jeito.

Steve respira fundo. Sei que ele está furioso.

— A visita de Perry Sheldon foi a sua oportunidade de fazer isso com um mínimo de civilidade, Emma. A única chance que você vai ter. Você é ingrata e egoísta, e está se recusando a pegar a única mão amiga que alguém está estendendo a você neste momento. — Ele se mexe no mesmo lugar, quase batendo os pés contra o chão. — Sei que você não tem mais opções, a não ser que queira ir morar com a sua mãe doente, lá em Lubbock.

Maldito seja por mencioná-la. Se ele contar alguma coisa para ela, se ele ligar e importuná-la, eu vou matá-lo.

Eu me recomponho, pensando no monitor estúpido a meu lado que entrega de bandeja o meu estado emocional ao inimigo.

— Esta não é mais a sua casa, Steve. Aceite isso e pare de invadir a minha privacidade.

— Isso é ridículo, Emma! Eu não estou invadindo a sua privacidade. Estou oferecendo uma saída dessa enrascada em que você se meteu. Você não é capaz de se virar sozinha. Não consegue se alimentar, não consegue fazer nada sem ajuda. A sua recuperação pode demorar...

— Essa nunca mais vai ser a sua casa, enquanto eu viver. Entendeu, Steve? Eu preferiria colocar fogo nela comigo dentro.

— Bem, que bom que você nem consegue acender um fósforo, não é? — Mikela intervém, andando depressa pelo quarto com os seus saltos agulha estalando alto.

— Miki — Steve diz baixinho. — Já chega.

— Como quiser — ela dispara, passando a caminhar devagar. Ela deve estar inspecionando as suas unhas e talvez mascando chiclete.

— Por favor, Emma, seja razoável. — Steve pega a minha mão. Tento soltá-la, e ele acaba largando. — Ainda gosto muito de você. Ninguém vai tirar a sua casa, prometo. Mas o que mais poderíamos fazer? Transferir você com todas essas coisas para Los Angeles? O seu pessoal está aqui; enfermeiras, médicos, todos que têm cuidado de você desde que isso aconteceu.

Por uma fração de segundo, eu acredito nele. Esqueço o que ele fez, e só me lembro do quanto ele já significou para mim. Do quanto eu costumava confiar nele. Então, a raiva cresce em mim como uma onda.

— Nada *aconteceu*, Steve. *Você* me colocou aqui, nesta maldita cama. Você...

Steve dá um passo para trás, de maneira tão abrupta que o ar ao redor dele se movimenta.

— Você está louca, Emma?

— Você já tentou me matar uma vez, seu filho da puta. Só fico me perguntando quando você vai tentar de novo. Mas mesmo assim, a casa não vai ser sua. Eu já falei com algumas pessoas sobre isso. — Ao pronunciar essas palavras, atino que preciso fazer isso. Fazer algum tipo de testamento.

Mikela solta um palavrão baixinho.

— Ela é doida de pedra, Steve. Vamos embora. Eu tenho uma sessão de limpeza de pele às duas da tarde no Zalanta.

Steve a ignora.

— Com quem você falou, Emma? Você sabe que isso não está certo. Eu nunca te machucaria. Fomos casados durante anos, e eu nunca levantei um dedo contra você. Como pode acreditar nisso?

— Eu *sei* que foi você, Steve. — Minha voz vai enfraquecendo. Estou exausta e sonolenta. Não consigo continuar com isso tanto tempo quanto ele. Não tenho força suficiente. — Eu me lembro muito bem. — A mentira sai sem qualquer esforço. Mentir ficou fácil para mim. É a única arma que me resta.

Ele dá um tapa em algo e eu me sobressalto. Deve ter sido na própria testa, no seu gesto característico de frustração. Um de que me lembro bem.

— Achei que a gente podia conversar, mas você tem uma lesão cerebral traumática, então é lógico que esteja confusa.

Não consigo pensar em nada para dizer. Como sempre, Steve distorce as coisas com o mesmo brilhantismo que tem como diretor de cinema, sabendo como posicionar a câmera para mostrar uma imagem bem diferente.

— Sinceramente, quanto mais desequilibrada você se apresentar diante do juiz, mais fácil será conseguir a tutela.

Solto um suspiro abafado. Steve é implacável. Ele leva crédito por isso.

Achei que estava conseguindo algo, mas ele é determinado e habilidoso demais. Algumas das coisas que eu mais gostava nele são as que estão me machucando agora.

— Encare — Steve diz, começando a andar de um lado para o outro ao lado da cama, devagar e metodicamente, deve estar pensando e planejando os próximos passos. — Não há nada que você possa fazer para evitar isso. Você vai me agradecer depois, quando se restabelecer, e ainda tiver um lugar para morar e uma carreira que poderá retomar de onde parou. — Ele faz uma pausa, enquanto os meus pensamentos estão a todo vapor, desesperados para encontrar uma saída da armadilha que ele colocou diante de mim.

— Vou me virar, Steve. Por favor, não se preocupe comigo. As suas obrigações em relação a mim acabaram no dia em que você assinou os papéis do divórcio. Era melhor você ter ficado longe.

— Não tem mais ninguém para cuidar de você, Emma. Será que não entende? Você vai ficar sem dinheiro. E aí? Vai viver de royalties? — ele zomba. Aposto que também fez um gesto de mão desdenhoso, como sempre fazia para realçar o seu desdém. — Quanto você ganhou no ano passado? Dez mil, se tanto? — Ele para de zanzar perto da cama. Ele está perto o suficiente para eu sentir o cheiro da sua loção pós-barba, misturada com vestígios do perfume floral enjoativo de Miki.

— Vou ficar bem. Eu gostaria que você fosse embora agora. Você tentou me matar, Steve. Me perdoe por não querer a sua companhia.

— Caramba, Emma! Você vai acabar na rua e eu vou comprar a casa a sua revelia! Na execução da hipoteca, por um preço bem em conta. Você não vai ver um único centavo disso.

Por um tempo, só sinto o sangue subir à cabeça, até que ouço os saltos de Miki se aproximarem do pé da minha cama. O plástico bate no plástico e, em seguida, alguns papéis são folheados.

A vadia está lendo o meu prontuário.

Ela cai na gargalhada.

— Pare de perder o seu tempo, meu bem. Aqui diz que são alucinações e psicose pós-traumática. Falei que ela deveria estar no hospício. Ninguém vai acreditar em porra nenhuma.

— Eu sei muito bem o que lembro — digo, com a maior força possível. — Larga do meu pé e cai fora da minha casa.

A porta se abre, e a voz do doutor Sokolowski se sobrepõe à risada contínua de Miki.

— Por favor, só uma palavrinha, senhor Wellington.

Steve sai do quarto e fecha a porta. Por mais que eu tente, não consigo ouvir nada do que está sendo dito do lado de fora; apenas murmúrios carregados de tensão.

— Você não faz ideia de como foi fácil tomar o seu lugar — Miki diz, com o hálito com sabor de menta alcançando o meu rosto. Em seguida, as suas unhas postiças deslizam pelo meu rosto, de leve, mas estou gritando por dentro. Eu não quero que ela toque em mim. Não posso fazer nada a respeito. — O coitado do Steve estava morrendo de vontade de ter um sexo decente, sabia? Ele não estava recebendo nada disso de você, estava?

A ponta de uma longa unha de plástico puxa o canto da minha boca. Eu fico ali, aguentando, incapaz de me mover. O máximo que consigo fazer é virar um pouco a cabeça, mas não o suficiente para escapar dela.

Agora, o hálito dela está tocando a minha orelha, eriçando a pele do meu pescoço e levantando os meus pelos.

— Mas eu *quero* a casa, sabe? Não se iluda. Eu farei qualquer coisa por ela. — As suas palavras, quase um sussurro, me provocam calafrios. — Você já perdeu, mas ainda não sabe disso. Você vai morrer nessa cama aí.

A ponta das unhas dela traça uma linha pelo meu pescoço, como se ela o estivesse cortando. Deixo escapar um gemido e me odeio por isso.

Eu me recomponho, enfrentando a onda de pânico que esvazia a minha mente.

— O jogo ainda não acabou — respondo com frieza. — Foi Steve quem tentou me matar naquela noite? Ou foi você? Estou vendo que vocês têm muitos motivos. — Ela se afasta como se a minha pele estivesse queimando os seus dedos. — Psicótica ou não, a polícia adora detalhes sobre meios, motivo e oportunidade. — Prendo a respiração por um momento, tentando descobrir onde ela está. Miki está bufando de raiva a cerca de um metro de distância. — Se eu fosse você, me dedicaria a conseguir um bom álibi.

Ela estremece, justo quando a porta se abre, e a voz de Steve chega até nós.

— Isso ainda não acabou, ouviu? — ele berra. — Eu vou descobrir o que aconteceu. Que tipo de médico você é? Qual é a sua especialidade?

— O tipo que não vai hesitar em chamar a polícia se eu suspeitar de abuso. Volte a encostar um dedo em Emma Duncan, e você vai pagar caro por isso.

Steve entra no quarto, furioso. Eu fico tremendo por um instante, achando que ele está vindo para cima de mim. Porém, ele parece ir até Mikela e sai com ela com pressa, provavelmente segurando o braço dela com força, arrastando-a para fora, porque ela não parece muito feliz a respeito disso.

Os passos deles vão ficando distantes e, então, a enorme porta da frente bate com força. Será que a rachadura que Steve deixou no canto superior da parede aumentou?

Por um instante, presto atenção, esperando que o doutor Sokolowski ainda não tenha ido embora, mas ele se foi. Não sei para onde, e não sei quando ele vai voltar.

As lágrimas começam a encharcar a bandagem em torno da minha cabeça. Sinto saudade do Adrian. Ele sabia como cuidar de mim, como me fazer sentir segura. Queria que ele estivesse aqui.

Adrian, meu amor, cadê você?

CAPÍTULO 31

O CHEIRO DE FRANGO FRITO SE ESPALHA PELO AR, FAZENDO O MEU ES-tômago roncar. Por alguns instantes, acho que esse cheiro pode ser uma memó-ria, despertada ao reviver as ocasiões em que eu e Adrian costumávamos voltar para casa nos longos fins de semana de inverno. Na época, eu tinha o hábito de fazer frango frito, usando a receita da minha mãe para a crosta crocante e temperada com ervas, e servi-lo com purê de batatas amanteigado.

O som de louça batendo ao longe se mistura com o cheiro cada vez mais forte. Ouço o bipe do micro-ondas e, em seguida, pratos sendo colocados na bancada de granito. Minutos depois, Jasmine entra, gemendo baixinho.

Bem, é claro, fazer tantas horas extras deve ser exaustivo.

— Está com fome, Emma? — Jasmine pergunta, animada. — Tenho uma surpresa para você, para comemorar o seu retorno para casa.

Não compartilho o humor dela; estou desconfiada, agora que sei para quem ela me vendeu. Considero perguntar sem rodeios se ela está trabalhando para Steve, se ele a subornou, e o que o dinheiro dele realmente comprou. Mas qual seria o propósito disso? Ela negaria, juraria que não é verdade, e ficaria brava comigo por ter descoberto. Enquanto estou à mercê dela.

O dinheiro que Steve pode se dar ao luxo de gastar com Jasmine a torna perigosa. Tenho medo de comer o frango que estava desejando, com o cheiro de dar água na boca ficando mais forte conforme ela se aproxima da cama com a bandeja.

— Você sempre foi a minha enfermeira? Desde o dia em que fui interna-da? — pergunto, lutando para resistir à vontade de consumir comida normal. Já comi comida de hospital suficiente para a vida toda.

— Sim, querida, aham. — Ela geme de novo ao se sentar na beirada da cama. Vou afastando a minha mão dela, aos poucos, hesitante, mas consigo fazer isso. — Bem, olha só — ela diz. — Você está melhorando muito. Acho que você já pode comer esse frango sozinha.

— Ainda não.

— Ah, daqui a uma semana, mais ou menos, você vai conseguir. Me deixe dar uma olhada rapidinho no seu adesivo, está bem? — Ela arregaça a minha manga e expõe a parte superior do braço. — Às vezes, ele fica frouxo.

Acompanho os movimentos de Jasmine, com os sentidos concentrados no que ela está fazendo. Ela examina as bordas do adesivo com os dedos, mas não faz nada além de testar os cantos para ver se estão grudados na pele, puxando com cuidado. Em seguida, abaixa a minha manga com um suspiro de satisfação.

— Estava um pouco solto, mas agora está tudo bem.

— Obrigada. E a Isabella? Ela foi a minha enfermeira?

— Eu não a conheço. Mas eu não trabalho 24 horas por dia, sete dias por semana, sabia? Só algumas horas de cada vez. Com certeza havia outras enfermeiras. Se ela era temporária, por meio de uma agência, ela vinha e ia embora, conforme os turnos ficavam disponíveis.

— Havia mais alguém cuidando de mim, quando você não estava?

— Com certeza havia outras enfermeiras, querida. Eu costumo trabalhar no turno da noite, mas você fazia três refeições por dia, não é? A medicação precisa ser checada, os sinais vitais, monitorados e documentados no seu prontuário, o posicionamento, a higiene, tudo isso faz parte do trabalho de uma enfermeira.

— Um utensílio metálico faz barulho ao bater no prato. Não é mais plástico, como costumava ser. É um talher de verdade e um prato de porcelana. — Vamos segurar o garfo juntas, está bem? Cortei o frango em pedacinhos. Vai ser fácil.

Viro um pouco a cabeça para o lado, me perguntando se posso confiar nela o suficiente para comer da sua mão. Há um tempo, tenho feito isso, e nunca aconteceu nada comigo.

— Por que eu não podia comer comida normal até hoje?

— Ordens do médico. Sem dúvida, ele achava muito arriscado. A gente precisava garantir que não houvesse problemas com a deglutição, ou seja, com a sua capacidade de engolir. A medicação ou a lesão cerebral poderia fazer você engasgar. Estávamos apenas sendo cautelosos, só isso. Pronta?

Com relutância, deixo Jasmine segurar os meus dedos no garfo. O contato com a sua mão, ainda que através da luva de nitrilo, provoca arrepios em mim. Eu não quero que ela me toque, ou que fique no mesmo quarto que eu. Será que ela andou contando tudo para Steve? O que eu como, os meus medicamentos, o que eu discuto com o doutor Sokolowski? Ou apenas o fato de que ninguém vai lutar ao meu lado nesta batalha sombria pela sobrevivência?

O frango está delicioso. Tem um sabor maravilhoso, e não me mata na primeira mordida. Na verdade, eu não esperava que isso acontecesse, mas a ideia passou pela minha cabeça. A receita não é igual à da minha mãe, com menos ervas e um gosto mais de restaurante, mas a carne está suculenta, e eu aproveito para cravar os meus dentes nela. Percebo o quanto estou faminta, e aceito mais alguns pedaços.

A campainha toca quando estou terminando de comer. Jasmine se levanta e leva a bandeja consigo, mas não antes de passar um lenço úmido na minha boca e me oferecer um canudo para tomar água.

Por um momento, volto a ficar sozinha, me perguntando quem está à porta, com receio de que seja Steve novamente, ou o advogado dele. No entanto, me sinto um pouco mais forte, após a minha primeira refeição de verdade desde que outras pessoas começaram a me alimentar. Quando um gaio pia lá fora, um sorriso surge nos meus lábios. Há gaios-azuis no meu quintal. Lembro-me disso. Quem me dera poder vê-los, voando rápido de um álamo para o outro, enchendo o meu coração de alegria.

— Oi, preguiçosa, o que você está fazendo aí? — A voz de Lisa enche o quarto de alegria, e eu sorrio, respirando aliviada.

— Oi, Lil. — Lembro como nos separamos da última vez, quando as minhas acusações infundadas a fizerem ir embora chorando, e isso me enche de vergonha. — Desculpa pelo que eu disse...

— Relaxa. Se eu desperdiçasse espaço no cérebro para me lembrar de cada besteira que você disse, não sobraria muito espaço para decorar as falas, né? — Ela me dá um beijo rápido no rosto. Lisa cheira a ar fresco de montanha, a inverno, e ao mundo dos que estão vivos e livres.

— Você é uma amiga verdadeira, como sempre.

— Não tão verdadeira quanto você, Em.

Pelo tom de voz de Lisa, me dou conta de que ela está morrendo de vontade de me contar algo. Finjo que não percebo; um jogo antigo que costumávamos jogar.

— Não sei do que você está falando.

— Denise aceitou ser a minha agente. — Consigo ouvir ela dançando feliz ao lado da minha cama, rindo e girando como um dervixe com as mãos levantadas no ar. É fácil imaginar essa cena, porque já a vi várias vezes, pelo menos uma vez para cada teste bem-sucedido.

— Ah, parabéns! — Uma pontada de dor ofusca a alegria que sinto pela conquista da minha amiga. Lembro-me de ter sido completamente irracional em relação a ela, com medo dela, achando que Lisa estava envolvida de alguma forma no meu ataque. Agora sei que não é verdade; os verdadeiros vilões estavam bem aqui. Mas ainda há um vestígio de tristeza que sinto ao pensar nas oportunidades que foram tiradas de mim, e a presença de Lisa me lembra disso, profundamente. Ela colheu os benefícios, mesmo que isso não a converta na vilã. Ainda estou lamentando a perda da minha vida como ela costumava ser.

Lisa para de girar e cai na cama, fazendo-a balançar.

— Ah, droga, eu não te machuquei, machuquei?

— Não, relaxa.

— Caramba! — Lisa ofega um pouco e, em seguida, recupera o fôlego. — Ainda não contei a melhor parte para você. — Ela faz uma pausa breve, mas eu fico em silêncio. — Denise já conseguiu um novo contrato para mim. Como protagonista. Num drama romântico de orçamento médio.

— Nossa — sussurro. — Você vai arrasar.

Há um silêncio breve e carregado.

— A gente ainda precisa ver como vai ser. Tem uma complicação.

— O que houve? — Tomara que não seja sobre Lisa não gostar dos figurinos, ou que o seu parceiro de cena seja feio, ou que a barba dele vá arranhar a pele delicada dela quando eles se beijarem. Eu adoraria ter esses problemas de novo.

— Steve é o diretor. Começamos a filmar no começo do ano que vem.

A notícia me impacta com força, semeando mais dúvida em mim. Será que ele comprou Lisa com o papel? O que exatamente ele comprou?

— Vai ser estranho trabalhar com ele — ela diz, pegando a minha mão. É o gesto que todos fazem, não importa que tipo de relacionamento têm comigo. Desta vez, eu correspondo. Consigo apertar os dedos dela só um pouco. Não dá mais a impressão de que está acontecendo com outra pessoa; parece quase normal. — Ei, você está melhorando!

— Devagar. — Deixo escapar um suspiro profundo. — E o que mais tem de novo? — Não consigo pensar em mais nada, sem arriscar outra acusação que não posso provar.

— Ah, está tudo ótimo. Não consigo dizer o quanto é uma bênção me livrar do velho Lyle. Eu não aguentava mais ele. Lyle é um velho de mente suja, libidinoso, que deve estar tomando Viagra como se fosse bala de menta. Ele vive transando com alguma garota jovem e bonita que acha que ele é o passaporte dela para a calçada da fama de Hollywood. Mas não passa de um enganador. Que bom que o meu contrato com ele acabou. Você devia ter visto a cara dele quando eu disse que não ia renovar. Ele ficou de queixo caído. E Lyle não está ganhando um centavo com o meu trabalho atual, o que deveria ser o seu. Ele não me arrumou esse teste. Então, tchau, Lyle. — Lisa estala a língua com desdém.

Em geral, gosto de ouvir a conversa de Lisa, mas a minha mente se perdeu assim que ela mencionou o nome de Lyle Crespin. Ele era o agente de Adrian. Lyle estava lá no dia em que nos conhecemos, gritando com ele, insistindo para que ele assinasse alguns papéis. A memória continua nebulosa, apenas pedaços dela estão lá para serem encontrados, em uma das gavetas mais escuras da minha mente.

Lembro que Adrian acabou assinando os papéis que Lyle empurrou em sua direção, mas havia algo mais. Algo que corrói as bordas desgastadas da minha mente, uma memória intrusiva obscurecida em parte, assim como a que tenho do dia em que fui ferida.

Eu tenho que lembrar. Se não por outro motivo, pelo menos para me livrar disso e me concentrar em coisas mais importantes, como, por exemplo, de que maneira vou sobreviver.

E daí que Adrian não quis assinar os papéis desse agente? É só uma lembrança boba e persistente... as canções que grudam são músicas chiclete, então acho que as memórias que grudam são pragas mentais.

— Em? Está prestando atenção? — Lisa pergunta. — Acho que é melhor eu ir embora. Você deve estar cansada.

— Não, não vá ainda. Preciso de um favor. — Mesmo que eu tenha dúvidas a respeito de ela trabalhar com Steve, preciso da ajuda dela.

— Pode falar.

— Você está vendo o meu celular em algum lugar?

— Sim, está bem aqui, na mesa de cabeceira.

— O meu médico me ajudou a descobrir algumas coisas pelas ligações e mensagens. Pelo menos, ele tentou. Eu esqueci de pedir para ele olhar as fotos.

— Claro, do que você precisa?

Engulo em seco. Estou prestes a confiar a minha vida a Lisa, e espero não estar cometendo um erro.

— Tem mais alguém aqui no quarto? — pergunto, baixinho.

— Não, só nós duas.

— E a porta está fechada?

— Está. Você está me deixando assustada. O que está rolando?

— Eu fui agredida aqui, na casa — respondo, mantendo a voz baixa. — Eu mesma devo ter deixado o meu agressor entrar, porque a porta estava trancada quando tentei fugir. Agora sei o motivo. Foi Steve.

— O quê? — Lisa se levanta da cama num pulo. — Do que você está falando?

— Naquela noite, Steve veio aqui para me matar. Mas ele não conseguiu, me deixou ali, achando que eu estava morta, com a cabeça rachada e rodeada por uma poça de sangue.

— Não... eu não posso acreditar, Em.

— Não conta para ninguém ainda. Me prometa.

— Eu prometo — Lisa responde, baixinho, com a voz cheia de dúvida acerca da minha sanidade. — O que você vai fazer?

— A polícia está investigando, mas talvez não seja rápida o suficiente. Ele pode vir atrás de mim antes de ser pego. — Engulo em seco. — Caso algo aconteça, Lil, agora você sabe. E vai poder contar para a polícia.

Um assobio de espanto me diz o que Lisa pensa sobre tudo o que acabei de dizer. Ela não deve acreditar em mim. Eu meio que acredito que ela vai contornar tudo com uma piada, como de costume.

— Amiga, isso vai deixar o meu novo projeto cinematográfico ainda mais interessante. Vai ser muito constrangedor se ele continuar sendo o diretor, sabendo o que sei agora. Ou quem sabe ele acabe preso. O que acontece com um filme quando o diretor é preso? Tomara que consigam um novo.

Pois é, quem sabe ele não acabe preso até lá. Esse pensamento me faz sorrir um pouquinho.

— Sobre o celular… quero ver se liguei para alguém naquela noite, convidando para passar em casa. Se havia alguma mensagem, o meu médico não encontrou nada. E eu esqueci de pedir para ele olhar as fotos. Eu tinha um perseguidor, lembra? A gente conversou sobre isso.

— Aham, sei sobre o seu perseguidor. Eu também vi ele. Acho que você não vira uma celebridade de Hollywood até conseguir um, não é?

Não consigo deixar de sorrir.

— Pois é. Estou achando que eu talvez tenha tirado uma foto dele com o celular. Lembro de estar perto da janela da sala, escondida atrás das cortinas, olhando para ele. Estava anoitecendo, e ele estava encostado no tronco de uma árvore. E eu estava com o celular na mão.

— Não precisa dizer mais nada. — Seus dedos correm pelo celular. — Sim, tem uma foto dele, tirada umas três semanas atrás, mas está bem granulada. Estou ampliando a foto, mas não consigo distinguir o rosto dele. Pode ser que a polícia consiga.

— É só isso? Só essa foto?

— É. Foi mal. — Ouço o som do bloqueio da tela do celular. Depois, o aparelho é colocado na mesa de cabeceira com um leve ruído.

— Vamos tentar outra coisa. Acho que posso identificar onde começa a minha amnésia usando as fotos. Quero saber quanto tempo ainda estou perdendo. Me fale das fotos que você vê, e eu interrompo quando me lembrar de ter tirado. Comece pelas mais recentes e vai retrocedendo.

— Igual a uma viagem no tempo. Hum… é uma ideia interessante. — Lisa toca mais uma vez na tela. — *Selfies* de você e do Bryan, umas sete fotos. Lembra de ter tirado alguma *selfie* com ele?

— Não consigo me lembrar de quase nada do Bryan — respondo e dou um suspiro profundo. — O que mais?

— Nós duas nas pistas de esqui em outubro. Passamos juntas um fim de semana. Assamos marshmallows na lareira e tomamos tequila. Lembra?

— Não.

— O perseguidor que mencionei, e antes disso, nós duas e o Bryan juntos no jantar do seu aniversário. Você fez trinta anos, caso não se lembre. Foram muitas velinhas.

Em 19 de setembro. Aperto os lábios. *Eu estava feliz?* Não reúno coragem para fazer a pergunta em voz alta.

— Próxima, por favor.

Como consigo me lembrar de ter tirado a foto do perseguidor três semanas atrás, mas não me recordo do meu aniversário, que foi há mais de dois meses?

— Adrian e o carro dele na entrada da sua garagem. Ele está com rosas na mão.

Tomara que você ainda goste de rosas, meu amor. A memória ressoa com clareza na minha mente, mas esse momento não aconteceu na entrada da minha garagem.

— Próxima.

— Muitas fotos de você e do Adrian em Las Vegas, umas 45.

Lágrimas brotam nos meus olhos.

— Não. — Toda a vida que estou perdendo. É de partir o coração.

— Algumas fotos aleatórias de sets de filmagem, uma lista de compras escrita à mão por você, um outdoor na estrada com um anúncio de clareamento dental. Você não precisa disso. Depois, você e Adrian em Cancún. Soa familiar?

Lembro de ter ido para Cancún com Steve. O nascer da lua sobre o mar, o céu rosado na foto da minha mãe de mim e de Steve.

— Não. Não tem nada da gente, tirando nas pistas de esqui? A gente não saía?

— Enquanto você e o Adrian estavam namorando, você deu uma sumida para os meros mortais. Você se limitava a ir a testes, filmagens e saídas com ele. E nada mais. Achei que tivesse perdido você. O relacionamento com o Adrian te absorveu por inteiro, amiga. Eu fiquei preocupada, mas você estava tão feliz que fiquei feliz por você, esperando pacientemente o fim da lua de mel para a gente voltar a se encontrar.

— Eu... desculpa — sussurro, lembrando o quanto eu sentia saudade de Lisa. As nossas agendas de produção também não coincidiam muito, mas poderíamos ter saído juntas em alguns fins de semana, e eu disse não. Só para ficar a sós com Adrian. Eu estava viciada.

— Com o Adrian no Texas. Você levou ele para conhecer a sua mãe?

Tento dar sentido para as minhas memórias esporádicas.

— Não, acho que não. A minha mãe ainda acha que sou casada com Steve.

— Você sabe que já acabou faz um tempo, né?

Deixo isso passar sem resposta. Ainda não consigo contar para a minha mãe.

— Deve ter sido no estúdio de gravação. A gente fez um programa de tevê juntos, acho.

— Pois é, fizeram mesmo! *Ecos do Amanhã*. Você ganhou um prêmio por isso. Me deixa ver... Isso, foi gravado no Texas. Acho que foi quando você e o Adrian começaram a namorar. Lembra disso?

— Acho que sim. Quando foi isso?

Lisa não responde de imediato. Eu gostaria de acreditar que ela está apenas conferindo a data nas fotos, mas acho que ela tem medo de me contar.

Os seus dedos encontram a minha mão.

— Quase um ano atrás.

Não consigo acreditar que estou perdendo tanto tempo.

— Entendi. Tudo bem, relaxa — digo às pressas. — Já estou começando a lembrar. Aí acho que não vai demorar muito. A memória vai voltar. Só lamento por a gente ter te afastado, eu e o Adrian. A gente não deveria ter parado de sair só porque eu estava...

— Você não teve escolha. Deu para entender depois. — Lisa solta a minha mão e abre uma garrafa de alguma coisa. A tampa estala e solta um chiado, como se fosse uma bebida com gás. — Aquele perseguidor estava em todo lugar, lembra? A polícia não fez muita coisa, nem mesmo quando ele entrou na sua propriedade. Vocês dois tinham medo de sair de casa, e eu não culpo vocês. — Ela toma um gole da bebida. Um cheiro discreto de Coca-Cola chega até mim, mas não presto atenção.

Foi por isso que nos isolamos sempre que podíamos? Por causa do maldito perseguidor?

— Quer um pouco? — Lisa pergunta.

— Quero, mas preciso de um canudo. Deve ter um por aqui em algum lugar.

— Sim, achei. — Ela traz o canudo até os meus lábios, vou tomando goles de Coca refrescante e só paro quando o canudo suga apenas ar. — É tudo o que eu tenho, mas posso trazer mais.

— Não... tudo bem. A minha enfermeira surtaria se soubesse que tomei cafeína e açúcar.

Por um tempo, o silêncio toma conta do quarto, enquanto a minha mente divaga e volta de mãos vazias. Nenhum novo detalhe de memória para me deleitar. As minhas perguntas continuam sem resposta.

— Por que o Adrian me deixou? — pergunto, com o tremor da minha voz me entregando. Tenho medo de descobrir.

— Você nunca me contou todos os detalhes. Vocês simplesmente terminaram e foi isso. Tenho certeza de que você vai lembrar. — Lisa fica de pé ao lado da cama, parecendo pronta para ir embora. — Por um tempo, depois do Adrian, achei que você simplesmente tivesse parado de viver, mas quando voltei da filmagem, você me disse que foi por causa do perseguidor. Ele foi na sua casa uma noite, e você sentiu muito medo dele.

Dane-se o perseguidor.

Será que Adrian me traiu? Tivemos uma briga? Isso é o que eu preciso lembrar.

— Está na minha hora, mas volto amanhã, prometo. — Lisa dá um beijo rápido no meu rosto. — Agora, falando sério, você tem mesmo certeza de que foi o Steve quem tentou te matar? Pode ter sido esse perseguidor, né? Ele estava no seu quintal, observando a sua casa, quando você tirou aquela foto. Isso é bem sinistro.

Sei que Steve tentou me matar e sei por que ele fez isso.

CAPÍTULO 32

Ontem à noite, depois que todos foram embora e a enfermeira do turno noturno cochilou, entrei escondido no quarto de Emma e fiquei com ela por um tempo. Penteei o seu cabelo, dei o mais leve dos beijos em seus lábios frios, tomando cuidado para não acordá-la, e falei o quanto ela significava para mim. Emma permaneceu imóvel, sem perceber que eu estava lá.

Quando estava prestes a sair pela minha rota de sempre pelos fundos, quase dei de cara com Jasmine. Ela estava indo embora, uns 45 minutos antes do fim do seu turno, achando que ninguém ficaria sabendo.

Oficialmente, ninguém ficou sabendo.

Eu tenho uns 30 minutos até a enfermeira do turno diurno chegar. Aproveito esse tempo para tomar um banho rápido e pegar alguma coisa para comer na geladeira. Em seguida, visito Emma mais uma vez, com os meus passos completamente silenciosos no piso de madeira, abafados pelas meias grossas de lã que peguei nas gavetas dela.

Prendo a respiração, mas Emma se mexe quando entro. Fico completamente imóvel, a alguns passos da cama dela, e observo os seus lábios pálidos, tremendo por causa de um sonho. Muito provavelmente, um pesadelo. Nada surpreendente depois do que vi e ouvi até agora... A ousadia daquela vadia ardilosa, a Mikela, de assediar Emma desse jeito! Por um instante, fecho os olhos e imagino como seria se eu a tivesse amarrado e vendado os seus olhos, enquanto vou cortando a sua pele lentamente. O que será que ela diria, então?

Mas esse não é o meu estilo. Cumpro as minhas obrigações depressa. Não perco tempo com elas.

Quando um carro para na entrada da garagem, me apresso a sair do quarto, fechando a porta com cuidado, e desapareço no exato momento em que a enfermeira destranca a porta da frente.

Sozinho mais uma vez, não consigo parar de pensar no que vi ontem. A visita de Lisa foi bastante perturbadora. O jeito como ela falou de mim. O jeito que as duas falaram, como se eu tivesse arruinado a vida de Emma.

O perseguidor. *Elas continuam me chamando assim, pode até ser verdade; do ponto de vista delas, é claro. Eu não me vejo como um perseguidor, mas como um homem apaixonado. Um protetor. Alguém em quem se deve confiar, e não temer.*

Sei que Emma tem medo de mim, e isso me deixa bem chateado. Ela vai entender, assim que se der conta do que eu fiz por ela. Assim que todas essas pessoas sumirem e a deixarem em paz.

Até lá, fico esperando. Não por muito tempo, porque não tenho muito tempo de sobra. Em algum momento, terei que enfrentar as consequências do que fiz.

Não estou falando de ir para a cadeia. A polícia de Los Angeles tem coisas mais importantes a fazer do que desperdiçar recursos com um perseguidor que, até onde ela sabe, nunca fez mal a ninguém. A polícia de Tahoe, com a temporada de esqui chegando, está atolada com mortes em acidentes de carro, agressões, lesões corporais, o estupro ocasional causado por embriaguez. Até assassinatos, lá nas pistas de esqui. Aconteceu no ano passado — juro que não fui eu. Prefiro desfiladeiros profundos cobertos de neve espessa, onde os corpos não são encontrados por um tempo. Ou nunca são encontrados.

Estou falando da Emma… isso sim.

Será que algum dia ela vai me perdoar?

CAPÍTULO 33

DEPOIS DE MUITO TEMPO, É A PRIMEIRA VEZ QUE NÃO ME SINTO SONO-lenta. Desde que Lisa foi embora, me sinto energizada, e a minha mente parece estar funcionando um pouco melhor. Porém, não tanto assim, porque leva um tempo para eu descobrir o motivo.

Deve ter sido o refrigerante que bebi.

Isso me faz pensar no que o açúcar e a cafeína poderiam fazer pela minha recuperação. Vou perguntar ao médico da próxima vez que vê-lo. Nunca ouvi falar de médicos prescrevendo estimulantes junto com sedativos e — talvez em breve, se o neuropsiquiatra me considerar delirante — antipsicóticos. Mas vale a pena fazer a pergunta.

A minha mente volta a divagar, desta vez decidindo se fixar naquele maldito perseguidor. O comentário de Lisa sobre ser uma celebridade em Hollywood me fez rir, mas a verdade é que eu teria ficado muito feliz de ter conseguido quitar o pagamento da casa antes de arranjar um perseguidor para mim. Me sinto muito sem grana para uma pessoa famosa, para alguém digna de ser perseguida.

Se a minha mae soubesse disso, ela ficaria horrorizada, e logo me culparia por causa daquela cena estúpida de *Amor de Verão*, em que mostro os seios por alguns segundos. Talvez seja por isso que os filmes americanos mostram cada vez menos nudez, porque as pessoas não são maduras o suficiente para lidar com isso como adultos responsáveis. Ao contrário de outras culturas, os americanos são obcecados por sexo; deve ser porque falar sobre isso seja um tabu, e ninguém educa os jovens de maneira apropriada. Sem culpa, vergonha ou estigma. Assim, alguns desses indivíduos nunca esquecem o que veem na tela. Acham que é de verdade, e não fictício, e se sentem motivados a agir. Decidem ignorar que não passa de um trabalho para nós. E, de vez em quando, o indiví-duo errado, com a combinação errada de características psicológicas, assiste ao filme errado, e pronto. Eu viro alvo de um perseguidor.

Tento visualizá-lo, lembrar um pouco mais sobre ele. Agora sei com certeza que esse homem esteve no centro da minha vida durante o último ano, talvez mais. Quem faria isso? Em vez de ficar obcecada pelo seu rosto, como fiz algumas vezes sem sucesso, estou procurando pensar na mente por trás da fixação.

Na certa ele tem uma fixação. Em novembro, Lake Tahoe é um lugar muito frio. Ficar no quintal de uma pessoa durante horas, na expectativa de conseguir vê-la passando pela janela da sala, exige muita resistência. O tronco daquele álamo pode ter protegido o perseguidor do vento gelado vindo das montanhas, mas ainda estava abaixo de zero lá fora. E ele usava apenas um moletom. Será que eu já o vi usando um casaco grosso? Eu não lembro.

Pode ser que ele esteja sofrendo de delírios, como me lembro vagamente de alguém ter me explicado, talvez um policial. Alguém que se apaixonou por mim sem nunca ter me conhecido, alguém que não é capaz de imaginar que eu não o ame tanto quanto ele me ama. É provável que ele não consiga lidar com a rejeição, e como conseguiria? Se as expectativas dele se baseiam nos delírios que o assombram, devaneios de encontros românticos com o objeto do seu desejo, ele nunca vai desaparecer. Isso se chama erotomania, se não estou enganada. Ou, quem sabe ele seja um narcisista que conheci e com quem não quis sair; alguém assim nunca perdoa ser rejeitado. Nos últimos anos, recusei alguns convites para jantar.

Dizem que quem procura, acha.

Parece que achei.

A memória daquela vez, no shopping center, volta a me assombrar. Ele chegou bem perto naquele dia, e ainda assim, só vi um homem de moletom cinza e óculos escuros. Lembro de ficar encarando, do outro lado do corredor. Naquele dia, o shopping estava movimentado, cheio de compradores de fim de ano. Ele chegou perto o suficiente para que eu contasse para um policial acerca disso. Ou será que foi um sonho que tive? Porque não há carrossel no shopping, e parece que lembro que havia um.

Por falar em delírios, o que diabos vou fazer se não consigo distinguir o que é real? E se eu for psicótica?

Esse pensamento me provoca arrepios, mas sei que não é verdade. Pois é, por algum motivo, as minhas memórias são confusas e pouco confiáveis; mas isso vai melhorar. Eu não estou tendo alucinações, sei disso. Há uma explicação para tudo, e eu vou encontrá-la.

FICO ME PERGUNTANDO O QUE O PERSEGUIDOR PENSOU QUANDO ME VIU com outro homem. Será que ele sentiu ciúme? Estou tentando me lembrar de uma vez que isso aconteceu, mas não consigo. Em vez disso, lembro de uma vez que ele me seguiu o tempo todo enquanto eu fazia as minhas tarefas num pequeno shopping perto do lago. Fui direto para casa e me joguei nos braços de Adrian, ofegante e apavorada. Ele me segurou firme e me consolou com um movimento de balanço até as minhas lágrimas secarem. Depois, ele chamou a polícia.

Não foi a primeira vez que falamos com a polícia sobre o perseguidor, mas dessa vez Adrian insistiu que eu fizesse um boletim de ocorrência. "Para obrigar os babacas preguiçosos a pararem de enrolar e irem investigar", ele disse. Os policiais não eram preguiçosos nem babacas; só não tinham muito em que se basear. Na verdade, dei uma descrição de alguém que poderia ser qualquer pessoa. Compleição mediana, nenhuma ideia sobre o cabelo por causa do capuz, olhos cobertos por óculos escuros grandes, barba de três dias pouco visível acima de um cachecol preto, talvez ele fosse branco, mas poderia ser hispânico. Ele era humano; disso, pelo menos, eu tinha certeza absoluta. Nada além disso. Não posso culpar os policiais por se entreolharem com descrença enquanto ouviam os nossos depoimentos. Eles nos aconselharam a ter cuidado, me incentivaram a manter distância, mas olhar com atenção para o rosto dele se voltasse a vê-lo num lugar público. Como eu deveria fazer isso? "Quem sabe tirar uma foto, se puder", disseram. "Isso seria útil."

Depois que os policiais foram embora, eu quis ir para o terraço dos fundos e me sentar perto da lareira, observando o brilho do luar no lago distante. Mas não cheguei muito longe, pois o temor se apossou de mim. E se o perseguidor estivesse lá fora, nos observando? Eu me virei e voltei para dentro, mas as janelas da sala, do chão ao teto, de que eu tanto gostava, agora me amedrontavam. A luz refletia nas janelas escuras, e eu não conseguia ver nada lá fora.

Mas o perseguidor poderia nos ver sem dificuldade se estivesse lá fora.

Adrian passou os braços em torno dos meus ombros enquanto me ouvia falar sobre os meus medos. Depois, ele me deu um beijo rápido e pôs as mãos na cintura.

— É só isso?

— O quê? Você não acha que é o suficiente? Perdemos a nossa privacidade, Adrian. Não temos mais nada.

— Vamos tirar isso de letra, querida — ele disse, animado, voltando a me abraçar. Eu adorava as suas expressões idiomáticas, as coisas que ele dizia e fazia para me levantar o astral quando eu mais precisava.

Não adiantou o quanto eu insistisse, Adrian não disse mais nada naquela noite.

No dia seguinte, quando voltei das compras do supermercado que tinha concordado com relutância em fazer sozinha, a casa estava cheia de pessoas.

Elas estavam instalando varões de cortina em todas as janelas e tinham coberto o sofá com amostras de tecido para eu escolher. Quando a lua começou a surgir, cortinas pesadas de cor marrom-avermelhada com listras bege-claro, as cores das madeiras de carvalho e pinho, cobriam cada centímetro dos vidros das nossas janelas.

A nossa casa era nossa de novo.

O nosso terraço era outra história.

— O quê? — Adrian reagiu, analisando um orçamento para uma cerca. Um sistema de segurança com sensores de movimento, câmeras de vigilância e refletores. — Você tá de brincadeira! Não vou desembolsar essa fortuna por uma cerca.

O empreiteiro foi embora logo depois de negociar o preço e não ter sucesso. Ele explicou que o terreno era grande e constituído, em grande parte, de rocha que tinha que ser escavada. Além disso, os postes precisavam ser fixados em concreto. E Adrian não queria cercar apenas uma parte do quintal. Ele queria cercar tudo. E isso custava caro.

— Vamos arrumar um cachorro — ele sugeriu, após a partida do empreiteiro. — Um daqueles pastores-alemães mal-encarados, que morreria para defender a gente. Que tal? Ele despedaçaria o perseguidor assim que ele colocasse os pés no quintal de novo.

Eu estava de volta aos braços de Adrian, me sentindo segura.

— Hum, não sei, não. Ficamos fora durante vários dias seguidos, às vezes semanas quanto estamos em locação. A gente teria que contratar um cuidador fixo para ele também. Um estranho, morando aqui…

— Tem razão. Bem, vamos pelo menos instalar um sistema de segurança de alta qualidade para a casa. Depois, alguns sensores de movimento com refletores devem ser o suficiente para mantê-lo afastado. Vão ser acionados por qualquer guaxinim, mas que diferença faz?

Adrian tinha soluções para tudo. Eu sorrio, mas com tristeza, me lembrando de como era ser amada por ele, tê-lo por perto.

Então, a minha mente muda de foco, voltando para o perseguidor. E se Steve tivesse recrutado alguém para fazer isso? Para me enlouquecer, para me fazer abandonar a casa? Mas isso não faz sentido. Por mais que eu esteja propensa a colocar a culpa no meu ex por tudo de ruim, esse pervertido também me perseguia em Los Angeles. E ficou atrás de mim certa vez que Steve estava filmando em Aruba, disso tenho certeza absoluta. Mas ele pode ter contratado alguém para me seguir.

A porta se abre e solas de borracha rangem no chão. Como sempre, prendo a respiração, até reconhecer os passos de Jasmine e os seus gemidos abafados de cansaço.

— Eu te acordei? — ela pergunta, deixando uma coisa em algum lugar.

— Não, estou acordada, por assim dizer.

— Você deveria estar descansando.

E não prestando atenção no que você está fazendo, penso friamente, lembrando-me da intimidade dela com o homem que tentou me matar. *Ah, tá.*

— Acabei de acordar — respondo, em vez disso.

— Você está se movendo melhor? Foi legal ver você usar as mãos durante o jantar. — Tento levantar a mão direita e consigo com muito menos esforço a que estou acostumada. Uma onda de esperança toma conta de mim. Aquela Coca-Cola me fez muito bem. — Que ótimo. Tente a outra. — A minha mão esquerda é menos cooperativa. Faço um grande esforço, ofego, mas ela só se levanta alguns centímetros do cobertor. — Interessante — ela murmura, voltando aos seus objetos barulhentos e embalagens farfalhantes.

— Você sabe o que ajudaria? Se eu pudesse tomar um pouco de Coca-Cola — digo, torcendo para conseguir um pouco de boa vontade. Talvez Steve não tenha pagado a ela para me privar de refrigerante.

— Não, não, lamento, querida. Você está tomando Versed — ela responde, com arrependimento fingido na voz. — O médico vai me mandar embora na hora se eu fizer isso.

— E se eu pedir para ele?

— Claro, se ele autorizar, vou trazer o que você quiser. — Jasmine se aproxima da cama. — Continue exercitando os seus dedos. Na verdade, já que você está indo tão bem, quem sabe não pode usar os controles da sua cama. Esses botões, bem aqui. — Com cuidado, ela pega a minha mão direita e a direciona até a grade de proteção lateral. Consigo sentir alguns botões sob a ponta dos dedos. — Consegue apertar?

Eu me esforço ao máximo, e a cabeceira da cama levanta um pouco. Dou um grito de alegria.

— Como faço para abaixar?

— Aqui — ela diz, direcionando os meus dedos um pouco mais para baixo. Aperto o botão e a cabeceira da cama desce.

— Obrigada, Jas. De verdade. — Assim que ela for embora, vou ficar apertando esses botões até aprender a usá-los logo.

— Tem mais. Esse aqui aciona o alarme, caso você precise. Esse outro controla a sua tevê, mas ainda não está conectado. Não sei como fazer isso.

— Tem uma televisão aqui?

— Tem, sim.

Ah, vai ser tão bom ouvir algo além dos bipes e da minha própria respiração.

— Me fale sobre o doutor Sokolowski — digo, mudando de assunto para o que mais me interessa: conseguir um pouco de cafeína. Me sinto como um desses viciados, desesperados e trêmulos, em busca de uma dose. — Que tipo de homem ele é?

— Ele é um médico excelente — Jasmine responde, me ajudando a virar de lado e afofando os meus travesseiros. — Parece que ele se interessou especialmente pelo seu caso, e isso é ótimo. Você não vai querer que os médicos não se lembrem de você, até chegar a hora de enviar a conta. — Ela dá uma risadinha, trabalhando perto de mim. Há um leve cheiro de suor sob o cheiro de desinfetantes e medicamentos. Ela deve ter passado o dia trabalhando.

— Isso acontece, hein?

— Pode ficar tranquila, querida. Você está em boas mãos. Ele passa aqui para ver você duas vezes por dia, que é o melhor que você pode esperar.

Sinto o tubo de soro se mover. Ela deve estar trocando. Estou quase perguntando o que há nele quando me ocorre um pensamento.

— Só isso? Duas vezes por dia?

— É, esse é o padrão. Esses médicos vivem ocupados. O plano decide quantos pacientes eles têm que ver por hora e tudo mais. Fico surpresa que ele arranje tempo, mas o hospital não é tão longe. Acho que isso ajuda. — Jasmine ajeita os lençóis e alisa o cobertor. — Você dorme muito, sabe. Pode ser por isso que você não percebe que ele só passa aqui duas vezes por dia.

Gostaria de não dormir tanto. E seria maravilhoso ter a confusão mental sanada, mesmo que por pouco tempo.

— Qual é a aparência dele?

Jasmine dá uma risadinha.

— Ele é um sonho, se quer saber. Se eu não gostasse dos meus pretos, daria em cima dele. Alto, cabelo escuro, barba por fazer, e ele não é tão velho. Trinta e cinco, quarenta, talvez?

Isso não me diz o que eu quero saber, mas me lembra que eu queria perguntar outra coisa.

— E o doutor Winslow?

— Eu não o conheço. Qual é a especialidade dele?

— Ele é neurologista.

Jasmine se dirige ao pé da minha cama. Logo em seguida, ouço papéis farfalhado.

— Estou vendo o nome dele no seu prontuário, mas não me lembro de ter conhecido. É um hospital grande, querida. Nunca trabalhei com neurologia. Só com trauma e emergência. E faço essas horas extras para cuidar de você porque preciso de dinheiro. O que mais poderia ser, não é? — Ela ri, com a voz tensa e cansada.

Talvez Jasmine esteja pronta para confessar sobre o dinheiro que ganhou por fora.

— Quantos anos você tem, Jas?

— Tenho quarenta e nove, com cara de quem tem setenta. — Ela volta a rir, arregaçando a minha manga esquerda. — Só vou dar uma olhada aqui, e já terminamos. — Um discreto cheiro de vinagre faz cócegas no meu nariz, mas não presto atenção.

— De onde você conhece o meu ex-marido, o Steve Wellington?

Os dedos dela não tremem enquanto ela verifica as bordas do adesivo. A minha pergunta não a incomodou. Ela não vai me revelar nada. Não sei por que acreditei no contrário.

— Eu não o conhecia. Conheci quando ele veio te visitar. Só isso. Mas eu fico empolgada quando conheço gente famosa, sabe? — Sinto um leve puxão na pele. — Só estou conferindo se está colado direito. — Ela abaixa a minha manga. — Você está liberada.

Não vou cair nessa. Antes de tudo, Steve não é tão famoso assim. Ele não é Spielberg ou Scott, mesmo que ele caísse duro se ouvisse eu dizer isso.

Jasmine junta o seu material e se dirige para a porta. Pouco depois, ela para.

— Deixo a televisão ligada para você?

Quase respondo que sim, mas logo me dou conta de que não é uma ideia muito boa.

Eu não posso me dar ao luxo de não ouvir ele chegando.

CAPÍTULO 34

Jasmine não pareceu incomodada com a pergunta que lhe fiz sobre Steve, mas o que isso significa de verdade? Ela estava dizendo a verdade? Ou estava bem à vontade, sabendo que estou debilitada e cega, e não posso fazer nada a respeito de coisa alguma?

Na certa não saber está me deixando louca.

Jasmine terminou o seu turno por hoje, ou assim parece. A casa está em silêncio absoluto. Ela se foi antes que eu pudesse fazer todas as minhas perguntas. Eu queria saber o motivo da prescrição do Versed, qual medicamento me deixa tão grogue pela manhã, e o que há naquele soro que ela fica trocando. Eu poderia perguntar para o médico, mas não quero que ele pense que o estou desafiando. Ele é o único aliado que tenho, e não posso me dar ao luxo de irritá-lo.

Pode ser que Steve tenha orientado Jasmine a seguir uma estratégia diferente do que imaginei, para me manter no limbo até ele conseguir se apoderar da casa. Até a tutela ser concedida. E quem melhor para ajudar Steve a alcançar tudo isso do que a mulher responsável pelos meus medicamentos? Recentemente, ela tem se mostrado preocupada até demais com o adesivo no meu braço. O doutor Sokolowski me disse que é o medicamento para dor. Será que Jasmine está fazendo alguma sacanagem nele? Quando ela chegou pela última vez, alguns minutos atrás, senti um cheiro estranho, forte, como vinagre ou alvejante. Não me lembro desse cheiro diferente antes, embora esses adesivos estejam no meu braço desde que acordei pela primeira vez.

Será que Jasmine anda adicionando alguma coisa nesse adesivo? Dá para imaginá-la extraindo algumas gotas de uma ampola ou frasco, com um conta-gotas, sem que ninguém perceba. Enquanto ela estivesse "conferindo", poderia puxar a borda e levantar o adesivo, adicionar as gotas nele, pressioná-lo de volta, para garantir que "está colado direito". São palavras dela, não minhas.

Mas por quê? E por que Steve arriscaria a própria carreira e a liberdade para se apossar da casa? Por que isso justificaria todo esse esforço da parte dele? Sim, ele tem um motivo para tentar me matar, mas não entendo por que é mais fácil matar alguém do que comprar outra casa. Em Lake Tahoe, se é isso o que importa.

Detesto dizer isso, mas o motivo de Lisa parece mais forte do que o de Steve. Entrar no meu lugar para o papel principal em *A Charada* é um belo trampolim na carreira. Ser agenciada pela Denise vai garantir que ela chegue ao sucesso e à fortuna muito mais rápido do que eu, porque Lisa é talentosa e determinada, e não se divorciou de Steve Wellington. E ela tinha uma boa amizade com a querida Jasmine; afinal, a minha enfermeira tinha o número de telefone dela. Como assim? Quase acreditei na história de Jasmine sobre a sua empolgação de conhecer gente famosa, mas ter o número de Lisa eram outros quinhentos. Me pergunto como ela iria mentir para explicar isso.

Mas ela não está aqui. Então, não posso perguntar para ela.

A minha mente volta para o perseguidor, e como ele mudou a nossa vida. As histórias de Lisa desencadearam novos pedacinhos de memória.

Lembro de estar sentada com Adrian na areia da praia de Santa Mônica, sem conseguir curtir, com medo de ficar deitada, olhando para trás o tempo todo. Em algum momento, fiz uma piada, procurando aliviar a tensão, e disse que seria um caso e tanto se ele aparecesse lá com o moletom. Era um dia quente de verão, com um céu azul sem nuvens e ondas cintilantes quebrando suavemente à beira-mar. Adrian mal olhou para mim, sem reagir com o menor sorriso a minha tentativa de descontrair o clima. Ele continuou com a testa franzida.

Após aquele dia, embora o perseguidor não tenha aparecido lá, em Santa Mônica, a mudança foi se infiltrando em nossas vidas, aos poucos, de forma irreversível. Eu e Adrian paramos de sair. Fizemos apenas o mínimo necessário de contatos profissionais, com menos pressão, pois tanto Adrian quanto eu tínhamos trabalhos garantidos. Logo a vida se tornou entediante, sufocante e assustadora. A liberdade estava bem ali, do lado de fora da nossa porta, mas estávamos aprisionados pelas grades de aço dos nossos próprios medos.

— Alguns perseguidores podem se tornar violentos — Adrian disse certa noite, depois de discutirmos a possibilidade de sair e acabarmos desistindo. — Alguns viram estupradores, outros invadem casas e matam todos os que estão lá dentro. Nunca dá para saber.

Eu não soube o que dizer. Adrian não estava dizendo nada de novo. A polícia já havia dito para tomarmos cuidado pelos mesmos motivos.

Acabaram as caminhadas pela beira do lago ao entardecer. Acabaram as esquiadas sob a iluminação potente em Kirkwood ou Sierra. Acabaram as refeições ao ar livre em Los Angeles, que eram a minha atividade preferida. Estávamos oficialmente entrincheirados, num esconderijo. Derrotados, sem a chance de um confronto real e honesto.

Toda ligação telefônica me sobressaltava, e eu tinha ficado cada vez com mais medo do escuro. Acima de tudo, me sentia culpada, como se eu fosse a responsável de alguma forma pela fixação do perseguidor em mim. Adrian continuou amável como sempre, nunca falou sobre isso, e eu não esperava que falasse. Se algum maluco decidisse virar um perseguidor com base em algo que viu num filme, não seria culpa do ator. Todos sabiam disso.

A polícia ainda não havia conseguido uma identificação, mas estava começando a nos passar algumas informações. Investigaram as pegadas que ele havia deixado no quintal e disseram que ele usava coturnos tamanho 43. Com base em um vídeo de baixa resolução obtido num caixa eletrônico de um shopping no dia em que o vi lá, concluíram que ele tinha mais de 1,80 de altura e pesava uns 90 quilos. Não conseguiram fazer um retrato falado a partir do vídeo; o perseguidor usava óculos escuros e um cachecol que tapava a boca.

A polícia ainda não tinha nada.

Quase um ano se passou assim, num frenesi de voos entre os aeroportos de Reno-Tahoe e Los Angeles, e períodos de muito trabalho em sets de filmagem, alterando com períodos de folga que decorriam muito vagarosos. Eu tinha medo dos fins de semana, que eram passados assistindo a programas de tevê que não nos interessavam, e fazendo do preparo do jantar e da alimentação em excesso um passatempo.

Então, algo mudou.

Quando a névoa do esquecimento começa a se dissipar, um arrepio percorre a minha espinha. Se o que lembro for verdade, talvez eu nunca saia desta cama.

CAPÍTULO 35

Não sei o momento exato em que aconteceu, mas me recordo de trabalhar junto com Adrian no set de outro filme. Nós dois fomos escalados para papéis coadjuvantes. O meu nome era o sexto na ordem dos créditos; esse detalhe ficou bem gravado na minha mente, mesmo que o título do filme esteja nebuloso, ainda inacessível para mim. O meu tempo de tela foi só de 12 minutos no total; alguns dias, o meu plano de filmagem envolvia apenas informações gerais sobre a produção e momentos importantes por vir.

Adrian teve um tempo de tela muito maior; ele era o parceiro do protagonista e o terceiro na ordem dos créditos. Isso me deixou com muito tempo livre para usar como quisesse.

Entrei em contato com Denise e almocei com ela algumas vezes. Foi agradável passar um tempo em sua companhia, aprendendo mais algumas coisas. Enquanto Adrian estava preso no set, filmando, fui fazer alguns testes, incluindo um para um filme de ação e suspense com orçamento de dez milhões de dólares, no papel principal.

E eu consegui o papel.

Fiquei eufórica e animada, achando que os deuses da fortuna profissional estavam voltando a sorrir para mim. Não falei nada para Adrian sobre isso, enquanto fazia o possível para incluir o seu nome no elenco. Eu teria adorado tê-lo como o meu coprotagonista.

Mas não rolou. O produtor não cedeu. Ele já havia optado por um ex-fisiculturista bem rústico, que não me agradava muito.

Apesar disso, quando o contrato foi assinado, voltei para o nosso quarto de hotel com uma garrafa enorme de champanhe enfeitada com um laço vermelho. Adrian tinha terminado as filmagens naquele dia. Eu estava esperando uma celebração memorável e depois um voo para Tahoe na manhã seguinte.

Adrian estava soturno quando eu cheguei, quase enfurecido, sentado na beirada da cama com a cabeça entre as mãos. Ele deu um olhar desinteressado para o meu champanhe e lançou um olhar vazio quando me parabenizou pelo papel. Fui logo deixando a garrafa na mesa, puxei uma cadeira e me sentei diante dele. Peguei as suas mãos e fiquei ali, aguardando, por um longo momento, até que ele segurou as minhas mãos.

— O que foi? — perguntei, prendendo a respiração. Estávamos felizes... ninguém está preparado para perder isso quando finalmente consegue.

— Eu fiquei sabendo... Parabéns, mas estou preocupado com você — ele disse, finalmente. — Com o perseguidor por aí. Enquanto estamos filmando juntos, ainda posso ficar de olho em você, garantir que ele não chegue até você. Mas se a gente estiver em locações diferentes, não vou poder mais te proteger.

Soltei as mãos e as enfiei nos bolsos, tentando controlar a respiração. A sua preocupação com a minha segurança me deixou furiosa. Sim, o perseguidor estava por aí, mas Adrian talvez tivesse piorado um pouco as coisas por causa da sua necessidade exagerada de me proteger. Planejar um jantar fora virou uma espécie de exercício tático, em que ele dizia coisas como: "Estamos muito expostos ali" ou "Não gosto da vegetação perto daquele terraço. Ele pode se aproximar sem ser visto".

Me sufocava. Me deixava com raiva.

Os homens se sentem muito ameaçados pelo sucesso de uma mulher, e Adrian parecia estar seguindo essa regra. Ele estava agindo como o protetor forte, quando comecei a me perguntar se alguém — se eu — precisava mesmo de tanta proteção. Tínhamos sufocado a nossa vida e desperdiçado inúmeras oportunidades só para nos sentirmos seguros em relação a um lunático de merda, que não tinha nada melhor para fazer do que perder tempo comigo.

— Vai dar tudo certo, Adrian. Os sets sempre têm seguranças, e os dias de filmagem são tão longos que não vou ter tempo de fazer muitas outras coisas. Vou ficar trabalhando o tempo todo.

— E o hotel onde você vai ficar? Vai ter segurança lá? E os restaurantes? E qualquer outro lugar a que você decida ir? Aliás, onde vão ser as filmagens?

— Acho que aqui, em Los Angeles, com algumas locações em Grand Tetons. É um filme de ação...

Adrian fez careta e se levantou, começando a andar de um lado para o outro.

— Na droga da *floresta*. Se não é o lugar perfeito para ele, não sei o que seria.

— Ele não vai saber para onde eu estou indo, Adrian. Não sou uma estrela do rock que todo mundo anda vigiando, fazendo shows já agendados.

— Mas os fãs são capazes de descobrir, você sabe disso. Eles dão um jeito. — Adrian parou bem na minha frente. — Não, você precisa rescindir esse contrato. Peça para a Denise alegar força maior ou algo assim.

— De jeito nenhum.

— Eu não suportaria se algo acontecesse com você. Por favor, Em, faça isso por mim. Evite riscos desnecessários. A polícia vai acabar pegando ele.

— Não, Adrian. Nem pensar. — Por um momento, ficamos nos encarando, com o meu olhar enfurecido e o dele, frio e irredutível. Logo depois, cedi, e ele também. — Essa pode ser a minha grande chance, amor. Muitos royalties também. Esse gênero de filme tem um apelo duradouro. Pode gerar vendas por décadas.

— A gente não precisa de dinheiro. Eu tenho…

— É isso. É isso *mesmo*. *Você* tem. Não eu — gritei e cutuquei o peito dele com o dedo. — Olha só, eu também quero ter alguma coisa. Uma carreira. O meu nome em evidência. Outro troféu dourado naquela cornija seria ótimo.

Adrian não disse mais nada. Ficou só me encarando por um instante e, em seguida, saiu do quarto do hotel.

— Adrian? — chamei, enquanto a porta se fechava. Ele não voltou.

Após o meu ato de rebeldia, comecei a me sentir culpada. Mal-agradecida. Envergonhada por ser tão egoísta. Adrian me amava muito, vivia se preocupando comigo, e o que eu fiz? Gritei e arranhei ele como uma gata escaldada.

Adrian voltou mais tarde naquela noite. Sem dizer nada, ele foi direto para a garrafa de champanhe e retirou a rolha, fazendo uma quantidade razoável do líquido transbordar. Encheu duas taças e as trouxe até a varanda, onde eu estava contemplando a placa de Hollywood, embaçada, mas visível ao longe.

— Parabéns, querida. — Brindamos e eu tomei um gole. O champanhe estava morno, mas bom. Muito bom tê-lo de volta a meu lado, sorrindo, me beijando com um desejo desenfreado.

Na manhã seguinte, depois de dormir apenas algumas horas, acordei não me sentindo muito bem. Passei o dia com a ajuda de um pouco mais de café e não fiquei pensando nisso. Porém, no dia seguinte, me senti pior. Tive a sensação de estar tremendamente cansada, com os músculos fracos demais para me manter em pé.

Como planejado, estávamos de volta a Tahoe. Fiquei descansando por dois dias, esperando que melhorasse sem precisar consultar um médico.

O meu sono foi inquieto, marcado por episódios de enxaqueca tão intensos que me acordavam do cochilo leve que eu conseguia ter. Ao acordar pela manhã, me senti deprimida, triste sem motivo aparente; afinal, tudo estava correndo bem. Adrian estava lá, a meu lado, satisfazendo todas as minhas necessidades, de vez em quando insistindo para que chamássemos um médico. Fazia um tempo que o perseguidor tinha sumido, e até criei coragem e passei algumas noites no terraço dos fundos, perto da lareira.

Fico assustada ao me lembrar de tudo isso agora, porque me dou conta de que a falta de tônus muscular comentada pelo médico, ou seja, a falta de força física contra a qual venho lutando, pode ter algo a ver com o que foi descoberto quando finalmente acabei me deixando convencer a consultar uma especialista.

O diagnóstico que recebi foi de fibromialgia, após a conclusão de inúmeros exames. E não existe cura para isso. Quando ouvi a médica pronunciar a minha sentença de morte, tudo passou a fazer sentido. A dificuldade que eu estava tendo de memorizar as falas. O sono agitado. O estresse que se apoderava de mim o tempo todo.

Não havia cura, apenas um punhado de pílulas que provocavam efeitos colaterais e pioravam as coisas. Era a minha nova realidade. Incontornável.

Ao me lembrar daqueles dias, o pânico se apodera de mim. O ataque pode ter piorado a fibromialgia. E o doutor Sokolowski não sabe que eu a tenho. Nunca fui ao Baldwin Memorial por causa disso; não há registro da minha doença no sistema deles.

Tenho que contar para ele. Mesmo que isso não adiante muito.

Alcanço a grade de proteção da cama com a mão. Aperto o botão para elevar a cabeceira, mas isso não me ajuda a me sentir menos chateada.

Jasmine entra no quarto e se aproxima rápido da cama.

— O que foi, querida? Está sentindo dor?

— Não… só não consigo dormir.

Jasmine pega a minha mão, mas isso não faz diferença para mim. Não resta esperança. É inútil. Toda a batalha para fazer as minhas mãos se moverem, tudo o que tentei fazer para reviver a minha memória perdida. A fibromialgia não vai me deixar andar novamente.

— Você gostaria que eu te desse algo para ajudar você a dormir?

— Sim —sussurro, me rendendo ao esquecimento que tanto tentei combater. Ouço os sons que Jasmine faz, antecipando o doce alívio do esquecimento. Um frasco é aberto. Uma seringa é desembrulhada e a proteção de plástico da agulha é descartada numa bandeja. A agulha suga o líquido do frasco.

Estou pronta para isso. Não ligo se não ouvir Steve chegando para terminar o serviço. Já chega, deixa rolar.

Aperto o botão para abaixar a cabeceira da cama e deixá-la numa posição confortável para dormir.

Então, sem pensar muito, faço algo diferente.

Coço o nariz.

Não percebo de imediato, é um gesto tão enraizado na minha memória corporal que parece natural. Só que não tem sido, não para mim, não desde que fui parar numa cama de hospital com a cabeça rachada.

— Não — grito. — Desculpa, mudei de ideia. Por favor, não me dê o remédio. — Vou logo colocando a mão de volta a seu lugar habitual, relutante em deixar Jasmine ver o meu progresso, se é que ela ainda não percebeu.

— Tudo bem — ela diz com um suspiro, seguido pelo barulho do conteúdo da bandeja sendo descartado na lixeira. A tampa se fecha com um rangido. — Me chame se precisar de alguma coisa. — Jasmine vai caminhando sem pressa até a porta. — O botão fica ao lado dos controles da cama.

— Obrigada, Jas. Boa noite.

Assim que a porta se fecha, mesmo que isso exija toda a força que tenho, volto a coçar o nariz.

E sorrio.

CAPÍTULO 36

Sonho com aquela luz ofuscante de novo; um círculo de lâmpadas acima da minha cabeça, muito parecida com um foco cirúrgico. É tão insuportavelmente brilhante que fecho os olhos, e o mundo volta a ficar escuro. Vejo o rosto de Adrian no sonho, perto do meu, chamando o meu nome em pânico. Eu não escuto, não o sigo, mas sinto a sua dor. O pânico em sua voz se transforma em raiva, quase fúria, mas dou as costas. Fecho os olhos, porque as luzes são fortes demais. Me afasto do seu toque e então, de imediato, sinto a dor de perdê-lo.

Acordo, ainda envolvida pela escuridão.

Quando os vestígios dos medicamentos da noite passada se dissipam, me lembro de como eu e Adrian terminamos. A memória me deixa sem fôlego. Eu a investigo com medo, como quem lê um romance doloroso, com receio de virar a próxima página.

Após o devastador diagnóstico de fibromialgia, me restava apenas algumas semanas antes de começar a trabalhar no filme de ação e suspense. Eu e Adrian nos mudamos para uma casa alugada em Los Angeles, para ficarmos mais perto de um "atendimento médico melhor", como ele disse, mas também para ficarmos juntos enquanto ele trabalhava em uma nova série de televisão para a qual tinha sido contratado. Se eu estivesse em Los Angeles com Adrian, ele poderia voltar para casa todas as noites. Nos dias melhores, eu poderia acompanhá-lo no set, para ele deixar de se preocupar com o perseguidor por um tempo.

Eu havia visto aquele filho da puta só duas vezes nos últimos meses: uma vez, quando olhei pela janela de um restaurante em Tahoe, onde eu tinha entrado sozinha para jantar, enquanto Adrian estava em Los Angeles; outra vez, também em Tahoe, enquanto eu me encaminhava para o carro depois de sair da cabeleireira.

Eu ainda tinha medo dele, apavorada com a sua persistência, com a maneira como ele ficava a distância, com os braços sempre cruzados, me observando por trás daqueles óculos escuros espelhados. Eu tinha pesadelos a respeito das coisas que ele faria se conseguisse me sequestrar ou ficar sozinho comigo. Tentei tirar uma foto dele, mas ele sempre se virava e corria quando eu pegava o celular. O canalha sabia o que eu estava tentando fazer. Após o último encontro, não liguei mais para a polícia. Era inútil. O perseguidor havia se tornado algo constante na minha vida.

Que ele pague por isso.

Quase toda noite, Adrian insinuava ou insistia que eu alegasse razões médicas e rescindisse o meu contrato para o filme que eu ia fazer. Ele não me entendia de jeito nenhum. Aquela oportunidade era a única coisa que me impedia de perder o juízo. O que me restaria sem isso? Um namorado carinhoso, superprotetor e obcecado pela minha saúde e a perspectiva de passar o resto da minha vida doente, tomando remédios, lutando contra a dor e os efeitos colaterais.

Enquanto isso, Adrian havia assumido a responsabilidade de cuidar do meu tratamento. Eu não esperava isso da parte dele, mas ele ficou insistindo. Sempre que podia, ele corria para casa. Tinha o horário programado dos meus remédios afixado na porta da geladeira. Me levava para a aula de aeróbica duas vezes por semana e fazia aula de tai chi comigo. Insistiu para que eu começasse a meditar, o que fiz por um tempo, mas não senti muita diferença. Não sei se estava fazendo direito.

Contando os dias até o momento em que eu teria de embarcar no voo para Jackson, em Wyoming, me sentia sufocada por aquilo no qual o meu relacionamento com Adrian tinha se convertido. O único assunto sempre era aquela maldita doença. Nunca conversávamos sobre romance, planos para o futuro ou simples diversão. Enquanto ele estava trabalhando, eu dedicava algum tempo a estudar as minhas falas e ensaiar o meu papel, mesmo que me sentisse doente e exausta, e às vezes tão fraca e trêmula que mal conseguia ficar em pé. Pode ser que eu tenha alguma culpa nisso, pois jogava os remédios fora quando ele não estava olhando.

A doença é um fardo para um casamento; num relacionamento novo como o nosso, no primeiro ano, ela simplesmente não tem lugar. Ela nos afetou, mudou o que restava imune ao perseguidor, nos fazendo ficar velhos antes do tempo. Eu não estava me divertindo com o meu namorado gato num sábado à noite, indo para a cidade de salto alto e vestido preto justinho. Não, eu estava escolhendo o cardápio correto de uma dieta bastante restritiva e anti-inflamatória, que ele preparava enquanto eu assistia à televisão sozinha na sala, cansada e sem esperanças.

Eu era grata por tudo o que Adrian fazia e o amava muito. Só estava desesperada para que ele também se lembrasse de que eu tinha desejos, necessidades e um ideal de vida que ainda acreditava que poderia fazer acontecer. Apesar do perseguidor. E da doença.

Eu só queria me sentir viva mais uma vez antes de ter que desistir, me resignar ao sofrimento e viver uma vida pela metade.

Alguns dias antes da partida do meu voo de Los Angeles, parei de tomar todos os remédios. Adrian estava filmando de segunda a sexta-feira, o que facilitou para mim. Todas as noites ele chegava em casa morto de cansaço, e sempre tinha que colocar o despertador para as cinco da manhã do dia seguinte.

Uma semana inteira se passou assim. Não encontrei o momento certo nem reuni a coragem suficiente para dar a notícia a ele. O meu voo para Wyoming estava marcado para o sábado.

Na sexta-feira à noite, Adrian chegou em casa com flores e uma garrafinha de champanhe. Pensando bem, acho que ele estava querendo comemorar a suposição de que eu havia rescindido o contrato. Ele sabia que as filmagens estavam marcadas para começar na segunda-feira seguinte, no Parque Nacional de Grand Teton.

Adrian não fazia ideia de que as minhas malas estavam feitas e escondidas no porta-malas do meu carro. Ele nem mesmo sabia que eu já tinha feito o check-in do meu voo. Naquela noite, lembro de como a culpa me pesava, difícil de suportar ao olhar para o sorriso encantador dele e os seus olhos cor de avelã hipnotizantes. Ele estava feliz. Eu não podia arruinar isso antes da hora.

De qualquer forma, na manhã de sábado, tudo seria arruinado.

Mas eu tinha que fazer isso por mim. Mais um desafio. O meu canto do cisne.

Adrian estava em sono profundo quando saí da cama sem fazer barulho e me vesti em silêncio. Dei a notícia por mensagem, que mandei já a bordo do voo, pouco antes da decolagem.

> Espero que você me perdoe. Não tive coragem de contar ontem à noite. Vou ficar em Wyoming até a gente terminar as filmagens lá. Depois vou voltar para Los Angeles, daqui umas duas semanas. Por favor, torça por mim. Deve ser o meu último filme.

O meu celular tocou antes que eu pudesse desligá-lo, exibindo o sorriso amoroso de Adrian na tela. Atendi a ligação.

— Me desculpa...

— Como você foi capaz de fazer isso comigo? — Ele estava gritando, gaguejando, sufocado pela raiva. — Como é que eu vou focar no meu trabalho sem saber o que está rolando com você? Será que você só pensa no próprio umbigo? Caramba, Emma, você está me deixando louco.

— Adrian, não é que eu...

— Eu não quero saber! O que você espera que eu faça? Largar as filmagens aqui, sair correndo para Wyoming e cuidar de você?

Eu não precisava que ele cuidasse de mim. Adrian nunca entendeu isso, o que só alimentava a minha própria frustração.

— Eu não espero que você faça isso. Eu vou ficar bem. São só umas duas semanas. — Houve um momento de silêncio tenso na ligação, enquanto eu ouvia a respiração dele, rápida, quase ofegante. — Eu só queria uma última oportunidade para fazer alguma coisa. Você sabe muito bem que não consigo decorar as minhas falas com esta doença. Eu não vou conseguir continuar assim. Estou acabada.

— Não está, não — ele respondeu, bufando. Então, desligou sem dizer mais nada, justo quando a comissária de bordo estava começando a me olhar feio por ainda estar no celular.

Acho que ele não me perdoou por eu ter enviado aquela mensagem, pela minha covardia de não olhá-lo nos olhos para lhe dar a notícia. Ainda acho que mereci toda a raiva dele. Foi algo incrivelmente desprezível de fazer com um homem que me amava de maneira tão altruísta.

Chorei quase todo o voo para Jackson, pensando em inúmeros planos sobre como fazer Adrian me perdoar.

Assim que as filmagens começaram, com toda a adrenalina e empolgação me mantendo alerta, comecei a me sentir melhor, e fazia tempos que não me sentia assim. Apesar da longa jornada diária de trabalho, quando eu lia as minhas falas ao anoitecer, numa espreguiçadeira com uma vista incrível das montanhas, eu as decorava com facilidade. Era a minha praia, sem nenhum sinal de fadiga ou dor que me paralisasse. Eufórica, dei tudo de mim diante das câmeras. E brilhei.

Ao voltar para Los Angeles, senti o estômago embrulhado só de pensar em ver Adrian depois de quase três semanas de mensagens e telefonemas tensos e frios tarde da noite.

Ele foi ao aeroporto para me buscar, com rosas vermelhas na mão e um sorriso tímido nos lábios. Os seus olhos não brilharam quando me viram. Ele ainda estava irritado. Ao voltar para casa, tudo o que eu tinha deixado para trás veio à tona. A sensação de sufocamento. O medo do maldito perseguidor. A prestatividade opressiva de Adrian.

Na manhã seguinte, as minhas articulações doíam tanto que quase caí ao sair da cama. Adrian correu para me ajudar. Segurar uma xícara de chá junto a minha boca parecia uma tarefa absurda. A minha força se exauriu após o voo de volta para casa.

Eu agradeci a ele pelo chá e coloquei a xícara no lugar.

— Preciso voltar para Tahoe até a gente começar a filmar no estúdio — disse com calma, sabendo que estava prestes a desencadear uma grande tempestade. — Eu não posso...

— Como você vai se virar? — ele perguntou, com a voz estridente de preocupação. Adrian passou os dedos pelo cabelo despenteado e ficou olhando desesperado ao redor, como se estivesse procurando uma saída. — Ainda temos algumas semanas nessa temporada e, depois, a gente faz uma pausa até setembro. Será que não pode esperar por mim?

Era um pedido razoável, mas eu não tinha forças para viver assim por mais um dia. Eu precisava de um tempo longe, um tempo para pensar a nosso respeito, sobre o nosso futuro.

— Desculpa, Adrian, mas eu preciso fazer isso.

— Você é egoísta demais, Emma. É sempre o que você precisa. O que você quer. Para onde você quer ir. Quando tudo desmoronou por causa daquele cara lá fora, não foi por culpa minha. — Ele apontou para a janela.

— Por que envolvê-lo nisso? Não tem nada a ver...

— Por quê? Porque nunca tivemos a menor chance de ter um relacionamento normal. Por causa das suas necessidades. Da sua bagagem emocional. Do seu ex-marido. Dos seus incontáveis problemas. Essa tem sido minha vida desde que me apaixonei por você. — Ele fez uma pausa. Colocou as mãos na cintura, me fuzilando com os olhos. — Viver apagando incêndios.

Fiquei olhando para Adrian, boquiaberta.

Ele deu um passo à frente e me encarou.

— Sabe de uma coisa? Chega para mim. Eu estou fora. Avise o proprietário quando você sair. Ele pode jogar as minhas coisas no lixo. Não estou nem aí. — Adrian pegou a jaqueta e as chaves a caminho da porta. — Seja feliz.

A batida da porta ecoou na minha mente por um tempo. Fiquei lá, tremendo, de coração partido, devastada com a ideia de tê-lo perdido. Apavorada, achei que as palavras dele tivessem descrito uma situação de que eu nem tinha me dado conta. Será que eu tinha sido tão egoísta assim?

Não derramei nenhuma lágrima naquela noite, só senti um vazio imenso dentro de mim, como um buraco negro que devorou o meu coração. Mais tarde, naquela noite, quando olhei pela janela, esperando ver o carro de Adrian entrar na garagem, tudo o que vi foi o maldito perseguidor, escondido na sombra da casa do outro lado da rua.

— Isso tem que acabar agora — murmurei, furiosa. Peguei o casaco e corri para fora, atravessando a rua, onde eu o havia visto instantes antes.

Ele tinha desaparecido.

— Cadê você? — gritei, com a voz ecoando pela vizinhança tranquila e provocando o latido de muitos cães. — Onde diabos você está?

Nada além de silêncio. Andei para cima e para baixo na rua, procurando por ele em todo lugar. Então, desisti, percorrendo com passos rápidos a entrada da minha casa. Da porta, olhei para a rua mais uma vez. Algumas casas tinham acendido as luzes. Eram quase duas da manhã.

— Estou aqui, seu filho da puta — disse em voz alta.

— Cala a boca, porra — uma voz gritou de duas casas adiante, onde um sujeito de pijama fazia gestos furiosos, me xingando. — A gente tem que trabalhar amanhã.

Passei o resto da noite acordada, incapaz de dormir. Esperando a volta de Adrian. Ou que o perseguidor aceitasse o meu convite e desse as caras. Para resolver isso, fosse *o que* fosse.

Nada aconteceu.

É COMO SE ESSA CENA TIVESSE ACONTECIDO HÁ MUITO TEMPO, MAS tenho certeza de que não foi tanto assim. Sinto muita saudade de Adrian e gostaria de poder voltar no tempo, para corrigir as coisas. Eu me culpo pelo mal que fiz a um coração bondoso e amoroso. Sim, eu fui egoísta.

É tarde demais para corrigir qualquer coisa. Adrian se foi.

Ele deve ter seguido em frente. Denise falou algo a respeito de uma namorada supermodelo. Ele tinha o direito de procurar a felicidade em outro lugar.

Agora, só me resta o arrependimento. E medo de não sobreviver ao próximo ataque.

CAPÍTULO 37

Acordo me sentindo um pouco mais forte do que ontem, mesmo que o meu sono tenha sido assombrado pelos pesadelos que ainda me provocam calafrios. Parecem tão reais, e eu fico revivendo, amedrontada. Então, a minha mente se afasta do mundo dos sonhos e vai para o das memórias, com o fragmento do dia em que conheci Adrian. Isso me enfurece, a repetição dessa lembrança parcial fica teimando em surgir na minha mente. Ela continua me incomodando, assim como a memória do ataque, em que estou gritando e correndo, e ainda não consigo ver o rosto por trás daquele olhar odioso e ardente.

Tenho que me lembrar de como essas memórias em particular terminam, para que a ideia fixa evapore e me deixe em paz. Não tenho nada melhor a fazer, enquanto espero a enfermeira começar o dia com o café da manhã, os exames de sangue, os medicamentos e a forma suprema de humilhação conhecida no jargão hospitalar como "higiene pessoal". Assim, me permito mergulhar naquele momento que ainda não consigo lembrar por inteiro.

Me vejo entrando no set de filmagem de *Amor de Verão*, com Denise a meu lado. Estava tensa por causa daquele filme, com o fato de expor os seios diante da equipe, dos outros atores, de todo mundo. Eu entrei com a cabeça erguida, projetando uma autoconfiança que esperava começar a sentir em breve.

Enquanto caminhávamos, a primeira coisa que me chamou a atenção foi a voz rouca daquele agente.

— Siga o meu conselho, garoto, assine na linha pontilhada e o céu será o limite para Adrian Sera. Caramba, as mulheres vão fazer fila ao redor do quarteirão para passar uma noite com Adrian Sera.

Então, reparei em Adrian, alto, bonito, com o queixo bem definido e os olhos hipnotizantes que se iluminaram quando me viram. O seu cabelo preto, um pouco desgrenhado. A sua voz, gritando:

— Não quero saber, Lyle. Não vou fazer isso.

— Garoto, você quer mesmo voltar a transar? Então assine essa droga de papel. É a sua única chance.

Lyle continuou pressionando, cutucando o peito de Adrian com o seu dedo robusto, mas Adrian se afastou do agente, dispensando-o com um gesto de mão.

— Já disse não. Isso aí não é quem eu sou.

Lyle agarrou a manga de Adrian e o segurou.

— Olha, ninguém consegue...

As palavras Lyle se perderam ao fundo, porque alguém me distraiu. Era a diretora, nos convocando para uma reunião em outra sala. Denise tomou a dianteira e fez um gesto para eu segui-la.

Paro de tentar reviver essa memória. Está na cara que nunca saberei o que eram aqueles papéis, a menos que Adrian me conte algum dia. Mas por que ele faria isso, agora que não faz mais parte da minha vida? E qual é a importância disso? A minha ideia fixa não passa de um aborrecimento sem sentido. Não há nenhum significado oculto quanto a isso, nada de importante que o meu subconsciente possa estar tentando dizer, como o doutor Sokolowski sugeriu.

No entanto, dessa vez, me lembrei mais daquele dia. Isso, por si só, por mais sem sentido que seja, é encorajador, digno de um sorriso discreto, enquanto os meus dedos encontram os controles da cama quase sem esforço e levantam a cabeceira.

Vozes distantes me fazem prender a respiração de novo. O meu sorriso murcha quando reconheço a voz de Steve. *Ah, não. Não posso enfrentá-lo.* Não importa o que o médico tenha dito; eu não me sinto segura com Steve no mesmo quarto.

— Este é um documento legal — Steve está dizendo, com a sua voz grave soando mais próxima, mais alta, a cada passo que ele dá. Ameaçadora. — Você não vai querer ser a pessoa que impede a minha esposa de ver esses papéis. Vai por mim, você não vai querer.

Eu não esperaria que ela fizesse isso. Ela deve estar apavorada com ele. A voz da enfermeira soa familiar e assustada. Não é Jasmine; não sei quem é, mas já a ouvi antes.

Steve sabe como fazer as coisas acontecerem. "Entre na linha ou saia do meu caminho", já o ouvi dizer tantas vezes que perdi a conta. Ele não diz isso desta vez, pelo menos não com palavras, mas tenho certeza de que transmite isso muito bem.

A porta se abre e ele entra, com os passos pesados acompanhados pelo som de saltos agulha.

Mikela.

— Oi, Emma, como está? — Steve pergunta. Ele trouxe uma lufada de frescor invernal e um leve cheiro de fumaça de madeira. Em algum lugar por perto, alguém está sentado próximo de uma lareira, ou talvez grelhando uma carne sobre o fogo, embora eu não esteja sentindo o cheiro de churrasco. Por mais que haja neve, os moradores da região não conseguem ficar longe da churrasqueira. Sinto falta disso.

Em vez de sentir o cheiro de churrasco, detecto o doce perfume floral de Mikela, aquele que nunca deixa de embrulhar o meu estômago e me irritar, tudo isso só com uma lufada.

— Estou bem, Steve, tão bem quanto possível. O que você quer?

Ele solta o ar, sem tentar esconder o incômodo com a minha atitude.

— Eu trouxe os documentos. Já conversamos a respeito deles. Estão prontos para você assinar. — Steve abre uma maleta e alguns papéis farfalham perto da cama. A distância, ouço um chiclete sendo mascado.

— Tudo bem, deixa na mesa. Vou ler assim que puder — respondo, com sarcasmo evidente na voz.

— Bem, você não precisa. — Dou um suspiro contido. Não acredito na cara de pau dele. — Podemos chamar um tabelião aqui para ler os papéis para você e assiná-los no seu lugar, com duas testemunhas. Ou então levar a sua mão até o local certo, se você conseguir fazer isso por conta própria.

Ah, Steve pensou em tudo.

— E quem seriam essas testemunhas?

— Qualquer pessoa, na verdade. Vamos dar um jeito. — Ele puxa a cadeira para mais perto da cama e se senta. — Já pensou bem? É algo vantajoso para todo mundo, você tem que admitir. Vamos cuidar bem de você. Prometo.

Por um instante, imagino Mikela desempenhando as funções da enfermeira diurna. A ideia me abala profundamente. Eu não conseguiria suportar isso.

Respiro fundo, me acalmando. Não posso me descontrolar, não posso começar a gritar como sinto vontade, não posso parecer mais doida do que essas pessoas dizem que sou.

— Tive bastante tempo para pensar — digo e faço uma pausa dramática, deixando que Steve alimente alguma esperança. — E agora me dou conta de que, quando você perdeu esta casa, perdeu muito mais do que o imóvel em si, não foi?

— Do que você está falando? — Seu tom é baixo e ameaçador.

— Você perdeu o seu endereço em Nevada, e com isso, uns 10% da sua renda, que o Estado da Califórnia arrecada em impostos agora porque você tem residência lá. Não me dei conta disso logo de cara, mas com certeza você deu. — Espero a resposta dele, mas Steve está ofegante, enfurecido. Começo a me apavorar de novo. — Levei um tempo, mas acho que finalmente descobri a origem da sua obsessão por esta casa.

— Você está louca, Emma. — Ele bate a pilha de papéis contra a cama. Sinto isso através do cobertor, sobre as minhas pernas, e me encolho. Os papéis não são pesados, apenas farfalham sem parar quando começam a escorregar da cama e cair no chão.

Me preparo.

— Foi isso o que você veio perguntar naquele dia? Continuar usando esse endereço como domicílio fiscal?

— O quê? — Ele se levanta de um pulo da cadeira e a empurra para o lado, depois começa a andar de um lado para o outro no quarto, furioso. — Você está doida!

— É por isso que estou aqui, cega, acamada e a sua mercê, porque eu disse não?

Mikela cai na gargalhada. Ela está a alguns passos de distância, provavelmente perto da janela.

— Eu te avisei, meu bem. Ela é psicótica — Mikela cantarola. — Faça o que você tem que fazer, e vamos cair fora daqui.

Reúno toda a minha força de vontade para ignorá-la.

— Fiquei me perguntado por que você simplesmente não comprou outra casa em Nevada, se o seu problema são os impostos. Por que esta casa é tão atraente para você, mesmo que isso signifique virar um criminoso.

— É, tem razão — Steve afirma, mais distante, deve estar falando com a noiva. — Estamos perdendo tempo aqui.

— Então atinei que você não tem mais dinheiro para nada, não é? — Apunhalo sem piedade. — A sua noiva sugou até o seu último centavo, não foi? — Chegou a minha vez de rir, e faço a melhor atuação da minha carreira. — Eu já vi garotas como ela. *Parasitas* como ela. Sempre é uma coisa ou outra. Um vestido a mais, outro diamante, uma viagem para um lugar exótico, um carro novo. Até você falir. E por mais que você trabalhe, não consegue sair do buraco em que ela te colocou com o rebolado dos quadris dela.

Os saltos agulha se aproximam depressa, pisando no chão com raiva. Ela está prestes a me bater, provavelmente me esbofetear, e eu me preparo para isso. Eu poderia apertar o botão e pedir ajuda, mas decido não fazer isso.

— Miki, não — Steve diz. Uma discussão está acontecendo a alguns metros a minha esquerda. Parece que ele está tentando segurá-la. — Tem um sistema de vigilância nesta casa. Todos os cômodos têm câmeras. — Essas palavras interrompem a briga como um balde de água fria jogado sobre o fogo. Mikela se afasta, enquanto Steve se aproxima da cama. — Você precisa de ajuda — ele conclui. — Até agora, eu não tinha noção completa da gravidade da sua lesão cerebral. Agora é o meu dever levar o seu caso à justiça. Lamento, Emma, mas você não me deixou outra opção.

— Saia já da minha casa, seu filho da puta. — Durante um momento tenso de silêncio, busco uma solução de forma rápida e decidida para mantê-lo afastado. — Eu vou vender a casa — digo por fim. — Vou colocar à venda por 10% abaixo do valor de mercado e vender para qualquer um, menos para você. Então, vamos ver o que você vai fazer com a sua tutela.

Steve respira fundo, com um ruído anormal e ofegante. Pode ser que ele não esteja se sentindo bem, porque se deixa cair ao lado da minha cama.

— Pode ser que eu deixe você gastar dinheiro com advogados primeiro — sussurro, sabendo que ele está bem próximo para me ouvir. — Mas o dia em que eu for chamada a depor no tribunal, será o dia em que vou vender esta casa. Juro. Some daqui, Steve!

A porta se abre e passos apressados entram, com as solas pisando no assoalho, uma delas com um leve rangido.

— Senhor Wellington — o doutor Sokolowski diz com firmeza. — Me acompanhe, por favor.

Steve se apruma com alguma dificuldade, ofegante, mas então a sua respiração acelera.

— Eu fiz uma checagem a seu respeito, doutor seja lá qual for o seu nome. Você nem é certificado pelo conselho.

— Não em Nevada — ele responde com calma. — Assim como você, eu sou da Califórnia. Agora, vamos. Você está perturbando a minha paciente. De novo. Creio que ela deixou isso bem claro.

Presto o máximo de atenção, cada barulhinho de roupa ou deslocamento do ar formando uma imagem mental. Acredito que o doutor Sokolowski pega Steve pelo braço e o leva para fora do quarto. Então, a porta se fecha e as suas vozes desaparecem.

Aliviada, respiro fundo, mas então fico paralisada quando os saltos agulha vão se aproximando da cama devagar, em silêncio. A cama se inclina sob o peso de Mikela, e aquele perfume repulsivo invade as minhas narinas.

Por um tempo considerável, nada acontece. Então, ela pega uma mecha do meu cabelo e começa a brincar com ela. Imagino Mikela a enrolando nos dedos. Ao longe, a campainha toca. Torço que quem estiver à porta se apresse.

— Não me toque — sussurro, tremendo por dentro, não de medo, mas de raiva.

— Ou o quê? — ela pergunta, também com um sussurro, zombando de mim. — O que você vai fazer? — Dá para sentir ela alisando a mecha, passando as unhas por ela e, depois, voltando a enrolá-la. Então, ela ri, como se fosse alguém sem um pingo de preocupação. — Ah, amiga, nós duas vamos nos divertir muito juntas. Se você se comportar, eu deixo você assistir. — Um leve puxão no meu cabelo. — Opa, foi mal, você não pode. Em vez disso, vou deixar você ouvir. Posso ensinar umas coisinhas para você. Nós, parasitas, conhecemos muito bem o que fazemos, sabia? Aposto que você nunca fez ele gritar e implorar por misericórdia, fez?

Não consigo pensar em nada para dizer sobre isso, mas forço um sorriso. Não passa despercebido. O puxão fica mais forte, machucando o meu couro cabeludo e inclinando a minha cabeça. Resisto como posso, ainda sorrindo, me perguntando por que o doutor Sokolowski está demorando tanto.

— Me diga uma coisa, o seu nome, Mikela, tão exótico, é o resultado de pais pouco escolarizados? — pergunto, dando uma risadinha enquanto ela ofega.

A porta se abre, e Mikela pula para fora da cama. Finalmente consigo respirar direito. É o doutor Sokolowski.

— Senhorita Murtagh, o senhor Wellington teve que ir embora. — Ouço chaves tilintando na mão do médico. — O assistente dele acabou de vir buscá-lo. Algo urgente no set de filmagem e o elenco... Perdão, esqueci o que ele disse. Ele pediu para você levar o BMW de volta para Los Angeles. — As chaves tilintam, provavelmente trocando de mãos.

— Como ele foi capaz de me deixar aqui? — Mikela indaga, alcançando um tom agudo de frustração. — Ele nunca fez isso antes. Quem levou o Steve?

— Por favor, sinta-se à vontade para discutir isso com ele — o médico responde, impassível. — E peço que você nunca mais volte aqui até que tenha um mandado judicial válido. Entendido, senhorita Murtagh?

— Tira a mão de mim, babaca — ela retruca, mas os saltos agulha estão fazendo barulho em direção à saída.

Alguns momentos depois, a porta da frente é batida com força. Parece que a minha porta sempre suporta o peso de todo o drama da minha vida.

Presto atenção, tentando ouvir se o doutor Sokolowski voltou.

— Estou aqui, Emma — ele diz com delicadeza ao retornar. Algo faz barulho perto da cama, e o tubo do soro se move de leve contra o meu braço. — Você está em segurança. Pode dormir agora.

Não... não estou segura. Não enquanto ele não estiver aqui comigo. Não quando estou sozinha no escuro, presa dentro de um corpo traiçoeiro.

Porém, em pouco tempo, a minha consciência se desintegra, e com ela, o meu medo também desaparece.

Caio no sono.

CAPÍTULO 38

— Eu gostaria muito de um café ou uma Coca-Cola. O que for mais fácil — acrescento, esperando que seja o momento certo para tocar no assunto com o doutor Sokolowski.

Acredito que seja a manhã seguinte. Ainda estou um pouco confusa sobre a passagem do tempo. Ainda me sinto desorientada. Porém, lembro de ter jantado algum tempo depois que Steve foi embora e dormi um pouco. Jasmine me ajudou a conduzir o garfo para espetar pedaços de deliciosas batatas assadas com ervas, e eu as levei à boca com pouco auxílio. Jasmine cobre o turno da noite, de acordo com ela, então deve ter acontecido ontem à noite. Eu ainda me pergunto se ela está trabalhando com Steve e o que ela está fazendo de verdade.

— Queria poder te oferecer, mas receio que isso entre em conflito com a sua medicação — ele responde, rasgando uma embalagem. Há um leve cheiro de desinfetante. — Está se alimentando bem?

— Estou, sim. — Me pergunto se devo mencionar a habilidade de Jasmine no preparo de frango frito. Talvez isso também entre em conflito com alguma medicação. — A propósito, o que você está me prescrevendo? Quais medicamentos?

— Vários. Você ainda está tomando o Decadron para o inchaço no cérebro.

— Achei que...

— Diminuiu, sim, mas não de todo. Nós, médicos, preferimos ser cautelosos. Continuamos com o Versed, para te ajudar a dormir melhor e relaxar. Também ajuda a prevenir convulsões, que podem ocorrer em pacientes com lesão cerebral. O fentanil num adesivo para a dor. E você está recebendo soro intravenoso.

— Qual deles é responsável por me manter longe da cafeína?

Ele dá risada, um pouco abafada pela máscara.

— O Versed.

— Vamos riscar esse da lista. Eu estou muito melhor. — Alcanço o painel de controle da minha cama e levanto a cabeceira. — Está vendo? Agora eu consigo fazer isso.

— Parabéns, isso é muito bom. O seu tônus muscular está melhorando. Consegue mexer as pernas?

— Um pouco. Tenho mexido os dedos do pé com algum sucesso, mas erguer o joelho da cama são outros quinhentos. — Hesito, me perguntando se deveria falar sobre a fibromialgia, mas não falo. Algo indefinido me impede, mais como um pressentimento do que um pensamento racional. Deve ser por achar que não vou conseguir mudar a minha medicação se eu abrir a boca a respeito disso. Com certeza o doutor Sokolowski se apressaria para tratá-la.

— Como está a sua memória?

— Hum... um pouquinho melhor. Ainda procurando preencher as lacunas. Nem sempre funciona. Mas estou me lembrando de mais coisas.

— Você se lembra do ataque?

— Nã... não por inteiro. Eu sei o que aconteceu. Só não lembro de todos os detalhes de *como* aconteceu. Sei que o meu ex-marido tentou me matar.

— Você mencionou uma memória intrusiva, de estar sendo perseguida e olhar para trás para vê-lo vindo. Foi o Steve que você viu?

Não respondo de imediato, tentando, mais uma vez, dissipar a névoa daquele trecho específico da memória afetada.

— Ainda não consigo visualizar o rosto dele. Mas sei que foi ele. Não tenho a menor dúvida.

Enquanto conversamos, o doutor Sokolowski começa a checar os meus reflexos. Ele dá uma batidinha na unha do dedo do meio da mão. Cutuca cada cotovelo duas vezes. Passa um objeto pontiagudo na sola dos pés. Pede que eu aperte os dedos dele, o que faço muito melhor do que me lembro de ter feito antes.

— Você sabe onde está?

— Em casa — respondo rápido, me surpreendendo de como isso parece fácil. Ou seja, encontrar a informação certa dentro do labirinto da minha consciência. — Liberada do hospital aos cuidados do meu ex-marido — acrescento com um toque sutil de reprovação na voz. Se pudesse, reviraria os olhos, embora Steve nem esteja aqui. — Algum progresso em restabelecer a minha memória?

— Vamos dedicar um momento para comemorar o retorno da sua memória anterógrada. Você está formando memórias novas muito bem, recuperando-as depressa e sem titubear. Parabéns, Emma. — Ele passa os dedos sob o meu queixo e depois no meu pescoço, sentindo os linfonodos. O cheiro leve e elegante de manjericão e camurça invade as minhas narinas. Passei a gostar disso tanto quanto gosto da companhia dele. Ele vira a minha cabeça com cuidado, para a esquerda e para a direita. — Alguma dor?

— Nã-não. Quer dizer, sinto pontada na nuca, uma dor difusa, como uma enxaqueca persistente, mas não muito forte.

— Tontura? Náusea? Desorientação? — Meu prontuário faz barulho em sua mão ao bater na cama, sua caneta rabiscando o papel.

— Nada disso. Só muita confusão mental. É pior de manhã. É por isso que acho que você deveria me receitar um pouco de café. — Sorrio, mas ele não diz nada. — E eu não consigo formar memórias novas tão bem, mesmo que você queira comemorar. Às vezes, me pergunto se o que lembro aconteceu mesmo, ou se estou sonhando. Ou inventando para preencher as lacunas, como você disse.

— Isso é um grande progresso, Emma, mas temos um longo caminho pela frente, com diversos tipos de reabilitação. — Ele parece preocupado com outra coisa, mal prestando atenção.

— E os meus olhos? Tentei espiar por baixo do curativo e não consegui. Eles parecem pesados e flácidos.

O doutor Sokolowski puxa a borda do meu curativo, levantando um pouco. Eu não enxergo nada e ainda não consigo abrir os olhos.

— O doutor Winslow disse que você não deveria forçar os seus olhos de jeito nenhum.

— Mas eles parecem estranhos, e receio que isso não seja normal.

— Eles estão sendo tratados com um lubrificante para proteger a córnea, porque você não consegue piscar sob a bandagem. É por isso que parecem flácidos. Isso é perfeitamente normal, não se preocupe com isso. Em vez disso, procure se lembrar, e me diga como você se sente em relação ao que descobrir.

— Como assim?

— Como discutimos antes, algumas pessoas com amnésia pós-traumática não se lembram mais porque têm medo do *que* podem se lembrar. De reviver o trauma do ataque. Podemos marcar uma consulta com um psicólogo para ajudar. — Ele levanta a grade de proteção da cama e a trava no lugar.

— Obrigada, vou pensar a respeito. — Não posso dizer para ele que não sei como vou pagar as despesas médicas que acumulei até agora. Só posso evitar um maior acúmulo. — Acho que não é medo. É outra coisa, como se peças-chave de informação estivessem escondidas. Acho que vão vir até mim, porque estão começando a vir, mas de um jeito muito lento.

— Os resultados dos seus exames de sangue estão melhorando em todos os aspectos, com os marcadores de inflamação caindo. Excelente. — Alguns papéis farfalham novamente. — Ah, sobre você ter sido liberada aos cuidados do seu ex-marido. Isso foi resolvido, mas há um porém.

— Como foi resolvido? Steve foi informado a respeito? Ele não mencionou nada sobre isso, e eu fiquei surpresa, mas…

— Sim, eu o informei pouco antes de ele ir embora ontem. Teoricamente, você está num limbo agora, do ponto de vista da papelada, mas você pode resolver isso com facilidade se contratasse o seu próprio cuidador. Se, é claro, o neuropsiquiatra puder certificar que você é capaz de tomar decisões sensatas.

— Ah, entendi. — O medo aperta o meu estômago impiedosamente. Lembro-me do que disse quando perguntei a respeito daqueles anúncios pelo sistema de som. Psicose. Alucinações.

Estou tão ferrada.

— Como podemos fazer isso?

— Vou marcar uma consulta. Mas, por enquanto, não tem problema, porque você tem enfermeiras 24 horas por dia.

— Obrigada. — Tento não me preocupar com o que vai acontecer se eu não passar na avaliação psicológica, se me acharem mentalmente deficiente, ou qualquer outra expressão bonita e complicada que usam para dizer que sou louca. — Posso pedir um favor?

— Claro.

— Eu recebi uma mensagem hoje de manhã. Eu ouvi o bipe. Você pode ler para mim?

Ele pega o celular e digita a senha que lhe dou.

— Viu só? Você está formando memórias novas. Tudo bem, a mensagem é da Denise. Ela quer saber se pode vir ver você amanhã. O que devo responder?

— Sim, claro, a qualquer hora. — Por que a Denise me mandou mensagem? Ela sabe que não consigo enxergar. É um tanto estranho. Ainda assim, sorrio ao pensar nela vindo me visitar. Ela é a minha base, o meu alicerce.

Ouço o som familiar de envio de mensagem.

— Que tal eu trazer um pouco de sorvete após o meu turno no hospital? Para comemorar o seu progresso? O que acha?

— Eu adoraria — respondo, alargando o sorriso.

Depois ele sai, me sinto inesperadamente esperançosa, mas a esperança é perigosa. A esperança pode levar os seres humanos frágeis a criarem falsas expectativas e a se sentirem arrasados quando elas não se tornam realidade.

Então, após me repreender sobre a esperança e os seus perigos, volto a pensar naquela Coca-Cola. Ela me fez sentir bem, mais forte, mais coordenada. Mas continuei a melhorar por quase dois dias, bem depois da cafeína ter deixado o meu organismo. Fico intrigada com essa percepção. Não sei o que provocou a melhora e isso me incomoda, porque seja lá o que tenha feito, quero fazer mais disso.

Depois de um tempo, o cansaço começa a me dominar e estou prestes a cochilar, quando as palavras de Jasmine vêm à mente, a maneira como ela falou sobre a dor, como ela é útil, como nos lembra de que estamos vivos. Ultimamente, ela tem se mostrado obcecada pelo adesivo com fentanil, puxando-o, inspecionando-o, embora seja sempre o doutor Sokolowski quem o coloca no meu braço a cada poucos dias, e ele sempre fica lá. Nunca se solta.

O que aconteceria se eu levantasse só um pouquinho a borda? Eu suspeitava que Jasmine tivesse mexido ali, adicionado algo com cheiro de vinagre, mas não tenho certeza. E se o fentanil cheirasse a vinagre e alvejante? Não faço ideia de qual deveria ser o cheiro dele.

Não é difícil suspeitar das pessoas quando se está às cegas, ou quando se está paranoico. Sei com certeza que Jasmine fez alguma coisa com o adesivo, algo que ela não me contou, e que é muito suspeito, ainda mais se considerar o quanto ela se dá bem com Steve. Ou com Lisa, cujo número do telefone ela tinha. Lisa, que tinha um motivo maior para me matar do que Steve.

O fentanil é um sedativo poderoso, um analgésico opioide e anestésico, se bem recordo o que ouvi sobre as inúmeras mortes por overdose nos noticiários. Pode ser que a cafeína daquela Coca-Cola tenha reduzido a sua eficácia por um tempo.

Vou reduzir mais, e quem sabe a minha memória não me agradeça.

Isto é, se eu conseguir encontrar força e coordenação nos dedos para arregaçar a maldita manga e alcançar o adesivo.

CAPÍTULO 39

O CALOR SE ESPALHA POR UM LADO DO MEU ROSTO. O SOL, ENQUANTO ascende sobre as montanhas, deve estar brilhando pela janela. Ao longe, o lago com certeza está cintilando com manchas douradas sobre tons de topázio, safira e azul-turquesa. Os dedos roçam o lado esquerdo do meu rosto, percorrendo o calor do sol, sentindo o seu calor refletido no dorso da mão. Eu me deleito ao sol, virando lentamente a cabeça latejante para a esquerda, acolhendo o seu toque suave na pele.

Então, retomo os esforços para arregaçar a manga até expor o adesivo. Estou obcecada por isso, motivada a fazer o que me propus, e frustrada com a intensa luta necessária para concluir uma tarefa tão básica como arregaçar uma manga, ou pelo menos puxá-la um pouco para cima.

Não tenho destreza e força para pegar a extremidade da manga e puxá-la para cima. Se eu quiser tocar a ponta do dedo indicador com o polegar, consigo, pois os meus músculos só têm força suficiente para fazê-los se tocarem. "Hipotonia ou tônus muscular extremamente baixo", foi como o doutor Sokolowski chamou, e se saiu bem ao explicar o que significa. Entendo por que isso acontece; só preciso que pare de acontecer já.

Ao abaixar o braço, respiro com esforço, derrotada. Então, alcanço o painel de controle e desço a cabeceira da cama até ficar quase horizontal. Talvez eu consiga poupar a força gasta levantando os dedos e a use para empurrar o tecido um pouquinho para cima, agora que estou na horizontal.

A minha mente divaga ao lutar contra o tecido. Fico pensando nos anúncios pelo sistema de som que fizeram o doutor Sokolowski se preocupar com a psicose e as alucinações. E se ele tiver razão? E se eu estiver imaginando coisas, tentando preencher as lacunas, para formar uma imagem mental da minha hospitalização com sons e eventos imaginários, para que tudo não seja tão assustador e silencioso? Talvez não seja tão ruim quanto psicose, não é? O doutor Sokolowski disse que isso seria normal.

Havia alguém comigo quando aconteceu algum daqueles anúncios pelo sistema de som? Por um instante, quebro a cabeça com isso, e não consigo recordar uma única ocorrência. Eu teria comentado sobre isso com quem estivesse no quarto. Eu teria perguntado quem era aquele médico, porque sou naturalmente uma pessoa curiosa, ávida por qualquer migalha de conhecimento que possa encontrar.

Mas, por outro lado, como alguém poderia estar comigo quando aconteceu o anúncio pelo sistema de som, se não era real? E sei que não eram. O código azul só aconteceu em relação ao quarto 1204. Ninguém precisava do doutor Whitting em outro lugar, exceto no pronto-socorro. Por um instante, reflito sobre isso. Os anúncios não eram reais. Tenho certeza absoluta disso.

Gostando ou não, parece que eu estava inventando tudo. Estava alucinando ou simplesmente preenchendo as lacunas com sons que combinavam com um hospital. Na época, a minha memória estava um caos. Parece que não posso confiar em mim mesma nem um pouquinho. É melhor o neuropsiquiatra não implicar com isso para me imputar um rótulo de deficiência mental e colocar um ponto-final bonito na minha vida, responsabilizando Steve por tudo.

Não vou deixar isso acontecer, prometo a mim mesma. *Seja o que for.*

Pego o tecido da manga e o puxo um pouco para cima, mas ele escorrega de volta. Repetir a mesma ação na esperança de um resultado diferente, também conhecida como a definição clássica de insanidade, leva alguns longos minutos. Até que decido manter a manga puxada para cima sob o meu braço, para não deixá-la escorregar para baixo.

Ela fica no lugar. Finalmente, algum progresso. Passo os dedos trêmulos e fracos ao longo das bordas do adesivo. Em seguida, tento levantar um pouco o canto. Os dedos escorregam na superfície lustrosa e não conseguem segurá-lo. Estou prestes a soltar um palavrão quando a porta se abre. Passos leves, com solas de borracha, se aproximam depressa.

Não é Jasmine.

Não sei quem é.

— Quem está aí? — pergunto com a voz fraca, erguendo a cabeceira da cama, como se isso fosse ajudar em alguma coisa. Ficar deitada de costas me faz sentir mais exposta, mas enfim estou completamente vulnerável.

— Olá, Emma — uma voz familiar responde, se aproximando. Algo faz barulho perto da minha cabeça, e eu me encolho. — Sou eu, Isabella, checando os seus sinais vitais. Quer um pouco de água?

Respiro fundo.

— Você voltou.

— Sim, fiquei fora por uma semana. — Ela coloca algo na mesa ao lado da minha cama. — Você se lembra de mim. Que ótimo. — Ela parece sinceramente feliz por mim. — Canudo chegando — Isabella anuncia, e então o plástico toca os meus lábios. Tomo alguns goles com vontade. É muito bom.

— Obrigada.

— Como está se sentindo?

Presa, é o meu primeiro pensamento, mas não verbalizo.

— Você foi a minha enfermeira nos primeiros dias, não foi?

— Fui, sim. Uma delas.

— Eu falei alguma coisa que fazia sentido? — pergunto, querendo saber se eu estava tendo alucinações, mas como ela poderia saber quais monstros a minha mente danificada estava enfrentando?

— Para ser sincera, não me lembro de muita coisa. — Ela ri baixinho. — Uma semana de folga me deixa assim, ainda mais depois de levar três crianças barulhentas para esquiar por cinco desses dias. Estou acabada agora.

Então, provavelmente, o que eu falava não fazia muito sentido, e Isabella está constrangida demais para me contar. Ou ela quer proteger os meus sentimentos. Os profissionais da saúde dão grande valor à esperança e ao pensamento positivo. Mas considero não ter noção de nada mais perigoso.

Isabella vai logo trocando a roupa de cama. Um a um, os travesseiros são retirados dali. A nova roupa de cama preenche o ar com o cheiro de sabão em pó, uma marca que talvez eu tenha usado. É possível que seja a minha própria roupa de cama, lavada na minha própria área de serviço.

— Você conhece o doutor Whitting? — pergunto, tentando dar um tiro no escuro. Como ela poderia saber o fragmento da minha imaginação sobrecarregada de medicamentos?

Isabella vai trocando as fronhas sem vacilar.

— Conheço, ele é um cirurgião traumatologista.

A sua resposta me dá arrepios.

— E o doutor Parrish?

Ela ri baixinho, parecendo um pouco confusa.

— Ele faz residência em obstetrícia e ginecologia.

Começo a tremer, com um frio de gelar os ossos.

— E o doutor Jones?

— Ele faz residência na UTI — ela responde casualmente, recolocando os travesseiros na cama.

Na minha mente, o anúncio pelo sistema de som ecoa de leve. "Doutor Jones, compareça à UTI." Foi o que ouvi. Como é possível? Como Isabella poderia saber algo sobre as minhas alucinações? Ou ela está mentindo a respeito desses médicos, e está dizendo que Jones na UTI não passa de um golpe de sorte? Improvável.

E por que ela mentiria?

— Por que você está perguntando? — Ela afofa um travesseiro, colocando-o sob a minha cabeça e apoiando com cuidado as minhas costas. — Você conhece todos esses médicos?

— Lembro de ouvir anúncios pelo sistema de som, como código azul e para o doutor Jones comparecer à UTI.

Isabella dá uma risadinha e afofa outro travesseiro.

— Ah, faz sentido. É muito melhor em casa, não é? É bem mais tranquilo.

— É, mas… — Paralisada, eu faço uma pausa no meio da frase, sem saber o que dizer, no que acreditar acerca de tudo isso. Sou uma paciente com lesão cerebral traumática. A minha memória não está toda recuperada. Não sei se devo confiar em mim mesma e se estou imaginando coisas.

Pode ser que eu esteja imaginando a conversa que estou tendo com Isabella no momento. E se ela também não for real? Como eu saberia?

— Muito bem, terminamos por agora — Isabella anuncia e dá um suspiro curto e satisfeito. Ela começa a se mover pelo quarto, recolhendo coisa, abrindo a lixeira, jogando algo lá dentro.

A lixeira se fecha com aquele rangido familiar de metal contra metal. Não é uma lixeira de aluguel; é a mesma de sempre, desde que me lembro.

Antes que eu possa dizer alguma coisa, Isabella me pergunta:

— Precisa de mais alguma coisa?

— Nã-não. — A pergunta dela me pegou de surpresa… havia algo que eu queria dizer. Frustrada, pergunto a primeira coisa que vem à mente: — Você trabalha no hospital? — Não sei como descobrir a verdade sobre o que está acontecendo, quais perguntas fazer. Estou tateando no escuro, esperando encontrar uma pista.

— Sim, no Baldwin Memorial.

— Qual é a sua especialidade?

— Trauma. Trabalho no pronto-socorro. — Ela recolhe alguns itens que fazem barulho quando são colocados numa bandeja. Um barulho metálico, como talheres caindo sobre aço inoxidável ou algo assim. — Por quê? Você precisa de alguma coisa?

— E você também trabalha nas casas das pessoas?

— Em geral, não, mas respondi a um anúncio para trabalho extra, e você é o caso. Fiz alguns turnos, depois saí de férias, e agora estou de volta. — Ela faz uma pausa breve e depois acrescenta: — Se você não se sente à vontade comigo, Emma, me avisa. Estou fazendo o que posso, mas…

— Não, não é isso, juro. Você é ótima. Só que não consigo tirar da minha cabeça essa história dos anúncios pelo sistema de som. Achei que os hospitais não usavam mais os sistemas de som, ou algo assim. Você ouviu falar disso recentemente?

— Ah — Isabella soa aliviada. — Pararam de usar o sistema de som nos andares dos pacientes, mas continuam usando no pronto-socorro e nos centros cirúrgicos, onde as pessoas não conseguem ficar checando os celulares. Mas o sistema ainda existe. Se tivermos uma emergência com múltiplas vítimas...

— O que é isso?

— Casos de emergência que envolvem um engavetamento de vários veículos ou um incêndio num prédio.

— Entendi.

— Aí o hospital volta a ativar o sistema, porque o pessoal precisa concentrar toda a atenção nos pacientes e não pode ficar checando mensagens no celular. Então, depende. — Isabella vai até a cama e se detém. — O que mais posso fazer por você?

— Você pode pedir para o doutor Sokolowski dar uma passada aqui? — Tenho um monte de perguntas para ele.

— Ele não está aqui. Acho que está no turno do dia do pronto-socorro hoje. Talvez ele passe aqui mais tarde, depois do turno, se não só amanhã.

Me sinto triste com o pensamento, ansiosa, mas afasto isso tudo. O meu rosto está quente do lado esquerdo. Lembro de que a luz do sol está invadindo o meu quarto pela janela e me arrepio. As cortinas devem estar todas abertas.

— Você pode fechar as cortinas ao anoitecer? Tem um homem lá fora, alguém que anda me perseguindo.

— Claro. Jasmine vai estar aqui até lá. Vou deixar um bilhete para ela — Isabella responde após um breve instante de hesitação. A prancheta faz barulho. — Vejo que você tem alguns exames marcados para amanhã. Exames de sangue logo cedo e, depois, uma avaliação psiquiátrica às dez.

Algum tempo depois, Isabella vai embora, e eu mal respondo a seus desejos de boa-tarde. A minha mente ecoa com o som da minha própria voz gritando, reverberando sobre fragmentos de memória como cacos de espelho quebrado. Me vejo, estilhaçada, num milhão de imagens diferentes do mesmo terror.

Socorro! Por favor, alguém me ajude... Vá embora!

Me vejo correndo, virando a cabeça para olhar para trás e vacilando, batendo com força na parede e, então, me afastando. Chego até a porta e tento abri-la, mas não consigo. Me atrapalho com a fechadura, abro a porta e me viro para trás de novo, bem a tempo de ver o braço levantado acima da minha cabeça, pronto para descer com força, enquanto um olhar carregado de ódio crava os olhos em mim. Então, vejo o asfalto da entrada da minha garagem se aproximando para bater contra o meu rosto. Em seguida, todo o meu mundo mergulha na escuridão.

Afasto a memória intrusiva depois de revivê-la, desesperada para ver o rosto de Steve nela, precisando ouvir as palavras que precederam o golpe.

Eu não consigo.

Outra pergunta, igualmente apavorante, me mantém presa num redemoinho de inquietação. Como consegui ter alucinações com anúncios do sistema de som envolvendo médicos reais? Ou será que ouvi mesmo? Se os anúncios eram reais, por que ficavam se repetindo? Ou será que ouvi tudo apenas uma vez, mas esses sons ecoaram na minha mente sempre que precisei deles para me tranquilizar, me dizendo que ainda estou viva, não sozinha, em um hospital onde estava segura?

Se for verdade, como eu soube de antemão que o doutor Whitting seria necessário no pronto-socorro?

Por outro lado, por que eu confiaria em algo vindo de uma mente tão perturbada?

Enquanto os meus dedos trêmulos tentam segurar a borda do adesivo com fentanil, fico me perguntando por que não consigo me lembrar de algo mais distintivo sobre o hospital, além daqueles anúncios pelo sistema de som. Nenhum cheiro específico. Nenhuma equipe de limpeza. Ninguém passando e batendo papo, além daquelas duas garotas discutindo as opções para o almoço. Nenhum som de passos do lado de fora da minha porta, nem de ambulâncias chegando. A roupa de cama parece igual. A água tem o mesmo gosto.

Aquela maldita lixeira com a sua tampa rangendo. Igual.

Quando os meus dedos finalmente conseguem levantar a borda do adesivo e começam a descolá-lo, lembro do ar fresco que os meus visitantes traziam ao entrar no quarto, como se tivessem acabado de entrar vindos do frio. A menos que o meu hospital fosse bem ao lado da entrada, não fazia sentido.

Teimosa e determinada, descolo todo o adesivo e o escondo debaixo do cobertor. Em seguida, abaixo a manga para esconder o que fiz. Ninguém pode descobrir, ainda mais Jasmine, ou ela vai aplicar um novo no lugar.

Uma mosca zumbe na janela, dando cabeçadas contra o vidro, para tentar se libertar. Isso já aconteceu antes, quando eu estava internada no hospital. Como foi que Jasmine chamou isso? Algo sobre pressão positiva, que mantém os insetos longe dos hospitais. Ouvir isso me deixa arrepiada, enquanto um novo pensamento apavorante surge do recôndito da minha mente.

E se eu estiver sendo mantida como refém?

E se eu nunca estive no hospital?

CAPÍTULO 40

O MONITOR CARDÍACO AO LADO DA MINHA CAMA ESTÁ APITANDO SEM parar. Sinto que não consigo respirar, é a minha própria impotência me sufocando. Quem me dera pular fora desta cama, olhar ao redor e descobrir onde diabos estou e o que está acontecendo comigo. Será que estou perdendo o juízo? Será que fiquei paranoica, psicótica ou tem alguma outra explicação médica para o que está acontecendo com a minha mente partida em pedaços?

Acima de tudo, quem me dera ter algumas respostas, e que eu possa ter certeza de que são verdadeiras. Mas a única pessoa em quem posso ter confiança absoluta sou eu mesma. Embora, devo admitir, a ameaça de alucinações lança uma sombra sobre isso.

Sei o que me lembro, e não é nenhuma alucinação. Eu fui atacada. Lembro de gritar por ajuda, correr, o braço do assassino erguido acima da minha cabeça para o ataque. Lembro de cair no chão. As minhas memórias são reais. Ainda consigo sentir a adrenalina, o medo, como vieram naquele momento desesperador. O ardor da minha respiração ofegante queimando o meu peito.

A minha dor também é real. O meu corpo não mente para mim. O latejar na minha cabeça está começando a aumentar agora, deve ser porque removi o adesivo do analgésico, achando que me ajudaria a espairecer mais rápido. Tanto curiosa quanto com medo, coloco a mão na nuca, onde o latejar parece ter origem. Sinto a bandagem cobrindo essa área e a toco de leve, até encontrar um ponto que dói muito. É um trecho oblíquo de quase 13 centímetros, saliente e irregular. Deve ser uma laceração que foi suturada, como o doutor Sokolowski disse.

Esta ferida é real, tão real quanto possível. Mal consegue suportar o peso da minha própria cabeça deitada no travesseiro. O latejar é intenso às vezes, mas dá para suportar.

Então, essa parte é real; concluí sem qualquer dúvida.

E aí, depois que caí no chão com a cabeça rachada, o que aconteceu? A lógica indica que fui parar no hospital. Tudo aponta para essa direção. Os médicos, as enfermeiras, os medicamentos, os exames de sangue, os equipamentos médicos, até mesmo os anúncios pelo sistema de som. O fato de eu ter sobrevivido a essa lesão, e de estar melhorando. Tudo isso aponta para um hospital que me acolheu e me trouxe de volta à vida, mesmo que ainda não à saúde plena.

A única coisa que não se encaixa são os anúncios pelo sistema de som; o fato de que eram repetitivos. Nada mais. Sinto um frio na espinha ao chegar a essa conclusão. Será que o mais provável é que a anomalia dos anúncios pelo sistema de som não passou de alucinação? Ou será que alguém orquestrou uma farsa bem elaborada sem um motivo evidente?

Talvez eu tenha sonhado com toda essa história do sistema de som; devo admitir. Porém, a minha intuição não aceita essa conclusão. Posso pedir ajuda para quem? E como? Em quem posso confiar a minha vida? E será que eu preciso mesmo chamar alguém, ou vou piorar as coisas, adicionando mais preocupação a minha sanidade?

Seja qual dos monstros que tomaram conta da minha mente, eles foram criados por um cérebro traumatizado, intoxicado com medicamentos. Agora, pouco a pouco, estou voltando a entender as coisas. Também consigo me mover um pouco melhor. Parece que a minha suposição estava correta. O adesivo com o analgésico estava me enfraquecendo. Conforme os efeitos vão desaparecendo, o latejar na cabeça se torna quase insuportável, mas a minha força melhora. É um preço que estou feliz em pagar.

Ao longe, alguém dá descarga; deve ser Isabella. A caixa de água do vaso sanitário se enche com o som de assobio multitonal que me lembro de ter ouvido antes. Claro, já ouvi isso antes. Se as pessoas estão acampadas na minha casa para cuidar de mim, elas estão usando o banheiro. E é o meu banheiro. Devo ter dado descarga centenas de vezes. O meu cérebro se esforça para reconhecer os sons familiares da minha própria casa através da névoa de medicamentos. Isso é tudo; deve ser, mesmo que a cronologia pareça meio confusa, como se eu tivesse ouvido isso enquanto ainda estava no hospital. Porém, desde que a névoa começou a se dissipar com aquela Coca-Cola, as coisas estão começando a voltar para mim, e agora está tudo claro.

O doutor Sokolowski tinha razão. A minha mente deve ter fabricado explicações para os pedaços de informação faltantes. Ela preencheu as lacunas da melhor maneira possível.

Contudo, a minha própria paranoia é irritante. Nunca sofri de ansiedade, mas acho que é assim que ela deve se manifestar. Uma sensação torturante de pavor, sugando a vida de mim, me convertendo num desastre disfuncional. Um verdadeiro inferno.

Um toque vindo do meu celular me lembra de quão impotente eu sou na verdade. Um prazer tão simples: ler uma mensagem sem ter que pedir ajuda a alguém. Sem ter alguém compartilhando o segredo de cada comunicação pessoal.

Será que é outra mensagem da Denise? Ainda não consigo entender por que ela me mandou mensagem, sabendo que não sou capaz de enxergar. Vou perguntar quando ela chegar aqui. A decisão alivia a minha ansiedade por um momento, mas é tempo suficiente para pensar em algo que eu poderia tentar.

Volto a abaixar o encosto da cama até ficar quase na horizontal. Em seguida, coloco as duas mãos no rosto e encontro a borda da bandagem que cobre os meus olhos. Me esforço para segurá-la, assim como fiz com a manga e o adesivo mais cedo, mas sinto que está indo um pouco melhor. Consigo levantar a gaze um pouco, e procuro espiar por baixo dela. Porém, os meus olhos se recusam a abrir, com as pálpebras pesadas, mantidas fechadas pela gaze.

Mas nada dói, exceto a minha cabeça. Então, continuo.

No início, não vejo muito, apenas um pouco de luz embaçada, uma faixa estreita através das pálpebras quase completamente fechadas. Em desespero, tento piscar, mas as pálpebras não se movem muito. A bandagem na cabeça está apertada, exercendo pressão sobre elas, mas se eu olhar para baixo, consigo ver uma linha fina do que está lá fora.

Está brilhando. Insuportavelmente. É maravilhoso ver de novo.

Ao desafiar a enxaqueca latejante, forço a cabeça para trás até conseguir vislumbrar de onde vem aquela luz. É um círculo de sete lâmpadas potentes bem acima da minha cabeça. Sinto o ardor das lágrimas nos olhos e os fecho por completo. O esforço para encarar aquela luz é insuportável. Depois de um tempo, quando paro de ver manchas verdes diante das minhas pálpebras fechadas, volto a espiar por baixo da bandagem, olhando ao redor e movendo lentamente a cabeça da esquerda para a direita.

Estou na suíte principal da minha casa. Reconheço as cortinas, os móveis, tudo, exceto o equipamento hospitalar mencionado pelo doutor Sokolowski. Há um carrinho de reanimação com gavetas ao lado da cômoda, perto da janela. Um monitor cardíaco móvel, apoiado num suporte com cinco rodízios, exibe os meus sinais vitais em vermelho e verde, bem como imaginei. Uma banqueta de laboratório sobre rodinhas está perto da cama e, ao lado da janela, há uma mesinha com uma bandeja metálica em cima. A minha cama king size foi substituída por uma estrutura hospitalar branca com grades de proteção de ambos os lados e um painel de controle complicado à direita.

Eu reconheço o restante; são os móveis do meu quarto.

Exceto pela luminária de teto. As sete lâmpadas que brilham como o sol acima da minha cama não são minhas. Antes, havia um ventilador de três lâminas ali, com uma iluminação central suave e um controle remoto de intensidade de luz.

Eu tinha visto essa luminária nos meus sonhos. E, por mais perturbador que esse pensamento seja, dedico um tempo para reconhecer o que isso significa.

Eu sou capaz de enxergar.

A sensação de alívio que me invade é tão sufocante quanto estimulante. É extremamente libertadora.

Talvez eu sempre tenha sido capaz de enxergar. Quem sabe eu tenha aberto os olhos quando trocaram a minha bandagem, mas não me lembro de nada disso. Por causa dos medicamentos.

Os meus olhos voltam a espiar por baixo da gaze, como se eu não acreditasse que fosse verdade. Eu me delicio ao ver o mundo a meu redor, cada detalhezinho. Até aquela lixeira de metal que eu ficava ouvindo, agora também a vejo. O logotipo nela é preto, e não vermelho. Sorrio, me perguntando como eu sabia disso. Pisco várias vezes, mesmo que ainda não consiga abrir os olhos por completo, me esforçando para focar naquele logotipo. As lágrimas removem um pouco do lubrificante, e a minha visão melhora um pouco mais.

Não são círculos de risco biológico. São as três folhas do logotipo da marca da lixeira automática que tenho na minha cozinha.

Sempre foram assim.

O meu subconsciente estava tentando me dizer isso, com a minha obsessão pelo logotipo preto, só que eu não ouvi.

E com esse pensamento, o medo volta como uma onda, arrebentando sobre mim até me tirar o fôlego. Tenho que falar com alguém sobre isso. Eu deveria ligar para alguém, agora mesmo. Frenética, me lembro da investigadora, me disseram que ela passou no hospital para me ver, e do cartão de visita que ela deixou, aquele com o logotipo circular. Tem o número do celular dela no verso; foi o que o doutor Sokolowski disse.

É um esforço enorme, exaustivo e doloroso para a minha mão chegar tão longe. Tenho que virar todo o meu corpo, e as minhas pernas ainda não estão funcionais. Passo as mãos pela superfície da mesa de cabeceira em busca do pedacinho de papel-cartão, e acabo o encontrando. Toco o grande logotipo circular e em relevo com a ponta dos dedos, pego-o e o trago para o campo de visão limitado que tenho.

O logotipo não diz Departamento de Polícia de Lake Tahoe. Eu o releio, incrédula.

Locação de Equipamentos Médicos Heal Home.

Fecho os olhos e sinto o logotipo com a ponta dos dedos, tentando ter certeza de que é o mesmo que toquei antes. Que não estou delirando ou simplesmente enganada.

É o mesmo.

O doutor Sokolowski mentiu para mim.

CAPÍTULO 41

PASSO UM BOM TEMPO ME PERGUNTANDO SE DEVERIA REMOVER A BANdagem da cabeça e acabar com isso de uma vez. Saber que sou capaz de enxergar tem sido libertador e assustador ao mesmo tempo. Mas por que o médico quis que eu pensasse que fiquei cega? Eu deveria confrontá-lo, mas estou fraca demais para fazer isso. Ele já pode ter me visto espiar por baixo da bandagem, se ele monitora os vídeos das câmeras de segurança.

Eu preciso de ajuda.

Até conseguir entender o que está acontecendo, é melhor eu manter a bandagem no lugar e fingir que nada mudou. A decisão não é fácil; já estou mais do que pronta para me livrar desta cama e de toda essa gente. Mas a traição do médico é dolorosa. Por que o doutor Sokolowski mentiu para mim? Será que Steve está pagando para ele me fazer aceitar a tutela? Será que é isso? Tudo por causa da casa?

Quando eu o tirei do sério, a voz de Steve tinha um tom de desespero. Percebi como ele ficou apavorado com a possibilidade de eu vender o imóvel para qualquer outra pessoa que não fosse ele. Ele era um homem bem diferente quando estávamos juntos, antes de Mikela entrar em cena. Steve era racional, até mesmo frio e calculista, nas suas decisões. Sim, tivemos as nossas fases difíceis, quando os projetos certos não apareciam para ele, e suportamos a decisão dele de esperar pelo certo, enquanto eu trabalhava para pagar as contas rotineiras. Para mim, estava tudo bem, mesmo que para ele não estivesse. Algo sobre esse lance da casa não faz sentido. A menos que eu deva acreditar no que Mikela disse, que ela quer esta casa em particular, que quer me ver sendo colocada para fora, porque foi aqui que eles transaram pela primeira vez. Na minha cama.

Bem, eu tenho que me lembrar de pôr fogo naquela cama, se ela ainda estiver aqui em algum lugar. Vou levá-la ao terraço dos fundos, encharcá-la com gasolina, acender um fósforo e vê-la queimar.

Porque eu consigo acender um fósforo, vadia. Mais alguns dias, também serei capaz de acender um isqueiro.

Satisfeita, levanto os punhos no ar e, depois, estendo os dedos ao máximo. Após um tempo, passo para as pernas, tentando dobrar os joelhos e forçar os músculos da coxa a trabalhar mais. Irritantemente vagarosa, isso acontece. Consigo flexionar o joelho e levantar a perna um pouquinho.

— Boa noite, Emma. — Assim que Jasmine entra no quarto, endireito as pernas e coloco as mãos ao lado do corpo, torcendo para que ela não tenha notado o que eu estava fazendo.

— Oi, Jas — respondo, ofegando um pouco pelo esforço que investi no meu treino. — Como andam as coisas?

— Tudo bem. Só estou um pouco cansada, nada demais. — Ao se aproximar de mim, Jasmine suspira e coloca algo na cama. Prendo a respiração, sabendo que ela está olhando para mim. Ela talvez perceba a ausência do adesivo. — A sua frequência cardíaca está um pouco alta — ela diz um pouco depois. — Como está se sentindo? Alguma dor hoje?

— Na verdade, nã-não. Estou bem. — A minha cabeça está latejando, e eu preciso aprender a mentir melhor. *Ah, e a propósito, eu sou capaz de enxergar.* O pensamento me faz sorrir um pouco.

Jasmine fica calada. Ela se mantém ocupada no quarto, andando de um lado para o outro com uma claudicação leve e um gemido ocasional. Ela regula o meu soro, enquanto eu me encolho, sabendo que ela está bem ali, ao lado do meu braço esquerdo sem o adesivo. Tomara que a manga esteja cobrindo o crime que cometi, e que ela não perceba nada.

— Você está um pouco desidratada — ela diz. — Aumentei a solução salina e vou trazer um pouco de água. Você não está com sede?

— Estou, sim — respondo com entusiasmo, sabendo que os líquidos ajudarão a eliminar o fentanil do meu organismo. Quando Jasmine aproxima o canudo da minha boca, esqueço de mim mesma e o pego com dedos trêmulos, esvaziando todo o copo.

— Muito bem — ela me elogia com empolgação. — Logo, logo você não vai mais precisar de mim. — Ela faz uma pausa. — É o que quero para todos os meus pacientes. Que deixem de precisar de mim.

Dou um riso baixinho. Então, me recordo para quem ela trabalha, e o meu riso desaparece. Não consigo confiar nela nem um pouco. Gostaria que ela sumisse já daqui, e me deixasse em paz.

O jantar está delicioso — purê de batatas e omelete de queijo — e logo limpo o prato. Em breve, vou precisar de toda a minha força. Jasmine ainda conduz a minha mão até a boca, mas o meu aperto é mais firme, e ela percebe. Eu provavelmente conseguiria me alimentar sozinha se não fosse essa maldita bandagem.

— Alguma chance de a gente dispensar o Versed hoje? — Faço uma pausa breve. A respiração dela chega ao meu cotovelo. — É assim que se chama, não é? O meu sedativo?

— Não sei se é possível — ela responde baixinho. — Não é só um sedativo. Ele impede convulsões em pacientes com lesão cerebral traumática. Eu teria que perguntar para o...

— Não — eu me apresso em impedi-la. — Deixa pra lá. Eu mesma vou perguntar para ele. Só não me dê o sedativo antes que eu consiga perguntar para ele. Por favor.

Mais um momento de silêncio.

— Claro. — Jasmine junta algumas coisas, joga o lixo fora e pega o que havia colocado na cama a meu lado. — Se você sentir mais dor do que consegue suportar, é só me chamar que eu cuido disso. Lembra como fazer isso?

Sem muito esforço, aponto o painel de controle com um dedo.

— Lembro, é aqui, não é? Esse botão?

— Isso, muito bom. Eu estou dormindo no quarto de hóspedes, do outro lado do corredor. Assim, posso ouvir se você me chamar, ou se o monitor disparar um alarme, está bem?

— Sim, obrigada. Boa noite, Jas. Vou ficar bem, sério.

A porta se fecha. Por um instante, fico ouvindo com atenção. Sou a única a respirar no quarto. Então, reflito um pouco, revivendo a nossa interação estranha. Jasmine nunca havia dito isso antes, não o detalhe sobre a dor ser insuportável, nem que ela dorme perto do meu quarto, onde pode me ouvir.

Será que eu deveria ficar mais assustada do que já estou? Será que ela percebeu que eu tirei o adesivo? Talvez eu nunca saiba. Só posso torcer para que Jasmine esteja bastante cansada para pegar no sono e esquecer completamente o Versed.

Uma porta se abre ao longe. Um micro-ondas apita. Após um tempo, o telefone toca, e Jasmine atende, com a voz abafada e indecifrável através das paredes. Ela fala por uns dez minutos. Então, finalmente, todos os ruídos cessam, depois que a descarga é acionada e aquele assobio multitonal me diz que a caixa de água do vaso sanitário já está cheia.

Quando a casa fica estranhamente silenciosa, pego o celular e o coloco sobre o peito, depois levanto a borda da bandagem e alcanço uma parte estreita da tela, o suficiente para acessar o número de Denise. Faço a ligação e, em seguida, puxo o cobertor sobre a minha boca para abafar o som.

— Oi, Emma — ele diz, deve ter visto o meu nome na tela do celular. — Como está?

Não tenho tempo para isso agora.

— Por favor, me ajude — sussurro às pressas, em pânico. Jasmine ou o doutor Sokolowski podem entrar a qualquer momento. — Você precisa chamar a polícia. Acho que estou sendo mantida refém aqui. Suspeito que seja obra do Steve. Ele quer se apossar da minha casa.

— Do que você está falando? Não é possível. Tem certeza, querida?

— Você não sabe o que ele fez. Ele trouxe um advogado aqui. Quer que eu assine um acordo de tutela, para ele poder se mudar para cá com a Mikela. Ele quer usurpar todos os meus direitos. — Começo a chorar e mordo o lábio para tentar parar. — E eu não consigo lutar contra ele. Eu não consigo lutar contra todos eles.

— Ah, querida... Isso aí não tem nada a ver com o Steve Wellington que eu conheço.

— Pois é, nem me fale. E você não sabe nem metade da história. — Faço uma pausa, sem contar para ela que Steve tentou me matar. Não sei por quê; talvez porque ainda não consigo ver o rosto dele naquela memória.

Um instante de silêncio pesado me faz perguntar se Denise acredita em algo que eu disse. É difícil de acreditar; no lugar dela, eu provavelmente ficaria tão chocada quanto. *Vamos lá, vamos lá,* eu a incentivo, sabendo que o meu tempo é limitado.

— Tem certeza de que não está exagerando? Você está tomando muitos remédios. E também teve uma lesão cerebral, Emma. É possível que você esteja imaginando alguns desses, hum, eventos?

Deixo escapar um longo suspiro entrecortado. Não me surpreende que Denise ache que eu enlouqueci. Às vezes, também acho isso.

— Denise, se tem uma coisa, e só uma coisa, que eu posso pedir a você, seria que confiasse em mim. Por favor, me ajude. Eu preciso que você acredite em mim agora.

— Vou fazer algumas ligações...

— É a coisa mais importante que você pode fazer por mim. Por favor.

— Tudo bem. Me dê alguns minutos. Posso retornar a ligação?

— Pode — respondo e desligo com medo de que Denise não confie mais em mim. Mas eu confio nela. Se ela disse que vai me dar um retorno, ela vai fazer isso. Abaixo o volume do toque do celular e espero, com a audição atenta, prestando atenção no menor ruído do outro lado da porta.

Quando o celular toca, tomo um susto. Tenho um pouco de dificuldade de atender a ligação por causa do meu dedo desajeitado e descoordenado. Mas acabo conseguindo.

— Denise? Você falou com alguém?

— Falei com o seu médico. — Ao ouvir as suas palavras, perco o chão. — Ele explicou o motivo de tudo isso estar acontecendo, sendo perfeitamente normal em casos como o seu, em que o cérebro foi traumatizado. Ele disse que nenhum cérebro é igual ao outro e que é difícil prever o que vai acontecer à medida que o cérebro se reconecta após o trauma. Ele me deu o telefone do seu neurologista, o doutor Winslow. Deixei uma mensagem de voz para ele. Ele deve te ver pela manhã.

Os meus olhos estão cheios de lágrimas.

— Você não acredita em mim — sussurro. — Você era a minha última esperança. E agora ele já sabe...

— Eu não terminei — Denise intervém. — Como sempre, você me interrompeu. Eu vou aí amanhã, logo cedo. Vou cuidar de você pessoalmente, está bem? Sei que tudo isso é apavorante, mas não faça nada, não diga nada. Só descanse um pouco. Amanhã você pode deixar tudo por minha conta. Eu vou resolver tudo.

— Obrigada — sussurro entre lágrimas. A ligação termina, o silêncio volta, pesado e ameaçador, justo quando atino que nunca perguntei por que ela me mandou uma mensagem sabendo que eu não conseguia enxergar. Decido mandar uma mensagem para ela em vez de ligar de volta. Faz menos barulho, para evitar que Jasmine ou o doutor Sokolowski ouçam.

Com dedos fracos e trêmulos, ativo o ícone de mensagens.

A primeira coisa que reparo me dá um susto. A última mensagem não era de Denise. Era de Tim, o assistente de Steve, com a notícia de que Steve está desaparecido.

Com um arrepio, lembro que Tim morre de medo de avião.

Ele nunca teria vindo buscar Steve em casa para alguma emergência no estúdio em Los Angeles. Algo mais aconteceu. E o doutor Sokolowski mentiu a respeito disso.

E agora Steve está desaparecido. Segundo a mensagem de Tim, ninguém o viu desde que ele esteve aqui ontem.

O que está acontecendo?

O pânico se apodera de mim. Desesperada, fico olhando para a tela, pensando no que fazer. Como me salvar.

Ofegante, navego pelos meus contatos, procurando um nome em quem eu possa confiar. Então, toco em um, encarando o rosto bonito exibido na tela. Memórias vêm à tona de repente, doces lembranças dos bons momentos que tivemos. Do amor que compartilhamos. O avatar sorri para mim, com o sorriso tocando os olhos cor de avelã hipnotizantes do homem.

Sem resposta, a ligação vai para a caixa de mensagens. Ouvir a voz de Adrian na gravação me agita por dentro — emoções conflitantes demais para entender. Uma sensação de perda e saudade, resquícios de um antigo amor, e também medo, talvez pelo receio de voltar a falar com ele. Adrian teria todo o direito de me mandar para o inferno.

Eu já estou nele.

Espero o bipe, então falo, as minhas palavras mal escolhidas num sussurro sem fôlego.

— Oi, Adrian, sou eu, Emma. Sei que já faz um tempo, e você seguiu em frente. Você não me deve nada, mas, caso você possa, venha até a minha casa. Eu preciso de você... aconteceu uma coisa. Por favor.

Então, espero.

CAPÍTULO 42

O TEMPO VAI SE ARRASTANDO VAGAROSO QUANDO ESTAMOS ESPERANDO.
Para mim, é muito pior do que isso. Tenho medo do momento em que aquela porta vai se abrir, de quem vai passar por ela e quais são as intenções dessa pessoa. Ainda não estou bastante forte para me defender.

A tela do meu celular me mostra a passagem do tempo. Isso me ancora. Aqueles números no mostrador digital são a minha tábua de salvação em relação ao mundo, à realidade. Sei que já são quase dez da noite, e o silêncio absoluto significa que Jasmine deve estar em sono profundo. Ela deve ficar aqui até de manhã, mas já faz um tempo que não ouço nenhum som vindo do quarto de hóspedes. O quarto fica do outro lado do corredor, à esquerda, e tem o seu próprio banheiro. O da caixa de água do vaso sanitário que assobia.

Dar a descarga naquele vaso sanitário deve ser a primeira coisa que Jasmine vai fazer depois de acordar. E eu vou ouvir e vou estar pronta para ela.

Mas cadê o doutor Sokolowski? Ele não deveria ter dado uma passada aqui hoje, com o sorvete que ele se dispôs a pegar? Para comemorar o retorno da minha memória anterógrada, como disse. Em descrença, faço um leve gesto negativo com a cabeça, porque ela dói.

Não sei mais no que acreditar.

Dou mais uns 30 minutos para ter certeza de que o médico não vai passar aqui hoje, aproveitando o tempo para mover as pernas. Porque tem algo que preciso fazer sem falta, hoje à noite. Não posso esperar por Denise... Não posso viver nesta incerteza apavorante. Eu tenho que saber.

Enquanto faço a contagem dos árduos exercícios para as pernas que consigo fazer sob o cobertor, me lembro do primeiro encontro com Adrian, no set de filmagem. Eu fazia o papel principal naquele filme romântico; ele era o meu coprotagonista. Na verdade, nos beijamos pela primeira vez naquele filme, sob o olhar atento e profissional do diretor. Lembro-me de me sentir culpada por ter gostado de beijar um estranho.

Volto a pensar naquela conversa estranha dele com Lyle, o seu agente autoritário. E algo mais se revela para mim.

Através da névoa do tempo, ouço uma voz. É de Lyle, o agente que adora imitar Joe Pesci. A memória gira na minha mente, invasiva, insolente e ainda incompleta.

— Siga o meu conselho, garoto, assine na linha pontilhada e o céu será o limite para Adrian Sera — ele disse, com a voz rouca, como se fumasse dois maços de cigarro por dia e bebesse até cair todas as noites. — Caramba, as mulheres vão fazer fila ao redor desse quarteirão para passar uma noite com Adrian Sera.

— Não quero saber, Lyle. Não vou fazer isso — Adrian gritou, parecendo determinado demais para alguém que estava prestes a fazer exatamente o oposto alguns instantes depois.

— Garoto, você quer mesmo voltar a transar? Então assine essa droga de papel. É a sua única chance.

Adrian se virou na hora, dispensando Lyle com um gesto de mão.

— Eu disse não. Isso aí não é quem eu sou. — Ele começou a vir em minha direção.

E Lyle agarrou a manga de Adrian e o segurou.

— Olha, ninguém consegue...

As palavras de Lyle sumiram no fundo. É aí que a memória termina, com a história inacabada e as minhas perguntas sem resposta. Sei que Adrian assinou o contrato momentos depois, mas o que foi dito nesse meio-tempo se perdeu para mim.

Que diferença faz agora?

Quero que essa memória me deixe em paz. Não passa de uma ideia fixa, de um resquício, é isso o que é. Se Adrian aparecer, vou perguntar o que foi aquela conversa estranha com Lyle. Então isso vai parar de me assombrar. No fundo, sinto que é importante resolver esse mistério de alguma forma.

Perto das onze da noite, decido que já esperei o suficiente. Elevo a cabeceira da cama até ficar ereta e, em seguida, começo a desenrolar a gaze da bandagem da minha cabeça. Vou devagar, com os braços trêmulos e fracos, sendo difícil mantê-los trabalhando acima da minha cabeça. Quando estou quase terminando, vou mais devagar ainda. Sinto a gaze grudando nos meus pontos, me fazendo gemer. É preciso ter paciência para desenrolar do cabelo sem puxar o couro cabeludo. Quando a última parte se solta, abaixo os braços e os deixo descansar por um minuto.

Em seguida, tento abrir os olhos direito, extremamente vagarosa, com receio do que pode acontecer. As pálpebras resistem. Sinto o rosto com os dedos e encontro pedaços de esparadrapo mantendo-as fechadas. É uma tarefa árdua descolar o esparadrapo, mas finalmente consigo. Então, enfim, abro os olhos, acostumando-os a ver novamente, com a luz do quarto.

A luminária acima da minha cabeça está com a luz fraca, não tão brutalmente brilhante como me lembro de antes. Reconheço o controle remoto de intensidade de luz, na mesa de cabeceira a meu lado, e abaixo a luz ainda mais, para me dar tempo de me adaptar.

Então, prendo a respiração e abaixo a grade de proteção lateral esquerda da cama. Olho para o painel de controle a minha direita, até localizar um par de botões com setas e uma ilustração representando uma cama subindo e descendo. Aperto a seta para baixo e a cama desce comigo, sem fazer barulho, até parar com um bipe quase inaudível. Então, removo o meu cateter intravenoso, deixando a agulha pendurada e solta no tubo.

A fiação do monitor cardíaco vem a seguir. Antes de descolar da minha pele, viro a cabeça e olho bem para o aparelho. Não posso correr o risco de deixar o alarme disparar só porque um fio condutor foi desconectado. No canto inferior direito, vislumbro um botão liga/desliga. Um instante depois, o bipe finamente para, e sou envolvida por um silêncio absoluto.

Viro para o meu lado esquerdo e, em seguida, me impulsiono para ficar sentada. Os meus pés tocam o chão. Eu me apoio neles, tentando ver se as minhas pernas vão suportar o meu peso. É duvidoso, mas não tenho muita escolha. Segurando a grade de proteção abaixada, me esforço para sair da cama.

Os meus joelhos estão tremendo muito, mas estou de pé. Após um longo momento de incerteza, solto a grade de proteção e dou alguns passos, com medo de que minhas pernas falhem e eu caia. Mas não caio. Com os punhos cerrados pelo esforço, consigo chegar até o carrinho com gavetas perto da janela.

Uma a uma, vou abrindo as gavetas devagar, vasculhando o conteúdo. Uma está cheia de itens básicos para curativos: gazes, compressas, rolos de esparadrapo, tesouras e kits de sutura estéreis. A gaveta acima está abastecida com medicamentos em forma de comprimidos e frascos, e até algumas bolsas de soro intravenoso. Outra gaveta contém equipamentos embalados em plástico e rotulados: tubos endotraqueais, laringoscópios, kits de cateter de sucção e até um kit de cricotireoidostomia. Nada que eu possa usar.

Encontro o tesouro na última gaveta, onde estão as seringas pré-carregadas com todo tipo de medicamentos, codificadas por cores e muito bem organizadas. Pego uma com a etiqueta VERSED e a seguro na mão. Sei o que o Versed é capaz de fazer. Ele me apaga em minutos.

Um breve momento de atenção me diz que Jasmine está em sono profundo. Da porta do meu quarto, consigo ouvir o seu ronco franco. Vou me movendo com o máximo de cuidado, e apoio a mão na parede para me equilibrar, sigo pelo corredor e chego à sala. Em seguida, entro no escritório e abro o armário.

225

No interior do pequeno espaço, uma escrivaninha contém um pequeno monitor, um teclado e um mouse com fio. A unidade de controle do sistema de segurança da casa está instalada numa prateleira fixada na parede. Uma banqueta de três pernas está enfiada debaixo da escrivaninha. Eu a puxo, sem soltar a seringa da mão, e me sento, ignorando a poeira.

O doutor Sokolowski me disse que a polícia pegou os vídeos do sistema de segurança da noite do ataque. Não sei se é verdade. Mesmo que seja, aconteceu antes da última visita de Steve. Ligo o sistema e espero o monitor exibir o menu e o conjunto de imagens das câmeras. Então, escolho a que focaliza a porta do meu quarto. Retrocedo a imagem e observo os marcadores de tempo mudando depressa. Por um tempo, nada acontece na tela, com a exceção de uma enfermeira, que deve ser Jasmine, indo e vindo, e Isabella antes dela. Então, chego ao momento em que o doutor Sokolowski havia saído do meu quarto. Alguns minutos antes, ele tinha saído com Mikela. Mais alguns minutos antes, com Steve.

Quero saber o que aconteceu com ele. Aposto que Tim não foi até Lake Tahoe para pegar Steve.

Memorizo o marcador de tempo e mudo para a câmera que focaliza o lado de fora da porta da frente. Nada acontece então. Alguns minutos depois, vejo Mikela saindo da casa, assumindo o volante do BMW azul de Steve e indo embora.

Frustrada, volto para as câmeras internas e escolho a da sala. Em seguida, acesso o marcador de tempo que memorizei. Vejo o doutor Sokolowski conversando com Steve. Os dois pareciam visivelmente irritados, gesticulando com exagero, adotando posturas provocativas e se encarando. Então, o doutor Sokolowski parece convidar Steve a sair pela porta do terraço dos fundos. Tem algo estranhamente familiar no modo de andar do médico, ainda que a imagem esteja borrada, e distante, e registrada de um ângulo ruim. Como se eu já o tivesse visto antes.

Pode ser que já o tenha visto, da mesma forma que já vi aquela luminária, mas não lembro.

Prendo a respiração, mudo para a câmera que focaliza o quintal. Como se estivesse assistindo a um filme mudo de terror, vejo os dois homens continuando a discussão. Steve dá um passo ameaçador na direção do doutor Sokolowski, que recua um pouco. Então, com uma rapidez impressionante, o médico acerta um soco na garganta de Steve.

Fico boquiaberta, e, em seguida, tapo a boca.

Na tela de baixa resolução, vejo Steve engasgar e cair no chão, com as duas mãos no pescoço, enquanto o doutor Sokolowski o observa sem fazer um único movimento para ajudá-lo. Após algum tempo, o médico se aproxima e pisoteia o pescoço de Steve, pressionando até Steve parar de se contorcer e ficar imóvel. Cerca de um minuto depois, após olhar bem ao redor, o doutor Sokolowski checa o pulso de Steve na carótida e então arrasta o corpo dele para a floresta nos fundos da casa. Ele sai de lá com um molho de chaves de carro na mão e volta para dentro.

Continuo assistindo, com a boca tapada, tentando controlar o coração acelerado. Sei o que tenho que fazer agora. Tenho evidências. Eu mesma posso ligar para a polícia, neste exato momento, e será o fim.

Agarro a borda da mesa para me apoiar e me levanto devagar. Desligo o monitor e me viro para sair. Então, fico paralisada.

Da porta, Jasmine está me encarando.

CAPÍTULO 43

— Eu sabia — Jasmine resmunga, irritada, mais para si mesma. Ela me encara da cabeça aos pés com os olhos arregalados de espanto. — Ai, meu deus. Venha, vamos.

Ela é mais alta do que eu havia imaginado. Um pouco mais magra, mas ainda assim, corpulenta. Ela usa um jaleco azul-escuro e um estetoscópio ao redor do pescoço. O cabelo tem tranças longas, grisalhas e presas num coque. A boca está entreaberta, com uma expressão de desalento, de horror até.

É o meu fim.

Não sou forte o suficiente para lutar contra ela ou tentar passar correndo por ela. Apavorada, encurralada no escritório, percebo que não há saída, a menos que eu descubra uma.

— Eu posso explicar. Por favor, não me machuque.

— Machucar você? Eu sou o menor dos seus problemas, Emma. Comecei a remover aquele adesivo porque suspeitei que alguma coisa estava errada com ele. Tinha um cheiro estranho.

— O fentanil não tem cheiro de vinagre? — As palavras escapam com um suspiro fraco. O esforço para falar consumiu quase toda a energia que me restava.

— O fentanil não tem cheiro de nada — Jasmine responde, segurando o meu braço para me apoiar. Saio do escritório de forma hesitante, ainda receosa de confiar nela.

— Por que você não disse nada?

— Contra um médico? — Ela olha para mim com as sobrancelhas levantadas, mas parecendo arrependida e envergonhada. — Eu preciso deste emprego. O meu marido teve um AVC no ano passado, e não posso me permitir ter reclamações. Eu só descolei um pouco o adesivo, esperando notar alguma diferença em você. E aí eu saberia, teria uma prova, e poderia contar para alguém. — Seus olhos cintilam com as lágrimas. — Eu deveria ter avisado alguém mais cedo. Desculpa…

— Você me disse que ele era um médico excelente. Jamais disse...

Constrangida, Jasmine abaixa a cabeça por um momento.

— O que você teria feito no meu lugar? Dizer para uma paciente acamada que nunca conheceu o médico dela? Eu deveria...

— A gente precisa fugir — pressiono, puxando a sua mão sem muita firmeza. — Não podemos estar aqui quando ele aparecer. — Penso no que pode acontecer e sinto um arrepio enquanto agarro com mais força a seringa cheia de Versed.

— Você consegue andar? — ela pergunta, soltando o meu braço. — Preciso ver como está aquele cara lá fora, o que aparece no monitor. — Ela aponta o queixo para a tela da câmera de segurança atrás de mim. — Ele ainda pode estar vivo.

— Você se lembra do Steve, não é? — pergunto, com a voz áspera, marcada pela desconfiança. — Você tem o número de telefone dele. Ele subornou você e o médico? Para me fazer assinar aqueles papéis? — Ouço a mim mesma e me dou conta de que o que estou dizendo não faz muito sentido.

Jasmine fica olhando para mim, visivelmente confusa, com a testa franzida.

— Eu ouvi você conversando com ele. Só isso. Ele pareceu ser uma das poucas pessoas que se importavam com o que aconteceu com você. Ele me deu o número dele e me pediu para ligar se você tivesse algum problema. Juro, isso é tudo.

— Mas você não disse... — Me detenho, percebendo o quanto a minha memória está confusa, sobre tudo o que aconteceu comigo desde que fui atacada. — Deixa pra lá... Vamos sair logo daqui. — Ela continua me olhando, sem saber o que fazer. — Sim, eu consigo andar. Vamos!

Jasmine sai apressada pela porta dos fundos, e uma rajada de ar frio entra, me gelando até os ossos. Caminho descalça no chão frio, usando uma camisola hospitalar leve que se agita a meu redor. Os meus dentes estão rangendo e os membros, começando a ficar dormentes. Vestida assim e fraca demais, não sou capaz de aguentar ficar fora da casa.

Como um zumbi, sigo para o closet da suíte principal e reviro as gavetas. Pego meias grossas de lá, uma calça de moletom e um suéter. Visto tudo isso o mais rápido possível. A seringa com o Versed, retirada da embalagem, se acomoda no bolso da minha calça, mas não estou disposta a soltá-la por muito tempo. Seguro com força o cilindro fino com a mão enquanto saio tropeçando do quarto.

Enquanto me dirijo até a porta da frente, quase caio duas vezes. Continuo olhando por cima do ombro, prestando atenção em cada ruído, com medo de que o doutor Sokolowski possa aparecer. Felizmente, as luzes da casa permanecem apagadas. Curiosamente, me sinto mais segura no escuro agora, percorrendo este lugar familiar e atenta aos sons significativos.

Só então a chave gira na fechadura da porta da frente. Fico paralisada no lugar, a apenas alguns passos de distância. Mantenho a mão apoiada na parede para me equilibrar. Me sinto fraca demais para retroceder e me esconder.

A porta range um pouco ao se abrir.

— Emma? — uma voz masculina firme grita da entrada.

Ela soa estranhamente familiar. Porque é mesmo.

— Adrian — digo, aliviada, enquanto corro para os seus braços. — Por favor, me ajude — falo sem rodeios, olhando para a sua expressão de preocupação, enquanto a minha história sai num turbilhão de palavras. — Eu fui atacada, e eu... fui parar no hospital, mas depois não sei o que aconteceu. Tudo indica que foi o Steve, que quer a casa, mas o médico mentiu para mim. Acho que ele está me drogando. A gente precisa fugir. Ele matou o Steve. Ele também vai me matar.

— Calma, Emma, eu estou aqui. Vim o mais rápido possível — Adrian diz, com os braços em torno dos meus ombros, enquanto respiro fundo e começo a chorar baixinho. — Está tudo bem, querida. Você não estava atendendo a porta, e eu ainda tinha a minha chave. Eu estava preocupado com você. Tudo vai se resolver.

Sinto as pernas tremerem por causa do esforço, mas agora tenho Adrian em quem me apoiar. Ele percebe a minha fraqueza e me sustenta. Fico com o rosto encostado em seu peito, me lembrando de como costumava ser na calidez do seu abraço, quando estávamos juntos. Em segurança. Amada. Protegida.

Coloco a seringa no bolso e passo os braços em torno do pescoço dele, ainda chorando baixinho. E naquele momento, uma recordação me arrebata. São imagens vívidas passando pela minha mente como um rolo de filme descontrolado.

DEPOIS QUE ELE ME DEIXOU NAQUELA NOITE EM LOS ANGELES, EU CONtinuei com o meu trabalho durante o dia e chorava até dormir à noite. Fiquei naquele imóvel alugado por umas duas semanas, dando tempo para Adrian me perdoar, para voltar para casa.

Ele não voltou.

Então, me mudei para o apartamento da avenida Lexington que Lisa ainda tinha. Ela estava filmando fora da cidade, e eu estava completamente sozinha, satisfeita por estar comigo mesma, lamentando a perda do amor entre mim e Adrian. Aos poucos, comecei a me sentir melhor. A dor se dissipou em alguns dias, e eu me senti energizada, capaz de decorar as minhas falas e dar o melhor de mim como atriz. Bem como eu tinha me sentido em Wyoming, onde atribuía minha melhora ao ar fresco das montanhas e ao entusiasmo de fazer um novo trabalho.

Na consulta de revisão, a médica constatou que eu estava sem sintomas. Isso a deixou intrigada. Não havia fibromialgia, apenas uma forte suspeita de que eu tivesse sido drogada. Quando ela sugeriu testar um fio do meu cabelo em busca de vestígios de toxinas, concordei sem reservas, mas depois esperei os resultados com uma ansiedade opressiva e paralisante.

Se o teste desse positivo, só poderia significar uma coisa.

Eu me afasto lentamente do peito de Adrian, confusa, atônita, à medida que as memórias se tornam claras. O cheiro agradável do manjericão e da camurça invade as minha narinas, agora que as lágrimas secaram, e eu me lembro da primeira vez que o senti. No escritório do produtor, no set de *Amor de Verão*, no primeiro dia de filmagens. A memória intrusiva toma conta de mim, mas finalmente se preenche com as peças faltantes do quebra-cabeça. Sinto dificuldade para respirar.

— Não vou fazer isso — Adrian estava gritando, olhando furioso para o seu agente.

— Garoto, você quer mesmo voltar a transar? Então assine essa droga de papel. É a sua única chance.

Lyle cutucou o peito de Adrian, mas Adrian o dispensou com um gesto de mão, parecendo um pouco constrangido.

— Eu disse não. Isso aí não é quem eu sou. — Ele começou a vir na minha direção com um sorriso tímido.

Lyle agarrou a manga de Adrian e o segurou.

— Olha, ninguém consegue pronunciar o seu nome, garoto; ninguém nem *quer*. Vamos perguntar para aquela jovem linda ali com quem ela preferiria sair: com o romântico conquistador Adrian Sera? Ou o sem graça do Adrian Sokolowski?

Agora eu entendo o motivo de tanta confusão. E por que eu tinha que me lembrar disso. O meu Adrian antes era Adrian Sokolowski.

A memória me dá arrepios na espinha.

Eu não tinha me recordado disso a respeito dele. Não até ficar revirando a minha mente várias vezes para exumar essa informação enterrada. Naquele dia da filmagem, deve ter passado despercebido, um detalhe irrelevante sobre um homem que eu ainda ia conhecer. Porém, lembro que, depois, quando apertou a minha mão e se apresentou, ele fez isso já como Adrian Sera.

Deve haver mais coisas que eu não sabia, começando pelo fato de que ele era médico e decidiu seguir a carreira de ator em vez de praticar medicina. Ele nunca me contou nada disso.

Tremendo, eu me afasto dele, recuando até bater na parede.

— Por que, Adrian? Por que fazer isso comigo? — Ele fica em silêncio, apenas me olhando. O brilho acolhedor em seus olhos desaparece, sendo substituído pelo vazio de um olhar ameaçador.

Naquela fração de segundo entre a minha pergunta e a resposta dele, outras memórias esquecidas começam a invadir a minha mente.

CAPÍTULO 44

Começaram com aquele maldito perseguidor.

Eu estava preparando o jantar para mim, me forçando a fazer mais do que um sanduíche, alguns meses depois que eu e Adrian nos separamos. Para mim, morar sozinha costuma resultar em jantares de micro-ondas diante da tevê e uma medida de cintura que eu não podia me dar ao luxo de ter na profissão que escolhi. Eu tinha cortado todos os ingredientes para uma salada grega, e estava esperando a água ferver para fazer ovos duros, usando-os como ingrediente extra na receita clássica. Espiei por trás das cortinas fechadas e o vi lá fora, perto do álamo. Era a primeira vez que eu via o perseguidor desde a noite em que Adrian me deixou, em Los Angeles.

Nevava um pouco, mas não estava muito frio, apesar da temperatura abaixo de zero. A neve se acumulava no chão. Ele usava o moletom cinza que eu já havia aprendido a reconhecer e temer, com o capuz erguido, e os olhos ocultos sob a borda. Um cachecol preto cobria a boca e o nariz, enrolado no pescoço sob o moletom. Ele mantinha os braços cruzados, e os pés, calçados com botas pesadas, estavam meio afastados, como um soldado ou um policial.

A raiva que eu tinha sentido em Los Angeles ressurgiu. Desta vez, no meu próprio quintal, eu queria que ele fosse pego. Eu precisava que essa perseguição acabasse. Para sempre.

Apesar da raiva, pensei melhor sobre isso. Eu não podia chamar a polícia; já tinha feito isso duas vezes. Em cada uma delas, ele tinha ouvido a chegada da polícia e desaparecido, e eu fiquei com cara de idiota. Não ia gritar com ele da porta, como havia feito em Los Angeles, dando tempo suficiente para ele sumir. Não... eu queria acreditar que podia ser mais inteligente do que isso e aprender com os meus erros.

Primeiro, abri as cortinas só um pouquinho, para manter a atenção dele concentrada naquela fresta de luz, na ideia de que ele podia me avistar passando. Então, atravessei a casa, saí de fininho pela porta da frente e avancei junto à parede até ele ficar visível. Usei a proteção da cerca viva lateral para chegar a poucos metros dele.

Quanto mais perto eu chegava, mais duvidava da ideia, mas não havia mais como voltar atrás. Eu estava cansada de ter medo. Então, deixei a proteção da cerca viva e andei na ponta dos pés com cuidado, me aproximando até conseguir tocá-lo.

Toquei no ombro dele e disse:

— Procurando por mim?

Ele se virou de repente, visivelmente assustado. Uma rajada de vento arrancou o capuz da sua cabeça e o jogou para trás. O cachecol afrouxou, expondo a sua boca.

Atordoada, tropecei para trás.

— Adrian? Que porra é essa?

Ele não disse nada, mas o seu silêncio era mais ameaçador do que qualquer coisa que ele pudesse ter dito. Ele avançou na minha direção, enquanto eu me afastava rumo à porta dos fundos, esquecendo que estava trancada. Ao me lembrar, parei. Dei meia-volta e saí correndo o mais rápido possível na direção da porta da frente.

Consegui entrar em casa e estava quase fechando a porta quando ele enfiou o pé entre o batente e a porta, me impedindo de fechá-la. Ele empurrou a porta para dentro, e eu a soltei, incapaz de resistir a sua força. Corri para a sala, enquanto ele virou a chave e trancou a porta logo atrás.

— Emma, pare — ele gritou. — Me deixa explicar.

Fui tropeçando para a cozinha, escorregando nos ladrilhos por causa dos sapatos molhados. Me apoiei na bancada e peguei o meu celular.

— Estou ligando para a polícia. Vá embora, Adrian, me deixe em paz.

Ele ficou parado perto da janela, olhando para mim com uma intensidade insuportável. Era como se o seu olhar penetrasse em meu cérebro, exaurindo as minhas forças.

— Eu sei o que você fez — soltei sem rodeios, em uma rajada esbaforida, como se tentasse quebrar o feitiço daquele olhar paralisante. — Você me envenenou. A médica disse que era curare, um agente paralisante. Você me deu pequenas doses, pequenas o suficiente só para me enfraquecer. Por que, Adrian? Por que me perseguir? Por que fazer tudo isso?

— Porque eu te amo, Emma. E também porque você é imprudente, egoísta e cabeça-dura quanto a sua própria segurança. Você come o que dá na telha. Faz o que quer. Sai pra beber com os seus supostos amigos. Fica se exibindo na frente de bêbados, pervertidos e toda a escória que infesta as ruas. É por isso.

Isso de novo. Eu não conseguia acreditar no que estava ouvindo, mas não deixei transparecer. Havia algo nele que me deixava apavorada.

234

— Como assim? — perguntei, apenas para mantê-lo falando até eu conseguir descobrir o que fazer, porque eu já sabia perfeitamente qual era o problema dele. Adrian não conseguia lidar com uma mulher que pensava por si mesma.

Em um sinal de frustração e descrença, ele levantou os braços no ar e os deixou cair.

— Lembra quando você saiu com a Lisa e outras duas mulheres? Clube da Luluzinha, acho que foi assim que você chamou a noitada, mas eram só mulheres vestidas como prostitutas, bebendo. Fiquei te espiando do outro lado da rua, para garantir que você estivesse segura. Aí você chamou um táxi. — Ele riu com desdém, como se eu fosse uma criancinha que derramou o leite. — A merda de um táxi! — Ele fez uma pausa. — Você é uma celebridade agora, Emma. Não pode sair por aí andando em carros com estranhos. Quem sabe o que poderia ter acontecido. Os homens não são o que você pensa.

A explicação dele alimenta a minha raiva.

— Você mentiu para mim! Você *sabia* o medo que eu sentia desse perseguidor. Você *queria* me assustar, miserável, me trancar dentro de casa como uma prisioneira. — Ando de um lado para o outro, desesperada por uma saída e sem enxergá-la. — Pelo amor de deus, você foi comigo até a polícia quando prestei queixa contra o perseguidor. Contra *você*! — Apontei o dedo para o ar, com raiva. Ele não reagiu, apenas ficou me encarando.

Os seus dentes rangiam e os músculos se contraíam. Os seus olhos estavam inexpressivos, como os de uma serpente.

— Eu não tive escolha. Você é muito irresponsável. Achei que, se você tivesse mais cuidado, não seria tão ruim. Eu só queria que você estivesse protegida, cuidada e segura. Foi tão ruim assim?

Uma onda de emoções me fez gaguejar, sem saber bem o que dizer.

— Eu... é isso mesmo? Eu sou irresponsável? Então, que bom que tenha acabado. Agora, cai fora. Você não passa de um monstro doente, delirante e manipulador. Você precisa de ajuda.

— Não, Emma — ele disse, se aproximando de mim com três grandes passos. Contornei a ilha da cozinha e fui na direção da porta, correndo o mais rápido possível. Ao olhar para trás, eu o vi pegando o atiçador da lareira e o levantando, pronto para atacar.

Ele ia me matar. Eu vi isso na expressão apavorante dele.

— Socorro! Por favor, alguém me ajude... Vá embora! — gritei, ainda correndo, me apoiando na parede para me equilibrar, com passos vacilantes quando me virei para olhar para trás.

Ele vinha se aproximando rápido de mim. Eu não conseguia ver o atiçador, não via as suas mãos, nem a sua expressão facial. Apenas o olhar assassino, que gravou a sua marca na minha mente. Era um olhar intenso, resoluto, inexpressivo. Os seus olhos me encaravam, como se olhassem através de mim, frios, penetrantes e definitivos.

Cheguei à porta da frente e tentei abri-la, mas não consegui. Gritando, me atrapalhei com a fechadura, finalmente abri a porta e voltei a olhar para trás, bem a tempo de ver o braço erguido acima da minha cabeça começando a descer. Então, vi o asfalto da minha entrada da garagem avançando para se chocar contra o meu rosto. Numa fração de segundo, todo o meu mundo ficou escuro em uma explosão de estrelas.

A RECORDAÇÃO AINDA REVERBERA NA MINHA MENTE, QUANDO ADRIAN finalmente responde:

— Porque eu te amo demais para não fazer nada e ver você se destruir. Não quando eu posso cuidar de você.

Atônita, fico boquiaberta. Não vou revisitar a mesma conversa que tivemos naquela noite. Já sei como termina: com a minha cabeça rachada, agonizante.

Em vez disso, controlo as emoções, engulo em seco e dou um sorriso forçado.

— Ah... Eu também te amo, querido. Senti muita saudade.

A linha dura do seu maxilar relaxa um pouco, e seu olhar fica mais caloroso. Eu o olho nos olhos, enquanto enfio a mão discretamente no bolso e seguro a seringa com o Versed.

Nesse momento, a porta dos fundos se abre e Jasmine entra, depois de limpar as botas no capacho.

— Ele morreu. Lamento...

— Corra — grito, mas ela não é rápida o suficiente. Por um breve instante, fica me encarando, confusa. Então, vê Adrian avançando, e grita. Ele a agarra pelo pescoço e bate a cabeça dela contra a parede com um baque horrível. Jasmine desaba no chão, ficando completamente imóvel.

Adrian chuta a porta fechada e, em seguida, fricciona as mãos uma na outra.

— Ela não era grande coisa. Ela não é capaz de seguir as instruções de medicação para salvar a própria pele. — Sua risada curta e maníaca é de gelar os ossos.

Eu sou a próxima.

Não há para onde correr. Nenhuma saída. Os poucos segundos que precisaria para ligar para a polícia é um tempo que não tenho. Olho para ele, da forma mais calorosa que consigo, enquanto os meus dedos, lá no fundo do bolso, se empenham para tirar a tampa da agulha da seringa.

— Estou com um pouco de fome — digo. — Vamos fazer alguma coisa para comer.

Adrian inclina um pouquinho a cabeça e dá um sorriso torto.

— Você deve achar que eu sou idiota. — Ele crava o olhar em mim e, então, se lança na minha direção. Me agarra pela cintura e me levanta no ar, com os meus braços fracos se debatendo contra ele.

— Me solta — grito. — Estou pedindo, Adrian. Por favor.

— Eu vou te soltar. Pode ficar tranquila. — Ele me leva até o quarto e me deixa cair naquela cama horrível.

Adrian começa a se afastar, mas coloco as mãos na nuca dele e entrelaço os dedos.

— Não, não vá. Eu te amo. Eu posso provar.

Isso chama a atenção dele.

— Sério? Quero ouvir.

Sentada ereta contra os travesseiros, eu o solto e deslizo a mão para dentro do bolso, agarrando a seringa.

— Mesmo depois que os médicos me disseram que eu tinha sido envenenada, nunca disse para ninguém quem foi. Eu nunca disse uma palavra, porque entendi tudo, Adrian. Entendi o que eu significava para você.

Ele se senta na lateral da cama e me lança um olhar longo e avaliador. Sinto o coração aos pulos. O suor ameaça fazer a minha mão escorregar da seringa.

— Eu não acredito em você — ele finalmente diz. — Sei que você não contou nada para a polícia sobre mim. Mas sei que você quer que eu suma, que saia da sua vida.

— Por que você está dizendo isso?

— Depois de Wyoming, você não queria ficar perto de mim nem por um segundo. Você queria voltar para Tahoe, lembra? Não me venha com essa de que agora é diferente. — Ele fica de pé e vai até o carrinho com gavetas, o que tem todos os medicamentos. — Agora, está na hora de dormir, Emma. Já é tarde. Preciso acordar cedo amanhã. Vamos começar a gravar a segunda temporada da minha série de tevê.

Saio da cama sem fazer barulho e me aproximo dele, mas Adrian sente e se vira. Pego o seu braço, mas ele me empurra com violência suficiente para que eu caia no chão, com força, ficando sem ar. Preciso de um momento para combater a tontura. O meu corpo todo dói, e a minha cabeça está latejando tanto que não consigo enxergar direito. Gemendo de dor, ainda consigo tirar a seringa do bolso e espeto a agulha na panturrilha dele, empurrando o êmbolo com toda a força de que sou capaz.

Adrian grita e se vira para olhar a seringa, com a agulha ainda cravada em sua panturrilha até o fundo. Ele retira a seringa e a fica encarando, enquanto eu vou recuando no chão, me afastando o máximo possível dele. Ele urra de raiva e vem atrás de mim, mas eu me refugio debaixo da cama. Adrian desfere alguns golpes, mas só acerta a minha perna. Estendendo mais o braço, ele consegue me agarrar e começa a me puxar para fora.

Mas então me solta, me olhando com incredulidade e murmurando algo que não consigo entender. Em seguida, cai de joelhos e desaba de lado, ofegando.

Eu me afasto até alcançar a parede.

Depois de um tempo, crio coragem para me aproximar dele. Ele está combatendo o entorpecimento provocado pelo Versed, mas está perdendo a batalha, com as pálpebras pesadas e a boca meio aberta.

Fico encarando o homem por quem já fui apaixonada e fico arrepiada. Nunca imaginei que isso fosse acontecer. Nada disso.

— Por quê? — pergunto baixinho, sem saber se ele ainda pode me ouvir. As lágrimas estão rolando pelo meu rosto, mas não me dou ao trabalho de secá-las. — Você me cegou e me paralisou... por que me torturar assim?

Adrian tenta sorrir, enquanto vai adormecendo.

— Minha doce Emma... você sabe que foi necessário. Eu não tive escolha. Eu não podia deixar você morrer.

CAPÍTULO 45

EU NÃO PODIA FICAR ALI E VER EMMA MORRER. NÃO IMPORTA O CUSTO.

Por um tempo, andei de um lado para o outro perto dela, fazendo tudo o que podia para ignorar os gemidos que escapavam dos seus lábios pálidos, quando eu queria poder pegá-la no colo e consolá-la, abraçá-la apertado, levá-la para dentro, para o calor e a segurança. Em vez disso, fiquei caminhando pela entrada da garagem como um animal enjaulado, considerando as minhas opções limitadas. E se eu chamasse por ajuda e, em seguida, destruísse o meu celular antes que pudesse ser rastreado? Mas agora rastreiam essas porras em tempo real. Então, o que mais eu poderia fazer? Que mentira eu contaria para explicar a minha presença ali?

Enquanto eu andava de um lado para o outro cada vez mais rápido, devastado pela minha própria indecisão, comecei a perceber o que eu sentia lá no fundo. Como o cheiro metálico do sangue de Emma despertava um anseio confuso em mim. Como eu estava profundamente perturbado pelo corpo vulnerável deitado a meus pés, com o poder de vida e morte que eu tinha sobre ela.

Naquele momento, na fronteira entre a vida e a morte, Emma era toda e absolutamente minha. Gostei disso. O poder total que eu tinha sobre ela, e que eu poderia continuar a ter. De vilão — o homem que assombraria os seus pesadelos para sempre —, eu poderia me tornar o seu herói, o homem por quem ela poderia se apaixonar outra vez. As pessoas que a visitassem no início parariam de vir, se sentindo culpadas demais pela própria saúde e felicidade delas, para querer estar no mesmo espaço que ela. Elas a abandonariam, e eu seria o único a ficar ao lado dela.

Minha doce Emma.

Minha para ter e manter.

Minha para sempre.

E assim, a solução para o meu problema começou a se formar na minha mente, da mesma maneira que uma ideia simples pode se transformar num roteiro cinematográfico, e depois num filme de duas horas. Uma cena de cada vez, polida, *aperfeiçoada e perfeitamente ligada à cena seguinte. E a próxima depois dessa, uma jornada de ilusão e realidade misturadas e entrelaçadas.*

Peguei o celular e consultei o relógio. Anoitece cedo em novembro, mas mal passava das cinco e meia da tarde. Eu ainda tinha tempo.

Em vez de ligar para a polícia, liguei para o maior fornecedor de equipamentos e suprimentos médicos domiciliares da região.

— Equipamentos Médicos Heal Home, como posso ajudá-lo? — A voz do outro lado da linha era amável, prestativa e disposta a agradar.

— Aqui é o doutor Adrian Sokolowski, número de licença A 054421. Tenho uma paciente que foi liberada para cuidados domiciliares após um traumatismo craniano. Preciso que alguns equipamentos sejam entregues hoje à noite. Alguns suprimentos também. — Passei o endereço.

— Por favor, aguarde, doutor Sokolowski. — Ela levou menos de um minuto para verificar a minha licença. — Vejo que o senhor está ligando de um número registrado no Conselho de Medicina. O que o senhor precisa?

Olhei para os dedos de Emma. Eles mal estavam se mexendo. Eu não tinha tempo a perder.

— Preciso de um quarto de hospital completo. Cama ajustável com colchão, monitor cardíaco, carrinhos de suprimentos para trauma de emergência todo abastecido. O pacote completo.

— Entendido. O que mais?

— Cuidados básicos para lesões traumáticas. Gaze em rolos, compressas, esparadrapos, agentes hemostáticos, kits de sutura com fio absorvíveis e não absorvíveis. E adicione alguns porta-agulhas.

— Anotado. — Deu para ouvi-la digitando rápido. Ela devia ser boa mesmo no que faz.

Eu estava pensando rápido, sem tempo a perder, com medo de que ela talvez morresse ali, a meus pés, enquanto eu tentava salvar a sua vida. E a minha própria.

— Fluidos intravenosos: solução de ringer lactato e soro fisiológico. Eu diria cerca de dez litros de cada.

— O que mais?

— Alguns produtos farmacêuticos. Midazolam. Nome comercial: Versed. Vamos precisar de 25 frascos com concentração de 2 mg para sedação procedural. Adicione dez seringas pré-carregadas. Preciso de agentes bloqueadores neuromusculares, digamos, brometo de rocurônio, 20 frascos com concentração de 10 mg/ml. Adicione dexametasona. Nome comercial: Decadron, em frascos injetáveis de 4 mg/ml, 20 unidades. Também preciso de 20 unidades de adesivos transdérmicos de fentanil, em dosagens de 25 mcg/hr e 50 mcg/hr. Isso é tudo por enquanto.

Esperei um pouco para ela terminar de digitar.

— Quando posso receber tudo?

— Amanhã, às...

Olhei para Emma e o medo me dominou.

— Não. Não pode ser. Preciso de tudo agora mesmo.

— Doutor, desculpe, mas não conseguimos... a nossa equipe está indo embora daqui a dez minutos.

— Bem, então, segurem o pessoal. Se a paciente precisar pagar um valor adicional, ela vai pagar.

Um momento interminável de silêncio.

— Vou ver o que posso fazer. Aguarde um instante.

Esperei com impaciência, agachado ao lado de Emma, com os dedos no pulso fraco e irregular dela.

— Tudo bem, doutor. O senhor receberá tudo dentro de uma hora. Vai haver um adicional de 15% sobre o pedido.

— Maravilha — disse e, em seguida, desliguei.

Olhei para o tamanho da poça escura perto da cabeça de Emma com visão cirúrgica. Ela tinha perdido muito sangue. Ergui o seu corpo do chão e corri para dentro da casa. No caminho para o quarto de hóspedes, peguei algumas toalhas no banheiro. Deitei Emma na cama e comecei a apoiá-la com travesseiros e toalhas. Em seguida, umedeci uma toalha e a segurei contra a nuca, aplicando pressão, na expectativa de que a hemorragia parasse.

Não parou. Eu precisava de algo para segurar no lugar enquanto eu corria para fora e limpava o sangue na entrada da garagem antes da chegada da entrega da Heal Home. Eu não achava que os entregadores deixariam que uma poça de sangue encontrada no local de uma entrega de emergência passasse despercebida. A polícia chegaria lá em questão de minutos. Eu não podia permitir isso.

Revirei as gavetas do closet de Emma e acabei encontrando algo que podia usar para conter a hemorragia: um lenço de seda branco. Eu o amarrei ao redor da cabeça dela, sobre a toalha e na testa. Arrumei de novo os travesseiros, e o lenço escorregou sobre os seus olhos.

Foi assim que a ideia me surgiu.

Emma poderia ficar cega por um tempo, ministrando o Versed o tempo necessário para fazer a sua mágica.

O Versed faz milagres para pacientes com lesões cerebrais, evitando convulsões e os mantendo confortáveis durante a recuperação. Mas não foi por isso que pedi Versed suficiente para durar um mês. Ele tem um efeito colateral interessante: amnésia anterógrada. Enquanto o Versed estivesse fluindo devagar nas veias de Emma, ela não se lembraria de nada. Nem do que aconteceu, nem de como foi parar naquele leito hospitalar. Nem mesmo da minha voz. Com a dose certa de Versed, ela se esqueceria completamente do incidente. A memória seria apagada permanentemente do seu cérebro. Então, Emma poderia voltar a se apaixonar por mim. Ela já fez isso uma vez, não fez?

Apertei o lenço sobre os olhos de Emma e diminuí as luzes. Em seguida, saí da casa com duas garrafas de peróxido que eu costumava guardar nos armários do banheiro, grato por Emma não tê-las jogado fora desde que fui embora. Espalhei o conteúdo sobre a mancha de sangue e deixei o oxigênio fazer a sua mágica. Foram necessários uns 30 minutos para espalhar, esperar e ouvir o peróxido chiar no asfalto, mas, quando a reação química finalmente terminou, só restava um leve tom rosado na neve acumulada na beira do gramado.

Em seguida, incinerei as minhas roupas ensanguentadas na lareira, depois de trocá-las por uma calça de moletom e uma camiseta folgadas de Emma. Ficaram apertadas e curtas em mim, mas não estavam manchadas de sangue. Era tudo o que eu precisava.

Mais ou menos meia hora se passou, e eu recebi a entrega. A equipe, profissional e rápida, instalou e testou tudo, e me ajudou a levar a cama king size, que costumava ser nossa, para o quartinho no final do corredor. Assinei o recibo após me certificar de que tudo havia sido entregue, dei uma gorjeta generosa e os mandei embora.

Quando o caminhão se afastou, voltei correndo para dentro da casa. Havia muito trabalho a ser feito. Comecei levando Emma para a suíte principal, onde a cama nova estava arrumada com um colchão novo e roupa de cama hospitalar recém-aberta. Lavei as mãos e vesti luvas cirúrgicas, então conectei Emma a uma bolsa de solução intravenosa de ringer, na taxa de gotejamento mais rápida, para ajudar a repor o volume de sangue perdido. Limpei a sua ferida e a suturei com cuidado. Por fim, apliquei lubrificante ocular e fechei as suas pálpebras com esparadrapo, do jeito que fazem com pacientes em cirurgia, para evitar danos à córnea devido à secura.

A bandagem de gaze firme ao redor da cabeça dela foi o toque final. Agora, eu só podia ficar sentado e esperar, deixando que o organismo dela fizesse o trabalho duro. Ela estava fraca demais para começar a receber o rocurônio, para reduzir ainda mais o tônus muscular. Isso poderia gerar insuficiência respiratória se feito muito cedo. Porém, colei o adesivo de fentanil no braço dela. Não fazia sentido deixá-la suportar a dor. Ao amanhecer, eu adicionaria um pouco de agente paralisante, o suficiente para mantê-la imóvel. Por fim, adicionaria um frasco de Versed ao soro intravenoso.

Emma num repouso confortável, mas eu ainda tinha muito trabalho a fazer. Primeiro, quando me arrisquei a deixá-la sozinha por um tempo, entrei de fininho no Baldwin Memorial usando jaleco hospitalar, máscara e um estetoscópio ao redor do pescoço. Ninguém prestou a mínima atenção em mim quando fui direto ao quadro de avisos dos funcionários e afixei um anúncio lá, oferecendo a enfermeiras especializadas em trauma alguns turnos extras em cuidados domiciliares. "Ligue a qualquer hora", o anúncio dizia, dando o número de um celular descartável que eu tinha comprado na internet já algum tempo, quando comecei a seguir Emma.

Antes de eu ter que sair no dia seguinte, eu já tinha duas enfermeiras agendadas, que se inscreveram para os turnos de cuidados domiciliares. Ambas foram informadas de que a paciente havia sido vítima de violência doméstica e, recentemente, tinha sido liberada do hospital. Seria melhor para o bem-estar da paciente não saber que ela não estava mais no hospital. Ela precisava acreditar que estava em segurança. As enfermeiras engoliram a mentira, com lágrimas nos olhos.

Até às seis da tarde, tudo estaria pronto para a primeira enfermeira chegar para o trabalho. Uma nova luminária foi instalada na suíte principal, para fornecer a iluminação adequada quando eu fosse visitar a minha doce Emma. Já havia câmeras instaladas na suíte e no corredor. Eu sabia onde as coisas estavam... eu já tinha morado lá. Acrescentei seis monitores e os conectei ao sistema de segurança da casa. Organizei tudo no quartinho, onde me acomodei, dormindo no colchão king size que costumava ser a nossa cama. O toque final: dois mini alto-falantes escondidos no quarto de Emma, para que eu pudesse reproduzir anúncios de sistema de som que tinha gravado no meu celular no pronto-socorro do hospital na noite anterior. Achei que isso a acalmaria quando estivesse sozinha e parecesse agitada.

"As pessoas veem o que querem ver" é a regra da percepção motivacional, ou a sua parente próxima, o viés de confirmação. Eu sabia o que ela iria pensar. Eu sabia o que todos iriam pensar.

Quando Emma acordasse, ela se sentiria muito mais segura sabendo que estava num hospital, cuidada por uma equipe de profissionais, segura e protegida. Ela esperaria isso, nem mais nem menos. E eu queria que ela tivesse essa experiência hospitalar e a paz de espírito que isso lhe traria, até que eu conseguisse descobrir do que ela se lembrava, se é que ela se lembrava de alguma coisa.

Eu não estava completamente altruísta nisso tudo. Planejar isso para o benefício dela me deixava empolgado, a sensação de poder absoluto sobre a realidade dela era estimulante. Eu era o ilusionista supremo, distorcendo realidades e cronologias, permitindo que todos vissem e sentissem exatamente o que eu havia roteirizado para eles. Não havia limite, porque as pessoas veem o que querem ver. Sempre.

Eu queria que outras pessoas a visitassem, para acalmá-la e me certificar de que nenhuma delas causaria problemas. A mesma história triste também funcionava para elas, e ninguém se atrevia a dizer para Emma que ela estava em casa. Não antes de eu dizer que podiam fazer isso. Sou um bom mentiroso; uma meia-verdade, adequada a qualquer situação e com uma camada espessa de verniz emocional para fazer as pessoas acreditarem logo de cara, antes mesmo de terem tempo para pensar. Funciona sempre.

O único problema era Lisa, que tinha passado bastante tempo com a gente para me reconhecer, mesmo com a máscara cirúrgica que eu vivia usando e falando com a voz suave e grave do doutor Sokolowski, acompanhada do sotaque polonês que reproduzo tão bem para fazer jus ao nome. Mas isso era administrável. Eu simplesmente deixei que as enfermeiras lidassem com ela. Quanto àquele filho da puta narcisista e arrogante, Steve Wellington, ele olhou para mim e viu só o que queria ver: um médico metido, impedindo o seu caminho. Mesmo que ele tenha dirigido dois dos filmes em que atuei.

Todo o planejamento, o roteiro que o acompanhava, a cenografia: tudo era uma obra-prima. E mesmo assim, não foi bom o suficiente.

Emma deveria ter me recebido de volta de braços abertos assim que melhorasse. Mas não consegui controlá-la direito. Não previ quão forte ela era, ou o quanto estava determinada a me enfrentar. A enfrentar as adversidades da sua realidade. Não imaginei que a enfermeira seria tão burra de esquecer de adicionar o Versed na bolsa de soro.

Tudo o que fiz valeu a pena, porque salvou a vida dela. Ela teria morrido naquela noite se não fosse por mim.

Eu poderia tê-la feito tão feliz... se ao menos ela tivesse me deixado tomar conta dela.

Minha doce Emma. Minha, para sempre.

CAPÍTULO 46

— Foi o rocurônio — Jasmine diz. Ela está sentada na cadeira de couro atrás da escrivaninha do meu escritório, com um saco de ervilhas congeladas pressionado na cabeça. Foi o mais próximo que consegui arranjar no lugar de uma bolsa de gelo.

Eu me esforço um pouco para conseguir abrir uma lata de Coca-Cola. Eu a bebo avidamente. É a segunda que tomo, e já posso sentir os efeitos. A minha força não é a mesma de antes, mas pelo menos sou capaz de funcionar.

— Como assim? — pergunto, meio distraída, abro o armarinho onde o sistema de segurança está instalado e me sento na banqueta de três pés.

— O cheiro avinagrado do seu adesivo. Era rocurônio, que é um agente paralisante. É uma forma sintética de curare. Você sabia disso?

Curare de novo. Claro.

— Não fazia ideia.

— Não era para ser administrado em você. O rocurônio tem aplicações diferentes.

— Como, por exemplo? — Ligo a tela e a espero carregar.

— Anestesia geral, intubação, esse tipo de coisa. Acho que eu não queria acreditar nisso. Desculpa, Emma. No início, não senti o cheiro. Só quando comecei a descolar o adesivo. Só fiquei curiosa para saber se você melhoraria mais rápido sem o fentanil. Não imaginei que alguém faria o que ele fez.

— Ninguém imaginaria. — A minha mente não está em Jasmine. Não a responsabilizo por nada do que aconteceu. Pelo contrário, sou grata. Ela soltou o canto do meu adesivo, me ajudando a me recuperar mais rápido. Me ajudando a ver que era possível. — Você ainda está se sentindo bem?

— Sim, querida, pode ficar tranquila. Ele não rachou o meu coco, embora tenha tentado. — Jasmine ri e vira o saco de ervilhas. — Aliás, acabei de conferir as qualificações dele na internet. — Ela levanta o celular e o balança para mim.

— Ele fez faculdade de medicina na Califórnia, mas foi reprovado na residência. Depois disso, nunca praticou medicina. Ele decidiu seguir a carreira de ator.

Essa parte eu já sabia. Todo o resto, não fazia ideia.

É como se, naquele dia, quando Adrian concordou em assinar aqueles papéis, ele tivesse deixado para trás uma persona inteira, e não apenas um nome.

Pergunto para Jasmine se ela pode me dar um tempo para ver as imagens das câmeras de segurança, antes de chamarmos uma ambulância para ela. Antes que o mundo inteiro desabe.

Quando a tela se acende, estremeço, temendo o que estou prestes a ver. Escolho a imagem do lado de fora e volto ao momento em que Adrian tentou me matar. Me vejo irrompendo pela porta aberta, correndo. A mão dele levantada, me golpeando. Eu caio na entrada da garagem e não me movo mais.

Então, vejo Adrian andando de um lado para o outro, verificando como estou, voltando a andar de um lado para o outro, parecendo indeciso. Quando ele faz uma ligação, acho que seja para pedir uma ambulância. Pouco depois, ele me pega no colo e me leva para dentro da casa. Vou avançando pelas imagens à medida que os eventos se desenrolam, seguindo a ação de câmera em câmera. Eu o vejo me deitando na cama do quarto de hóspedes, cuidando de mim. Choro baixinho enquanto assisto, com a mão tampando a boca e as lágrimas saindo dos meus olhos até que tudo se transforme num borrão.

Os equipamentos hospitalares são entregues, instalados e, em seguida, os entregadores vão embora. Sinto vontade de gritar com eles.

— Parem! Façam perguntas. Não saíam andando assim.

Eu nunca fiquei internada no hospital.

Na tela, Adrian está limpando o meu ferimento, suturando, vedando os meus olhos, envolvendo a minha cabeça com gaze. Me vejo ali deitada e me lembro do quanto eu estava apavorada, do quanto estava escuro e do quanto estava frio, assustador e surreal.

Acelero a velocidade de exibição e continuo assistindo. Vejo Isabella entrando e fazendo o seu trabalho. Fecho os olhos com força quando ela realiza certas tarefas, incapaz de suportar ver a mim mesma tão vulnerável.

Não me dou conta de que estou murmurando "Não, não, não…", até sentir a mão de Jasmine me consolando com um aperto no meu ombro.

— Pode ser melhor você não ver isso — Jasmine sussurra.

Coloco a mão sobre a dela.

— Tenho que ver. — E continuo assistindo e lembrando ao mesmo tempo. O que senti. Os pensamentos que me assombraram. As dúvidas que me atormentaram. O desespero.

Na imagem, na segunda noite depois do ataque, vejo que, após Jasmine me alimentar e trocar as bolsas de soro, ela deixa as luzes acesas ao sair. Por um tempo, nada acontece, mas depois, por volta da uma da manhã, Adrian entra no quarto.

Como primeira atividade, ele ajusta a iluminação do teto até a intensidade máxima.

Confere algumas coisas, observa o monitor cardíaco e ausculta o meu coração. Retira a bandagem da minha cabeça e inspeciona o ferimento. Em seguida, afasta o cobertor e desveste a minha camisola. Ofego e fico assistindo, incrédula, Adrian pentear o meu cabelo e lavar o meu corpo com uma toalha umedecida, cada pedacinho dele. Então, ele começa a falar comigo. Posso ver os seus lábios se movendo, mas não consigo discernir o que está dizendo. Ele beija a minha boca, devagar e de leve, enquanto eu me encolho e quero gritar ao ver as imagens.

— Já chega, querida — Jasmine diz. Ela está de pé ao lado da minha cadeira e se inclina, com a mão pairando sobre o mouse para pressionar o botão de parar. — Você não precisa ver isso. Não importa mais. Acabou.

Ela tem razão.

Essas imagens vão me assombrar pelo resto da vida. Não era um sonho aquele círculo brilhante de luzes; eu estava mesmo vendo isso à noite, sedada e traumatizada, e não me lembrava. Lembro de ouvir a voz de Adrian nos meus sonhos; uma sensação de vulnerabilidade, com a minha pele se arrepiando, como se o vento à beira do lago a estivesse tocando. Agora sei o motivo.

Me levanto e estou prestes a desligar o monitor, mas me lembro de outra coisa. Avanço a imagem para a noite seguinte, e vejo a mesma coisa. Luzes brilhantes iluminando o meu corpo nu e Adrian me tocando.

Fico enojada.

Devagar, vou entrando na suíte principal e acendo as luzes, ajustando o controle de intensidade até o máximo. Então, olho para o homem deitado no leito hospitalar. Alguns fios estão presos a seu peito, conectados ao monitor cardíaco que emite bipes baixinhos. Uma bolsa de soro está pendurada num suporte, com o tubo ligado a sua veia por meio de uma agulha de calibre 18. Um frasco vazio de Versed e outro de rocurônio estão abandonados na bandeja, ao lado da seringa usada para adicioná-los ao soro fisiológico intravenoso.

Com um sorriso torto, retiro a agulha do braço dele.

Então, fico olhando para o rosto do homem que eu já amei e me pergunto, repetidas vezes, como não percebi quem ele era de verdade.

Os seus traços atraentes estão relaxados num sono profundo, mas logo começam a se contorcer quando o medo afugenta a serenidade do seu repouso.

Então, ele acorda.

— Emma? — Meu nome em seus lábios me dá vontade de gritar. — Emma, eu não consigo me mexer. Por favor, querida. Me deixa ir embora. Você já me perdoou uma vez antes, lembra?

Sinto o estômago embrulhar. Controlo a náusea, respirando fundo.

— Pois é, lembro, apesar de tudo o que você fez. Eu acreditei em todas as suas mentiras, até o fim. Eu não vi o assassino que você é.

— Por favor, Emma...

— Você tem duas opções — digo com frieza. — Ficar aqui, paralisado nesse leito hospitalar, a minha mercê pelo tempo que eu quiser. Ou passar o resto da vida na cadeia. A escolha é sua, e em troca, você me dá respostas para todas as minhas perguntas.

— Por favor, não chame a polícia. Vão me prender. Prefiro ficar com você pelo resto da vida. Sei que você vai me perdoar algum dia.

Nem ferrando.

— Por que eu? — pergunto. Ele não responde, apenas me encara, semicerrando os olhos. — Entre todas as mulheres por aí, por que tinha que ser eu?

Ele dá um sorriso.

— Assim que vi você, soube o quanto você precisava de mim. Você parecia perdida demais, tímida demais, nervosa e nem um pouco preparada para enfrentar este mundo. Eu sabia que podia cuidar de você. Fazer você feliz.

— Como você administrou o curare que usou para me envenenar? — Tenho que saber. Quando fui para Wyoming, a minha saúde melhorou na hora. Mas depois que ele foi embora de casa em Los Angeles, a melhora não foi tão rápida. Só aconteceu depois de eu me mudar para o apartamento de Lisa.

Ele aperta os lábios por um instante. Eu o encaro e, então, mostro o celular que estou segurando na mão.

— Estava no saleiro. Você gosta de comida salgada. Eu controlo o meu consumo de sal.

Não me lembro do que fiz com o saleiro que eu tinha naquele imóvel alugado em Los Angeles. Espero tê-lo jogado fora com o resto das coisas.

— Já existiu um doutor Winslow? Um neurologista? — pergunto, mas ele não responde de imediato. Perco a paciência. — Já existiu?

— Não. — Um instante de silêncio. — Tem um neurologista chamado Winslow, mas ele nunca ouviu falar de você.

Respiro fundo para me acalmar, para manter a raiva sob controle.

— Quantas mentiras você inventou, todas tão convincentes, todas tão incrivelmente reais — sussurro, mais para mim mesma.

— Somos atores, querida. Mentimos para ganhar a vida. Somos bons nisso.

A sua resposta arrogante me exaspera.

— Você foi bem cara de pau de achar que escaparia impune. O que você esperava que acontecesse?

— Nada, minha doce Emma. Apenas salvar você. Fazer você me amar de novo.

Olho com pena para ele. Dentro daquele homem, em algum lugar, tem uma alma partida, uma personalidade atormentada, talvez por algum trauma do passado a respeito do qual eu nunca soube. Quase pergunto, quando me dou conta de que, na verdade, não quero saber.

Uma onda de amargura me invade e eu não me contenho.

— Você não passa de um desses malucos que trancam garotas em porões. Só que você usa substâncias químicas em vez de correntes e cadeados. Você me dá nojo.

Ao longe, as sirenes da polícia se aproximam. A expressão dos olhos cor de avelã dele revelam o pânico que ele está sentindo.

— Emma? Você prometeu!

Abro um sorriso largo.

— Você não manda em mais nada, doutor Sokolowski.

DUAS HORAS DEPOIS, ELES ESTÃO QUASE TERMINANDO, E NÃO PODERIA ser em melhor hora, pois estou prestes a desfalecer. Envolvida num cobertor, estou tremendo feito vara verde. Está amanhecendo, e a vista é sombria.

No compartimento traseiro de uma ambulância, um paramédico está cuidando do ferimento na cabeça de Jasmine. Felizmente, ele disse que não é grave, mas será necessária uma tomografia para ter certeza de que não há concussão. Ela se recusa a fazê-la e diz que só fará se começar a apresentar sintomas. Os dois discutem por um tempo, mas eles já se conhecem, e a conversa é mais uma troca de provocações amigáveis do que uma briga.

Enquanto isso, fico observando o corpo de Steve sendo carregado no furgão do necrotério, o saco para cadáver preto está preso à maca numa imagem deprimente e arrepiante. Estive muito perto de ter o mesmo destino. As lágrimas fazem os meus olhos arderem. Eu amava Steve... uma parte de mim ainda sente a perda dele. E desde o dia em que nos divorciamos. Sempre vou sentir saudade dele. Do Steve que eu conhecia antes dela. Antes de Mikela.

Estou prestes a entrar em casa, onde espero conseguir dormir. Sem nenhum tipo de droga. Sozinha. Depois, quem sabe eu não faça um churrasco e tome uma cervejinha perto da lareira?

Jasmine sai da ambulância, se aproxima de mim e me dá um abraço.

— Você vai ficar bem? — pergunta, com um sorriso reconfortante. Faço que sim com a cabeça e aperto a sua mão. Minha vez, finalmente. — Caso contrário, você sabe que tem uma amiga no Baldwin, não sabe? Pode me ligar que eu venho correndo.

Dou um beijo no seu rosto e a vejo entrar no seu carro e sair dirigindo. Em seguida, me viro e começo a caminhar na direção da porta.

— Senhora Duncan? — o paramédico pergunta, me observando com uma preocupação profissional. — Pelo que ouvi falar, a senhora sofreu uma lesão cerebral traumática, mas nunca fez uma tomografia. Precisamos levá-la ao hospital.

Olho bem nos olhos dele.

— De jeito nenhum.

UMA CARTA DE LESLIE

UM GRANDE E SINCERO MUITO OBRIGADA POR VOCÊ TER ESCOLHIDO LER *O Hospital*. Se você gostou e quer ficar atualizado com todos os meus lançamentos mais recentes, basta se inscrever no link a seguir. O seu endereço de e-mail jamais será compartilhado, e você poderá se descadastrar a hora que quiser.

www.bookouture.com/leslie-wolfe

Quando escrevo um novo livro, penso em você, leitor: o que você gostaria de ler, como gostaria de passar o seu tempo e o que mais valoriza quando se dedica a ficar na companhia dos personagens que crio, experimentando, de forma indireta, os desafios que apresento a eles. Por isso, gostaria muito de ouvir a sua opinião. Você curtiu a leitura de *O Hospital*? O seu feedback é extremamente importante para mim, e fico grata em ouvir o que você pensa. Entre em contato comigo por um dos canais relacionados abaixo. O e-mail é a melhor opção: LW@WolfeNovels.com. Nunca vou compartilhar o seu endereço de e-mail com ninguém, e prometo que você vai receber uma resposta minha!

Se curtiu o meu livro, e se não for pedir demais, dedique um tempinho para escrever uma avaliação para mim e talvez recomendar este livro a outros leitores. As avaliações e as recomendações pessoais ajudam os leitores a descobrir novos títulos ou novos autores. Isso faz uma enorme diferença e representa tudo para mim.

Obrigada pelo apoio, e espero continuar entretendo você com a minha próxima história. Até breve!

Leslie

www.LeslieWolfe.com

facebook.com/wolfenovels
amazon.com/stores/author/B00KR1QZ0G
bookbub.com/authors/leslie-wolfe

AGRADECIMENTOS

Um agradecimento especial e sincero vai para a fantástica equipe editorial da Bookouture. É um prazer trabalhar com esse pessoal, com o seu entusiasmo contagiante e sua dedicação inspiradora.

Um muito obrigada a Ruth Tross, que torna o processo de edição sempre tranquilo e envolvente. Ela tem sido um apoio incrível e uma colaboradora de verdade em todas as minhas iniciativas editoriais, sempre pronta para proporcionar aquele estímulo criativo tão necessário. Sou imensamente grata pela sua ajuda.

Agradeço também a Kim Nash e Noelle Holten pelos seus esforços incansáveis na promoção do livro em diversos canais. Alba Proko merece uma menção especial por gerenciar com grande habilidade as versões em áudio dos meus livros, garantido que sejam produzidos com o mais alto padrão. O trabalho de todas vocês me impressiona profundamente.

Devo expressar gratidão à equipe de marketing digital pelo trabalho árduo em cada lançamento de livro, sempre superando as expectativas.

Agradeço de coração a Richard King pelo seu compromisso em apresentar os meus livros a novos públicos e mercados e, quem sabe um dia, às telas. Um sincero agradecimento por tudo o que você faz e pelo seu grande interesse no meu trabalho. Isso significa muito para mim.

LEIA TAMBÉM

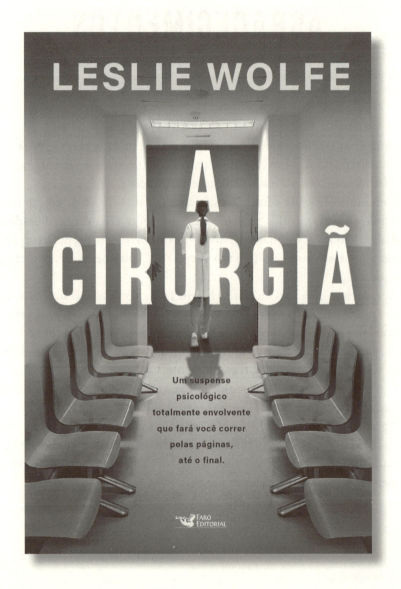

ASSINE NOSSA NEWSLETTER E RECEBA INFORMAÇÕES DE TODOS OS LANÇAMENTOS

www.faroeditorial.com.br

CAMPANHA

Há um grande número de pessoas vivendo com HIV e hepatites virais que não se trata. Gratuito e sigiloso, fazer o teste de HIV e hepatite é mais rápido do que ler um livro.
FAÇA O TESTE. NÃO FIQUE NA DÚVIDA!

ESTA OBRA FOI IMPRESSA EM ABRIL DE 2025